I0573514

IL RISCATTO DI ALEXIS

Ace Security, Libro 2

SUSAN STOKER

Copyright © 2020 di Susan Stoker
Titolo originale: *Claiming Alexis*
Traduzione dall'inglese: Emanuele Mazzola per Well Read Translations
Design di copertina: Eileen Carey
Correzione bozze: Anna Maria Sacchi
Prodotto negli Stati Uniti
Versione inglese già pubblicata da Amazon Publishing

Salvare Bryn
Salvare Casey
Salvare Sadie
Salvare Wendy
Salvare Mary
Salvare Macie
Salvare Annie (Feb 2022)

Armi e Amori

Proteggere Caroline
Proteggere Alabama
Proteggere Fiona
Il Matrimonio di Caroline
Proteggere Summer
Proteggere Cheyenne
Proteggere Jessyka
Proteggere Julie
Proteggere Melody
Proteggere il Futuro
Proteggere Kiera
Proteggere i figli di Alabama
Proteggere Dakota

CAPITOLO UNO

"Allora, come ti butta?"

Alexis Grant fissava con gli occhi l'oscurità, interrotta solo dai potenti fari della Mustang nera, mentre lei e Blake sfrecciavano sulla strada statale verso Colorado Springs. Stavano andando al tribunale della contea di El Paso per scortare una donna che stava affrontando un divorzio molto difficile e aveva paura di cosa le potesse fare suo marito. Alexis si portò alla bocca una tazza di caffè ancora bollente, inalando gli aromi di ambrosia, poi ne bevve un sorso, cercando di guadagnare un po' di tempo prima di dover rispondere alla domanda.

"Cioè, ormai lavori alla Ace Security da quasi tre mesi, e ancora non ti capisco."

"Cosa ci sarà poi da capire?" mormorò Alexis, chiudendo gli occhi e tirandosi indietro, fino ad appoggiare la testa sul poggiatesta.

"Posso essere diretto?"

A quella domanda, Alexis aprì gli occhi e si voltò verso Blake Anderson, che era uno dei tre fratelli che gestivano l'agenzia di sicurezza Ace Security. Lo aveva conosciuto a inizio anno, quando suo fratello Bradford si era trovato nel bel mezzo di una trama pazzesca ordita da due importanti membri della comunità, Walter e Margaret Mason, insieme ad altri gangster locali. Per fortuna, il loro piano era stato sventato e i Mason adesso erano rinchiusi in galera. La loro unica figlia, Grace, aveva sposato il più giovane dei fratelli Anderson, Logan, e ora era incinta, la coppia aspettava l'arrivo di due gemelli.

I tre fratelli, Logan, Blake e Nathan, erano tornati a Castle Rock per avviare un'azienda che si occupava di protezione e sicurezza, si erano specializzati in vittime di abusi. Alexis si era offerta di lavorare con loro, per aiutarli a trovare informazioni che potessero essere usate contro i Mason, in modo che il loro piano di ricatti fallisse, anche per mettere al sicuro la sua famiglia.

Non avrebbe mai e poi mai pensato di poter capitolare, innamorandosi al primo sguardo di un uomo, invece era andata esattamente così, era successo fin dal primo momento in cui aveva messo gli occhi su Blake. Lui somigliava nell'aspetto ai suoi fratelli, ma per lei era quello che si distingueva di più.

Era molto abbronzato, aveva delle vene molto ben definite nelle braccia. Non che fossero in evidenza al punto da sporgere dalla sua pelle, ma davano una definizione perfetta dei suoi muscoli e dei tendini. Le sue braccia, quando le muoveva, erano lo spettacolo più meraviglioso che avesse mai visto. Una volta aveva aiutato Grace ad alzarsi dalla sedia, così aveva dovuto contrarre i muscoli delle braccia, c'era mancato poco che Alexis andasse in estasi. Se anche quell'uomo avesse avuto la pancetta da bevitore di birra e un sedere enorme, a lei non sarebbe importato... le sue braccia bastavano e avanzavano per compensare qualunque altro difetto potesse avere. Anche se, fino a quel momento, lei non aveva trovato dei difetti veri e propri, che non potessero essere ignorati.

Lui era alto poco più di un metro e ottanta, aveva capelli castano chiaro, color sabbia, li teneva sempre corti, aveva la mascella molto pronunciata. Le sue spalle ampie si stringevano in una vita sottile, aveva cosce molto ben sviluppate, con un corpo snello e sensuale, come quello di un nuotatore olimpico. Alexis sperava fosse vero quanto si "dice" delle dimensioni dei piedi di un uomo, perché Blake aveva delle scarpe molto... grosse.

Aveva provato a dirsi che era impossibile innamorarsi di quell'uomo, ma non era servito a nulla. Più tempo passava insieme a Blake, più forti si facevano i suoi sentimenti. Non solo era un uomo molto attraente; era anche un buon fratello, era caritatevole e si interessava delle persone che aiutavano, era così emozionato di diventare zio, che le ovaie di Alexis quasi esplodevano ogni volta che se lo immaginava con in braccio un neonato, appoggiato alla sua spalla. C'era caduta davvero fino al collo.

La sua attrazione, il suo amore per Blake Anderson era del tutto inappropriato, fuori luogo, irrazionale, insano, considerando anche il suo passato con gli uomini; ma era così che stavano le cose.

E lui non ne aveva idea. Nemmeno un barlume, e questo la faceva star male.

Malissimo.

Blake si schiarì la gola. "Lex?"

Santo cielo. Le piaceva tantissimo il soprannome che le aveva affibbiato. Non ne aveva mai avuto uno, prima... se non "la tipa ricca", che non era affatto la stessa cosa, quindi non contava. "Sì?" mormorò distrattamente, pensando ancora al braccio di Blake che si piegava, come per tenere in braccio un bambino, immaginando l'aspetto dei suoi muscoli, se si fosse appoggiato nel letto, di fianco a lei.

Lui sorrise, i suoi denti riflettevano di bianco la luce

proveniente dal cruscotto. "Ci impieghi tantissimo per svegliarti."

Alexis provò a far finta di non sbavare per lui. "Sono le quattro e mezza del mattino, Blake. Nessuno persona sana di mente si alza così presto. Per non parlare del fatto che mi hai lasciata solo dieci minuti in silenzio, prima di cominciare a chiacchierare con me."

Il suo sorriso si allargò, la colpì leggermente col pugno della mano destra sulla spalla, con un gesto da "amiconi" che le faceva venire voglia di urlare.

"Se vuoi davvero intraprendere una carriera come questa nella vita, sarà meglio che ti abitui alle alzatacce e a fare le ore piccole," le disse Blake, sorridendo come se avesse detto qualcosa di comico, piuttosto che qualcosa di normale, su cui tutti sarebbero stati d'accordo senza riserve.

"Va bene." Alexis affondò di nuovo la testa nella sua tazza da viaggio, inalando il profumo della vaniglia. Blake le aveva preparato molto gentilmente la bevanda, quando era passato a prenderla, quel mattino. Quello era un altro aspetto di lui che la faceva impazzire: di tutte le persone che aveva conosciuto in vita sua, lui era l'unico, oltre al barista del caffè in fondo alla strada dove abitava, che riusciva a preparare il caffè esattamente come piaceva a lei.

"Allora, posso?"

"Puoi cosa?" chiese Alexis, un po' persa.

"Essere diretto."

Ah, sì. Ecco cosa le *aveva* chiesto. "Ma certo. Vai pure al sodo." Avrebbe dovuto prepararsi, ma non aveva ancora assunto abbastanza caffeina, era ancora mezza addormentata.

"Quanti hanni hai... ventiquattro?"

"Venticinque," lo corresse.

"Esatto. Venticinque anni, ma da quanto hai raccontato, hai cambiato almeno sei lavori diversi, da quando ti sei laureata. Sei una che lavora sodo. Da quando lavori alla Ace

Security, non ho mai dovuto chiederti qualcosa due volte. Non ti lamenti del lavoro, anche quando è noioso, poi ti sono venute delle idee molto buone sul lato commerciale, idee che Grace ha già cominciato a mettere in pratica, sul sito. Sei grande abbastanza da capire che lavoro vuoi fare, invece di balzare da un lavoro all'altro. Non fraintendermi: sono felice che tu lavori per la Ace Security, ma ho paura che un giorno potresti decidere che non vuoi più fare nemmeno questo lavoro, ho paura che te ne vada."

Capperi. Non aveva idea di che lavoro fare per tutta la vita. Tantissime persone che conosceva avevano già tutto programmato prima ancora di finire l'università. Lei invece no. La delusione che le attraversava il corpo era quasi paralizzante. Il fatto che Blake temesse che stesse solo cazzeggiando, invece di avviare una carriera professionale come quasi tutte le persone della sua età, passando il tempo a lavorare per la sua azienda, era doloroso quasi come se le avesse detto che era una perdente brutta e orribile.

Alexis respirò profondamente, respingendo le lacrime che le si stavano formando agli occhi. Felice del fatto che fosse ancora buio, girò la testa per guardare fuori dal finestrino. Purtroppo, non poteva vedere altro che il suo riflesso, era troppo buio per vedere le campagne circostanti.

Si schiarì la gola prima di parlare, controllando che la sua voce non desse alcun segno delle lacrime. "Grazie per la prima parte. Per quanto riguarda i lavori..." fece una pausa per minimizzare. "È solo che non ne ho trovato qualcuno che mi interessasse per più di sei mesi. Ma ti prometto che non mi alzerò di punto in bianco per andarmene. Se arriverò alla decisione di andarmene, vi darò un abbondante preavviso."

"In cosa ti sei laureata?"

"Materie generali."

Sentendo Blake che sbuffava, Alexis si voltò per guardarlo.

Poteva farlo, ora che si era liberata delle stupide lacrime, riprendendo il controllo. "Cosa?"

"Materie generali? Ma che diavolo di laurea è?"

Ora era veramente arrabbiata. "Quel tipo di laurea per cui mi sono serviti cinque anni e mezzo, perché continuavo a cambiare facoltà. Non riuscivo a decidere cosa fare, così un tutor mi ha indirizzata sulle materie generali, perché altrimenti sarei stata a scuola altri due anni."

Alexis bevve un altro sorso del suo caffè, mentre mormorava: "Comunque non importa. In tutti i lavori che ho fatto bastava la laurea breve, non serviva una specializzazione." Si voltò e chiese a Blake: "E tu, in cosa ti sei laureato?"

"Ho un diploma universitario in informatica. Ho usato le borse di studio dell'esercito per conseguirlo, mentre ero arruolato."

"Non hai mai pensato di completare con una laurea magistrale?"

Blake scrollò le spalle, scosse la testa e tenne gli occhi fissi sulla strada. "In realtà no. Ho imparato programmazione di base, software design, gestione sistemi, banche dati e intelligenza artificiale nel Community College e tutto ciò che ho imparato da allora si trova su YouTube, poi in rete ci sono un sacco di fonti e risorse anche perfide."

"Risorse perfide?" chiese Alexis, muovendosi in avanti sul sedile, desiderosa di ascoltare meglio. Le piaceva quell'argomento.

Lui rise allegramente al suo entusiasmo. "Sì. E...no. Non sono cose da raccontare. I lavori che facevi erano noiosi? Per questo non hai più proseguito?"

Alexis allungò il braccio da una parte per appoggiare la tazza nel portabicchieri. Poi contò tutti i suoi lavori sulle dita della mano, spiegando. "Il mio primo lavoro è stato alla reception, lavoravo per l'azienda dei miei genitori. Ma è passato molto alla svelta. Non facevo rapporto direttamente a loro, eppure sapevano tutto ciò che facevo. Amo i miei genitori, ma per me era un po' troppo soffocante stare così tanto con la famiglia. Da lì sono passata a fare la cameriera in una catena di ristoranti. Non immaginavo proprio quanti stronzi vanno fuori a mangiare."

Ignorò le risate soffocate di Blake e proseguì. "Stare in piedi tutto il giorno non mi dispiaceva. Facevo amicizia, ero gentile, anche veloce, ma quasi sempre mi davano solo una mancia, tipo, del dieci per cento. Era davvero ridicolo. Ho lasciato il lavoro un giorno, quando ho dovuto seguire un tavolo con venti persone. Quel giorno mancava un cameriere, così lo stronzo che guidava la comitiva ha chiesto di parlare col gestore per poi lamentarsi della commissione obbligatoria del venti per cento per il personale, che era stata aggiunta al conto. Il gestore, con cui tra parentesi mi ero rifiutata di andare a letto, ha tolto la commissione e ha lasciato che decidessero loro quanto lasciarci. Sai quanto mi hanno dato? E tieni presente che c'erano tre ragazzini nel gruppo, e che erano rimasti nel locale per tre ore, con un conto totale di oltre duecento dollari."

"Ehm..."

Alexis non lasciò a Blake il tempo di tirare a indovinare, prima di proseguire col suo racconto. "Dieci miseri dollari. *Dieci.* Tutto lì. Oh, ha avuto anche il coraggio di lasciare sullo scontrino il suo numero di telefono con scritto vicino 'Chiamami, baby'. Quel tipo era là con moglie e tre figli. Così ne ho avuto abbastanza e ho lasciato il lavoro."

"Non posso certo biasimarti," notò Blake con fare asciutto. "Quel tipo era uno stronzo di livello superiore."

"Vero? Insomma, poi ho provato a lavorare in fabbrica. Ma non faceva per me. Poi ho pensato che magari potevo provare a lavorare come venditrice. Quindi sono stata assunta da un'azienda farmaceutica come rappresentante. I medici con cui avevo a che fare erano quasi peggio del mio capo al ristorante... ci provavano continuamente, qualche carezza in testa, e in pratica mi dicevano che avrebbero comprato da me i farmaci se uscivo con loro. Che schifo."

"Santo cielo, Lex," sbottò Blake.

Alexis cercò di ignorare i tremori che le percorrevano la spina dorsale a causa del suo tono di voce. Le piaceva un po' troppo la sua solidarietà. Aveva quasi un che di protettivo, una certa rabbia per quanto aveva dovuto passare. Si sbrigò a terminare la storia della sua carriera lavorativa. "Poi quando ho conosciuto voi ragazzi, lavoravo all'ufficio postale vicino al mio appartamento."

"Un lavoro in posta è un buon impiego," commentò Blake. "Ne so qualcosa. Ci sono molti vantaggi, è un lavoro fisso. Tantissime persone arrivano fino alla pensione con dei posti come quello."

Alexis riprese in mano la sua tazza di caffè, per berne un sorso più copioso. "Sì. Ma era troppo noioso."

"Era noioso," disse Blake, con un tono difficile da interpretare, per Alexis.

"Sì, Blake, noioso. Forse se avessi fatto la portalettere, non sarebbe stato poi così male. Sarei andata in giro, avrei incontrato delle persone. Ma dovevo starmene seduta, nel retro dell'edificio, un ambiente senza finestre, per operare alle macchine di smistamento. Poi dovevo distribuire la posta nelle caselle postali. Era davvero orribile. Sul serio. Mi annoiavo a morte. Non avrei mai potuto proseguire in quel posto per tutta la vita."

"Immagino di poter capire che non fosse il lavoro più emozionante di questo mondo. Ma era sempre un lavoro, Lex. Tante persone non hanno nemmeno quello. Anche se capisco che la tua famiglia non ha certo carenza di soldi. Puoi permetterti di provare cose diverse, per vedere se trovi quella che ti piace di più fare."

"Non giudicarmi," disse Alexis duramente, lanciandogli

un'occhiataccia. Si aspettava che prima o poi questo argomento saltasse fuori, da quando aveva cominciato a lavorare alla Ace Security. "E non rinfacciarmi *mai più* i soldi della mia famiglia. Non hai il diritto di giudicarmi. Per nulla. Sì, guido una Mercedes e ho un appartamento da favola, ma non hai idea di cosa significhi quando ti guardano solo perché hai i soldi, non per quello che provi, per i tuoi obiettivi, per i tuoi desideri. Da quando i miei genitori hanno chiuso il loro primo contratto multimilionario, tutti mi guardano e mi trattano diversamente. *Odio* questo atteggiamento. Io sono la stessa persona di sempre, la stessa che ero prima che guadagnassero così tanto, ma nessuno sembra accorgersene, non interessa a nessuno. E poi, non sono soldi *miei*, sono dei miei genitori."

"Hai ragione, mi dispiace," si scusò subito Blake. La sua mano passò sulla consolle centrale e si appoggiò alla coscia di lei. Era pesante, ma confortante. "Ho fatto un commento fuori luogo, non volevo farti arrabbiare."

"Va bene," mormorò Alexis, guardando giù, quella mano grande che aveva appoggiato a una gamba. Alexis poteva sentire il formicolio della sua pelle, sotto il peso di quella mano ruvida. In quel momento, avrebbe preferito indossare dei pantaloncini, al posto dei suoi jeans; avrebbe voluto sentire il tocco della sua mano sulla pelle, era un desiderio quasi più forte del suo bisogno di caffè al mattino.

I suoi occhi passarono da quella mano al suo avambraccio. Avrebbe dato chissà cosa per farsi abbracciare la sera da quell'avambraccio, per poterlo tenere appoggiato ai suoi seni, mentre si accoccolavano nel letto. Senza pensarci, Alexis aprì leggermente le gambe, come per lasciargli lo spazio di inserire tra esse la mano. Nel momento stesso in cui si mosse, lui tirò via la mano rimettendola sul volante. Lei si scosse mentalmente; la sua era un'attrazione senza speranza. Non l'avrebbe mai vista diversamente, era solo una sua impiegata.

Si sentiva patetica, voleva qualcosa che non avrebbe mai potuto avere.

A volte si sentiva come una bambina di otto anni, che cercava disperatamente qualcuno a cui piacere... qualcuno che fosse suo amico. Ma aveva imparato a nascondere quel suo lato nel profondo. Sapeva dare l'impressione di essere una tosta, irruente in tutto ciò che faceva. Tantissime persone non si mostravano interessate a scavare oltre quella superficie, per scoprire la donna che era davvero, piuttosto che ciò che mostrava al mondo intero.

Alexis voleva concludere quella conversazione. "Per la prima volta nella vita, mi piace quello che faccio qui, alla Ace Security. Ogni giorno è diverso, sento di fare la differenza."

"Stai facendo un ottimo lavoro, Lex," disse Blake; la sua approvazione risuonò forte e chiara nel piccolo abitacolo dell'auto.

"Grazie per avermi dato questa opportunità." Alexis era davvero grata a Blake e ai suoi fratelli. Non erano tenuti ad assumerla, ma lei si era fatta in quattro per essere utile, alla fine era riuscita a guadagnarsi uno spazio suo, portando avanti il suo carico di lavoro. Tante volte, gli aspetti più tecnici dell'attività le sfuggivano, ma stava diventando davvero brava a scavare nei social media per trovare informazioni sui clienti. Le impronte digitali erano molto più diffuse di quanto tanti credessero o capissero.

Alexis poté sentire il caffè che aveva bevuto quel mattino che minacciava di di tornarle su. Quando l'aveva toccata, aveva pensato che forse Blake si stesse intenerendo nei suoi confronti. Che *forse* anche lei aveva una possibilità di catturare lo sguardo di quell'uomo così affascinante. Ovviamente era una stupida. "Allora... niente ragazzo?" chiese Blake, con un tono simile a quello che usava per ordinare il pranzo dalla macchina in un fast food. Come se non gli potesse importare di meno della risposta.

"No no," disse Alexis, calcando bene sulle sillabe per cercare di sembrare divertente. "Non al momento. Ho avuto le mie esperienze, ma nessuno si è fatto avanti, ultimamente." Quella era una mezza bugia. Non aveva avuto tanti ragazzi, ma lui non doveva per forza saperlo.

"Hmmm," rispose Blake, tenendo gli occhi fissi sulla strada.

Cosa diamine voleva dire? Alexis non ne aveva idea. Era sorpreso perché la riteneva una bella donna? Oppure pensava che non fosse abbastanza interessante da mantenere a lungo l'attenzione di qualcuno? Non ne aveva la minima idea. Proprio quando pensava di impazzire, cercando di interpretare il suo pensiero, sul punto di scoppiare in lacrime, Blake parlò di nuovo.

"Ti stai abituando all'equilibrio del mare."

Eh, cosa?

"Cosa? L'equilibrio del mare?"

"Sì. Sei come un marinaio appena arrivato che cerca di abituarsi a camminare a bordo di una nave, in oceano aperto. All'inizio è difficile camminare normalmente, ma dopo un po' diventa sempre più facile. Quando ti troverai più a tuo agio con il lavoro, quando troverai qualcosa che ti piace davvero fare, sarai anche più ricettiva e più aperta a uscire per qualche appuntamento." Le mandò un sorriso, la luce del cielo mattutino cominciava appena a illuminare il mondo, compreso l'interno dell'auto su cui erano seduti. "È meglio non avere fretta, non legarsi a una persona subito dopo il college. Sei stata brava a non innamorarti a prima vista del primo che ti mostrava qualche attenzione. Quando sarà il momento giusto, troverai qualcuno perfetto per te."

Alexis si morse le labbra e girò la testa per guardare di nuovo fuori dal finestrino, anche per nascondere le lacrime che non riusciva a trattenere. Se solo lui avesse saputo. Deglutì a fatica e borbottò: "Ne sono certa."

E ne era certa davvero. Perché lo aveva già trovato. Era stato amore a prima vista, ma ovviamente non era ricambiato. Blake non vedeva in lei altro che una neolaureata volubile, che non riusciva a decidere cosa voleva fare da grande. Non sarebbe mai riuscita a lavorare alla Ace Security senza stare con Blake Anderson. Pur essendo vergine, Alexis sapeva bene fino al midollo che Blake Anderson era l'uomo giusto per lei.

Ma non avrebbe mai potuto sopportare che lui potesse uscire con un'altra donna, baciarla, magari sposarla sotto il suo naso. Il suo cuore non lo avrebbe mai sopportato. Avrebbe terminato il lavoro che aveva cominciato quando suo fratello era stato rapito, ma dopo aver raccolto tutte le informazioni possibili sulla banda degli Inca Boyz, dopo averle passate alla Task Force di Denver specializzata nel contrastare la criminalità delle bande, si sarebbe dimenticata della Ace Security e di Blake Anderson, per ricominciare con qualcosa di nuovo, da qualche parte.

CAPITOLO DUE

"Allora... vuoi fermarti a mangiare qualcosa?" chiese Blake ad Alexis, mentre faceva manovra per allontanarsi dal tribunale. Erano le undici e mezza, il lavoro era andato liscio, senza alcun problema. Non che se ne aspettasse alcuno. L'ex marito della cliente non si era nemmeno presentato in tribunale a crearle dei problemi. Il lavoro di Alexis era stare nei pressi dell'entrata per avvisare Blake con una radio a circuito chiuso, qualora si fosse presentato. Non era arrivato, così erano riusciti a ripartire da Colorado Springs prima di mezzogiorno.

Lui non aveva mai pensato che assumere Alexis avrebbe funzionato. Anzi, era stato molto riluttante a lavorare con lei. Si vergognava quasi ad ammetterlo, ma il fatto che fosse ricca pesava molto sulla sua riluttanza. Dopo aver visto come si comportavano i genitori molto ricchi di Grace, e dopo aver avuto numerose discussioni con donne ricche, avrebbe preferito non avere nulla a che fare con qualcuno che, come credeva, era viziato fino al midollo e pretendeva di fare le cose a modo suo. Ma Alexis l'aveva sorpreso. Era una persona alla buona, a cui era facile stare vicino. Molto spesso, gli capitava di dimenticare che lei e la sua famiglia avevano più soldi di quanti lui ne avrebbe visti in tutta la vita.

Ma oltre al suo carattere affabile, era davvero un'impiegata eccellente. Era disposta a fare qualunque cosa le fosse chiesta, senza mai lamentarsi. E poi, un'altra qualità molto utile, molte volte le clienti si sentivano più a loro agio con lei che con lui o con un altro dei suoi fratelli. Lex era molto cordiale, sapeva come fare per rilassare le clienti, anche quando lui e i suoi fratelli non ci riuscivano. Probabilmente, in parte era anche perché l'attività riguardava soprattutto donne che venivano abusate da uomini, ma una buona parte era anche merito di Lex.

Quando aveva cominciato a lavorare per la Ace Security, Blake credeva si sarebbe annoiata nel giro di una settimana. Conosceva il suo passato lavorativo, lavorare nella protezione delle persone non era certamente un lavoro appariscente. Serviva molta capacità di osservare, bisognava fare ricerche, aspettare e osservare per individuare il problema. Ma Alexis sembrava trovarsi a suo agio, come un pesce nell'acqua.

Non aveva mai passato tanto tempo con una donna quanto ne aveva passato con Alexis Grant. Molto spesso se ne stava tranquilla... così tranquilla che alcuni giorni si dimenticava perfino che fosse lì, a lavorare nell'ufficio davanti alla sua postazione. Non brontolava, non si lamentava quando le cose andavano diversamente da come voleva lei. Non rinfacciava mai a nessuno i suoi soldi, non se ne vantava.

Poi era anche divertente. Aveva uno spirito molto brillante, non aveva paura di difendersi da sola, o di difendere chi le stava intorno. Cercava di farsi passare come una donna esperta, che aveva visto e vissuto praticamente di tutto, ma a volte si capiva che c'era qualcosa che non tornava... e proprio quelle volte, riusciva ad affascinare e intrigare Blake più che mai. Gli faceva venir voglia di punzecchiarla un po' di più, per penetrare lo scudo con cui sembrava sempre proteggersi dal mondo. Sotto molti aspetti, era un mistero totale, ultimamente si era scoperto sempre più interessato ad Alexis Grant.

La sua conversazione con lei, quel mattino, non aveva fatto altro che stimolare il suo interesse. Lei aveva cercato di nascondere il dolore che le aveva inflitto, accusandola velatamente di non essere altro che una stronza ricca con la zucca vuota, ma lui aveva visto qualcosa di molto diverso nell'espressione del suo volto, riflessa nel finestrino dell'auto. Non intendeva dare alle sue parole il tono che poi ne era uscito, ma la sua reazione gli aveva dimostrato che non era una ricca viziata che balzava da un lavoro a un altro, ma piuttosto che stava ancora cercando qualcosa che soddisfacesse la passione che ovviamente aveva dentro di sé.

Quando pensava al modo in cui i suoi ex datori di lavoro e i suoi clienti ci avevano provato con lei, gli ribolliva il sangue nelle vene. Sì, aveva cambiato cinque o sei lavori da quando si era laureata, ma l'ammirava perché non aveva accettato compromessi o stronzate. Alexis Grant non si sarebbe mai ridotta a fare lo zerbino di nessuno.

"Non lo so," rispose Alexis evasivamente. "Per mangiare servirebbe un po' di tempo."

"Andiamo, avrai fame. Siamo in giro da ore, e hai bevuto solo la tazza di caffè che ti ho portato."

"Non che abbia *bisogno* di mangiare... non mi mancano certo le riserve... ma va bene. Però solo se pago io."

Blake ignorò la battuta sul suo peso, non gli piaceva il modo in cui Lex percepiva le curve del suo corpo. A lui sembrava perfetto, ma sapeva che qualunque cosa potesse dire, non le avrebbe fatto cambiare idea. Come tantissime donne, l'idea che aveva di se stessa era deviata da come i media rappresentavano ciò che è "bello", non sarebbero certo bastate un paio di parole per... ma lui avrebbe lasciato perdere. Almeno per il momento. Se non altro, Blake sapeva di doverci andare piano con quella donna scattosa. Non aveva la minima idea di quali esperienze avessi avuto con gli uomini, ma di certo non era una donna esperta, per quanto provasse a dimostrare il contrario. "Non paghi tu," le disse deciso. "Ne abbiamo già parlato. Siamo qui per lavoro." Credette di vederla sussultare, per poi allontanare subito qualunque segno di emozione dal volto, mostrando indifferenza.

"Lavoro. Appunto. Allora dove vuoi fermarti va benissimo."

Blake odiava quando gli parlava con quel tono così piatto. Come se non le importasse nulla, qualunque cosa facesse o dicesse lui. Avevano discusso tante altre volte di chi doveva pagare, aveva concluso che l'unico modo per farla desistere era fare ricorso alla scusa del "lavoro". Non gli piaceva farle pensare anche se solo di sfuggita che quello fosse l'unico motivo per cui le chiedeva di mangiar fuori, ma stava cercando di andarci piano con lei... per salvaguardare se stesso e anche lei. "C'è un nuovo ristorante di pesce, sembra che si mangi bene," le disse con nonchalance.

"Davvero?" gli chiese Alexis, con un sopracciglio inarcato.

Blake annuì, con un sorrisetto intrigante

"Lo sai che odio mangiare pesce," disse Alexis brontolando. "Ma va bene, se è quello che ti va di mangiare, di sicuro troverò qualcosa che vada bene anche a me."

"Certo che *lo so*, Lex, ma preferisco di gran lunga quando sei onesta con me, non quando ti adegui solo per compiacere. Dove vuoi andare *tu*, a mangiare?"

Alexis si voltò verso di lui, squadrandolo. "Non importa. Non mi interessa."

"Invece *sì* che ti interessa," insistette Blake. "Puoi dire quello che pensi, per me non è un problema. Di solito non ti tiri indietro, dici a me e a tutti quelli che ti irritano esattamente quello che pensi. Allora, dove vuoi andare a mangiare?" Scegliere un ristorante non era affatto una questione di vita o di morte, ma la voleva portare in un posto che le piacesse, non in un locale qualunque, che lei avrebbe dovuto tollerare.

A lui *piaceva* quando Lex gli teneva testa. Anche se lui e i suoi fratelli erano nati in pratica nello stesso momento, lui si era sempre ritenuto "quello di mezzo". Logan era estroverso e anche un po' aggressivo; aveva protetto entrambi i suoi fratelli dall'ira della loro madre, man mano che crescevano. Nathan tendeva a confondersi, a non farsi notare, era contento se lo lasciavano stare. Ma Blake era sempre il paciere. Tendeva a essere più flessibile dei suoi fratelli, più capace di lasciarsi scivolare addosso le cose. Provava un piacere perverso nel fatto che Lex non fosse così. Quasi sempre, gli diceva se non era d'accordo con lui, non era disposta ad accettare qualcosa solo per quieto vivere. Per questo l'aveva un po' pressata; perché sapeva che stava accettando solo qualcosa che le aveva suggerito.

"Va bene. Hai ragione. D'ora in poi farò sempre in modo che tu sappia esattamente quello che penso, nel minimo dettaglio. Non dovresti proprio indossare calze nere con le scarpe da tennis bianche. Ti fa super strano, e non hai certo ottant'anni, quindi quello stile di sicuro non fa per te. Se c'è un Souper Salad[1] qua vicino, mi piacerebbe mangiare lì."

Il tono di voce con cui aveva parlato gli dava un po' fastidio, ma era contento di sentire che lo prendeva un po' in giro, anche se si trattava solo del modo in cui si vestiva. "Va bene." E così fu. Pur essendo un locale in cui si mangiavano solo insalate e zuppe, almeno si poteva mangiare a volontà, poi il cibo era molto buono. Sì, Alexis si lamentava del suo peso, ma non mangiava come le solite donne con cui era uscito. A Blake piaceva portarla fuori a mangiare, perché lei non sembrava mai preoccupata di cosa pensasse *lui* a proposito di quel che mangiava *lei*. Si sarebbe riempita il piatto alla grande. Ed era una donna che amava mangiare. Quello era uno dei primi tratti di lei che aveva conosciuto. Metteva nel suo caffè così tanto sciroppo alla vaniglia che la bevanda quasi non aveva più il sapore del caffè... sembrava più una torta lique-fatta, un sapore disgustoso e adorabile allo stesso tempo. Spesso, quando andavano in un ristorante *all-you-can-eat*, lei faceva il pieno più di una volta. Lui amava questo suo comportamento. Beh, non amava... ma...

"Ti va bene? Se no, possiamo mangiare dove vuoi. Davvero non mi interessa."

Blake scosse la testa e riportò la sua attenzione su Alexis. "No, va bene. Ottima scelta."

Rimasero in silenzio per il resto del percorso verso il risto-rante. Blake parcheggiò e si affrettò a girare intorno all'auto per aprire la portiera di Alexis. Lei però non lo apprezzava, anche se lui aveva cercato più volte di fare il gentiluomo. In ogni occasione, lei scuoteva la testa e gli diceva che era perfettamente in grado di aprirsi e di chiudersi quella dannata portiera.

Era una donna per cui era estremamente difficile fare qualcosa, tanto si impegnava ad essere autonoma anche in cose che molte altre donne avrebbero accettato come gesti cortesi. Spesso faceva in modo di arrivare per prima alla porta, per poterla aprire a lui, invece del contrario. Insisteva che lui la precedesse quando erano in fila per servirsi al buffet, poi cercava sempre, *sempre* di pagare, anche se avevano già deciso prima che il conto sarebbe stato pagato da lui.

Quel giorno non fece eccezione. Gli aprì la porta, ma Blake afferrò la porta all'altezza della sua testa e con l'altra mano le fece un cenno, a indicarle di entrare nel ristorante prima di lui. Lei arrivò per prima alla cassa, dove si facevano le ordinazioni, ma lui si era preparato a questo suo sgattaio-lare, così intervenne per tempo da dietro, per dire alla cassiera che avrebbe pagato lui entrambi i pasti. Gli allungò perfino un vassoio, quando lui si inserì nella coda dietro di lei.

Arrendendosi, lui prese il vassoio, ma si rifiutò di avviarsi al buffet prima di lei. Ormai, tra loro era diventato quasi come un gioco. La seguì sorridendo di sottecchi, mentre ancora una volta lei si riempiva più che poteva il piatto, con così tanto cibo che, quando arrivarono alla fine del buffet, i crostini sporgevano dal bordo del piatto.

Dopo aver scelto un posto a sedere, arrivò un cameriere per prendere le ordinazioni delle bevande, quindi Blake le chiese: "Hai scoperto qualcos'altro sugli Inca Boyz?"

Gli Inca Boyz erano una banda attiva a Denver su cui Alexis stava facendo ricerche. Qualche mese prima, la madre di Grace aveva incaricato la banda di trattenere Logan, in modo che potessero rapire Grace e adescare Bradford in un albergo, per scattare delle fotografie compromettenti dei due. Margaret aveva contattato la banda tramite i social media. Era stato ridicolmente facile, e se Margaret era riuscita a far fare il lavoro sporco a quella banda, i fratelli Anderson e Alexis si erano chiesti chi altro potesse aver fatto lo stesso, e per far cosa.

Alexis finì di masticare il suo boccone e bevve un sorso d'acqua prima di parlare. "In verità, sì. L'altroieri stavo esaminando la loro pagina su Facebook e ho visto un commento di una ragazza il cui nome non mi era nuovo. Su Google non ho trovato nulla, ma *sapevo* di aver già visto quel nome da qualche parte. Ho escluso fosse una conoscenza dell'università... diciamocelo, i commenti che scriveva non lasciavano trapelare un intelletto brillante... così sono andata a ripescare il mio annuario delle scuole superiori. Tombola."

"Avete frequentato la stessa scuola superiore," disse Blake.

"Già. A dirla tutta, eravamo molto amiche anche alle scuole medie," disse senza guardarlo, mentre continuava a esaminare il cibo nel suo piatto, con appetito.

C'era qualcosa di strano nel tono di voce di Alexis. "Alle scuole medie, ma poi vi siete perse di vista, crescendo?" le chiese Blake.

Alexis alzò le spalle e si mise a giocare con l'insalata che le era rimasta, sempre senza guardarlo, poi gli rispose. "Sì. Sai, si cresce, le amicizie cambiano, tutto qui. Non penso a lei da chissà quanti anni."

Blake avrebbe voluto saperne di più sul modo in cui era cresciuta e su come avesse cambiato le sue amicizie, ma non voleva ficcare troppo il naso. Era più che evidente che Lex non voleva parlarne, ma anche che c'era qualcosa che le dava fastidio, anche dopo dieci anni. Così lasciò perdere... per il momento. "Vero. Vai avanti." Lei allora lo guardò, così Blake capì che era più a suo agio, perché non le stava facendo delle domande sulla sua vita privata.

"Va bene. Allora, ha commentato un post che ha pubblicato Damian, su suo fratello Donovan, che è in prigione."

Blake reagì sorridendo. "Cosa diceva?"

"Ha scritto qualcosa sulla sua visita a Donovan, quel giorno, aggiungendo che i piani si stavano muovendo."

"La visita in carcere? I piani per cosa?" le chiese Blake, ora estremamente interessato, tanto da sporgersi in avanti, appoggiato ai gomiti. Non gli sfuggì il modo in cui Lex aveva sbirciato i suoi avambracci, per poi tornare subito a guardarlo in faccia. Aveva notato che lo faceva sempre, ultimamente. Ogni volta che cambiava posizione o che sollevava qualcosa, lei incollava gli occhi ai suoi avambracci. Curioso, aveva cominciato a compiere gesti un po' infantili, come flettere i bicipiti, per scoprire se avesse una mania per le braccia, ma lei aveva guardato a malapena. Tuttavia, quando stringeva il pugno, quando i muscoli e i tendini del suo avambraccio entravano in azione, le si dilatavano le pupille, una volta aveva persino notato, incredulo, che i suoi capezzoli si erano induriti, sotto la maglietta attillata che indossava. Lei si era immediatamente girata dall'altra parte, per nascondere la prova della sua eccitazione, ma in quel momento lui aveva smesso di considerarla semplicemente come la sorellina di Bradford, vedendola di più come una donna attraente, che gli interessava molto conoscere meglio.

I suoi capelli non erano né lunghi né corti. Non era né bionda né castana. Non era una bellezza da copertina, ma aveva un aspetto piacente. Indossava poco *makeup*, il minimo indispensabile per evidenziare i tratti del suo viso, senza appesantirli. Indossava vestiti di qualità e costosi, ma nulla di troppo eccentrico. Se fuori pioveva e si doveva bagnare, non usciva di testa. L'aveva vista rimanere in piedi, fuori dal tribunale di Denver, mentre pioveva a catinelle, durante uno dei suoi incarichi, sembrava che non le importasse minimamente. Molte donne della sua altezza indossavano tacchi alti per compensare, ma Alexis di solito indossava scarpe da ginnastica, o tacchi di pochi centimetri.

Era molto più bassa di lui; con la testa gli arrivava a malapena al mento. Lui era abituato a uscire con donne più alte, così non gli veniva il torcicollo per baciarle, ma più ci pensava, più sentiva che Lex sarebbe stata perfetta, appoggiata a lui. A occhio, immaginava fosse alta poco più di uno e sessanta. Una volta era inciampata su un marciapiede; per fortuna, lui le camminava al fianco ed era riuscito ad afferrarla prima che cadesse per terra con le mani e le ginocchia. L'aveva tirata a sé, probabilmente con più forza del necessario. Lei si era voltata verso di lui... aveva appoggiato le mani sul suo petto, il suo ventre morbido toccava la parte alta dei suoi pantaloni... l'aveva guardato con occhi spalancati dalla sorpresa. Blake sapeva che era una sensazione un po' primordiale, ma essere molto più alto di lei lo faceva star bene. Poteva avvolgerla completamente con le braccia, sollevarla da terra, circondare il suo corpo. Anche solo il pensiero di poterla abbracciare mentre dormivano, o mentre facevano l'amore, lo eccitava tanto da farglielo diventare duro come la pietra.

E il suo corpo... santo cielo. Non c'era niente di infantile in Alexis Grant. Era snella, ma con le curve al punto giusto. Aveva una leggera pancetta, con le maniglie dell'amore che a volte poteva intravedere, quando indossava jeans a vita bassa o magliette corte. Le sue gambe erano muscolose ma piene. Il pensiero che quelle cosce potessero stringergli i fianchi, mentre lui si sdraiava su di lei, rientrava sempre più spesso tra le sue fantasie.

A Lex piaceva mangiare... di questo se ne era già accorto... le calorie che introduceva sembravano andare tutte nei posti giusti. Aveva i seni pieni e morbidi, li aveva sentiti premere contro il suo corpo. Il pensiero che potesse mettersi a dieta e perdere anche solo un centimetro delle sue curve così sensuali non gli piaceva affatto. L'aspetto migliore del suo modo di fare era che non era tanto fragile da non riuscire a sopportarlo, quando lui non era di buon umore e non riusciva ad essere gentile.

Blake aveva capito nel breve momento in cui l'aveva trattenuta di essere uscito da sempre con donne più alte, moderne sicure sia a letto che fuori, quando in realtà ciò che voleva era trovare una donna che lo facesse sentire tosto, proteggendola. Voleva potersi mettere tra la sua donna e il resto del mondo, anche se lei era perfettamente in grado di arrangiarsi. Il senso di responsabilità per qualcun altro era sempre mancato nella sua vita, probabilmente per il modo così incasinato in cui era cresciuto. E adesso ne sentiva un bisogno forte. Era bastato avere per mezzo secondo Alexis Grant tra le braccia per capirlo.

Il fatto che lei sembrasse avere un qualche interesse per i suoi avambracci non gli era sfuggito, aveva cominciato a indossare più magliette dalle maniche corte che camicie dalle maniche lunghe, solo per potersi godere gli occhi di lei che sbirciavano.

Blake riportò la sua attenzione a quanto gli stava dicendo Lex sulla banda

"... sicura dei piani di cui parlava, ma Kelly ovviamente li conosceva. Infatti ha scritto, cito testualmente, 'Bene che cisei andato' −c-i-s-e-i− 'e che aivisto' −a-i-v-i-s-t-o− 'tuo fratello. La prossima volta digli che lo saluto e che non vedo l'ora di vederlo'."

"Cos'ha risposto Damian?" Le chiese Blake, immergendosi di nuovo completamente nella conversazione, cercando di non pensare a come sarebbe stata Alexis sdraiata, nuda, che lo aspettava sul suo letto.

"Nulla," disse Alexis sollevando le spalle. "In realtà non pubblicano molto sulla pagina Facebook, il che mi sembra stranamente molto intelligente da parte loro. Sembra che lo usino più come mezzo di comunicazione con le persone fuori dalla loro cerchia, per vantarsi in codice di alcune delle loro malefatte."

"Codice?" chiese Blake.

"Sì, in codice," confermò Alexis. "Ho preso degli appunti sulle cose che dicono, controllando anche quello che dicono le altre bande sulle loro pagine Facebook. Pensano di essere dei sapientoni, parlano praticamente di tutto, solo che usano delle parole alternative. Ad esempio, chiamano una pistola 'biscotto' o anche 'tic-tac', i proiettili sono 'elettricità' o a volte 'pappa'. Per riferirsi ai soldi in genere usano termini come 'pane'. Così, una conversazione tra due membri della stessa banda potrebbe cominciare con uno che dice che hanno bisogno di pane per i biscotti, oppure che serve la pappa da mettere in forno."

"Da mettere in forno?" chiese Blake.

"Per sparare a qualcuno," gli spiegò Alexis, senza perdere un solo momento. "In realtà è affascinante e ridicolo allo stesso tempo quanto parlano apertamente anche online di questo tipo di cose. Devono pensare davvero che gli altri siano tutti idioti e che non possano scoprire quello che intendono davvero dire." Alzò di nuovo le spalle, si mise in bocca un enorme boccone di cibo, masticò e deglutì prima di proseguire. "Immagino che cancellino alcuni dei post che ricevono, probabilmente continuano la conversazione in privato, oltre a pubblicare sulla pagina."

"Pensi che Kelly esca con Donovan?" Blake era rimasto colpito dagli sforzi di Alexis.

"Sembra proprio così, ma dato che non parlavano esattamente della loro vita privata, è difficile averne certezza," gli rispose lei.

"Cos'hai trovato sulle persone che hanno messo un 'like' alla loro pagina Facebook?" chiese di nuovo Blake.

"Non molto. Tantissimi sembrano nomi falsi. Creare account nuovi è diventato semplicissimo. Gli unici che sembrano veri sono quelli a capo della banda. Donovan, Damian, forse altri due, ora anche Kelly."

"Hmmm."

"Così, insomma, pensavo che, dato che conoscevo Kelly, forse potrei mandarle un messaggio per dirle che voglio risentirla. Magari così potrei scoprire delle altre informazioni sugli Inca Boyz. Se lei è davvero così vicina a Donovan come sembra, a giudicare dai suoi commenti, forse dovremmo riuscire a trovare altre informazioni."

"No." Il diniego di Blake fu immediato e deciso.

"Cosa? Perché?" domandò Alexis, con la fronte aggrottata e l'espressione perplessa.

"Non voglio che ti avvicini minimamente a Donovan," le disse, appoggiandosi alla sedia e incrociando le braccia al petto.

"Ma non potrei avvicinarmi a lui. È in prigione."

Blake si avvicinò a lei all'improvviso, sporgendosi sul tavolo. Le appoggiò una mano sull'avambraccio e le disse onestamente: "Lex, se Kelly è la ragazza di Donovan, lui scoprirà subito che sei sua amica. Sai bene quanto me che, se anche uno è in prigione, non significa che non abbia dei contatti... contatti pericolosi... anche fuori. Pensi che gli piacerà il fatto che la sua ragazza improvvisamente si metta a parlare con la sorella dell'uomo che li aveva assunti per dei ricatti? Ma neanche per scherzo."

"Ma, Blake..."

La interruppe. "E poi, l'hai detto tu stessa, tu e Kelly non eravate tanto amiche alle scuole superiori. Desterà senz'altro sospetto, se le mandi un messaggio così, all'improvviso, per tornare di nuovo amiche. Poi cosa intendi dirle? Che hai visto il suo commento sulla pagina degli Inca Boyz? Sì, va bene."

"Non sono così stupida," brontolò Alexis, arretrando sulla sua sedia, riuscendo a interrompere il contatto con lui, per poi incrociare anche lei le braccia al petto, copiando il linguaggio del corpo che aveva assunto lui poco prima. "So di non poterle dire questo. Non ho ancora pensato a come esattamente riprendere contatto con lei, ma speravo potessi aiutarmi a scoprirlo. Pensavo di agire in questo modo: scoprire dove vive, osservarla, vedere dove fa la spesa, per poi imbattermi in lei 'per caso'." Alexis scosse la testa e lasciò cadere le braccia, guardando le sue mani appoggiate alle gambe, sempre con la fronte corrucciata. "So che pensi questo di me, che io non abbia idea di quello che faccio, che sono una perdente perché ho cambiato così tanti lavori, ma non è vero."

"Mi dispiace," si scusò Blake, sperando che tornasse a guardarlo.

Servì un minuto, ma finalmente lei tornò ad alzare gli occhi verso di lui, mordicchiandosi il labbro inferiore prima di tornare a parlargli. "Pensavo di far gestire a te l'operazione. Sei tu l'esperto in sicurezza. Ma se mi comporto come facevo alle superiori, molto probabilmente penserà che non ho la più pallida idea del suo collegamento a quanto successo a mio fratello."

Moltissimi pensieri correvano nella testa di Blake, che finì per chiederle: "Come ti comportavi alle superiori?"

"Oh, mah, sai." Lei abbassò di nuovo gli occhi, evitando il contatto visivo. "Tutti sapevano che la mia famiglia era ricca, quindi mi comportavo proprio come tutti si aspettavano." Sempre evitando il contatto visivo, prese la sua forchetta e si mise in bocca un po' di insalata, come se la conversazione fosse finita.

Blake aspetto che finisse di masticare, prima di chiederle pazientemente: "E com'era?"

Alexis gli fece un cenno con la mano, cercando di sembrare disinvolta. "Di sicuro ti ricordi anche tu le scuole superiori, Blake. I ragazzini ricchi si comportano come se l'unica cosa che conta siano i vestiti, oltre a loro stessi, ignorando qualunque evento negativo possa avvenire intorno a loro."

"E pensi che questa tipa, Kelly, ci crederà?" Blake era molto scettico. Adesso che conosceva Lex, la vera Lex, non avrebbe mai potuto credere che a lei interessasse solo se stessa. Era una delle persone meno egocentriche che conoscesse.

Alexis annuì. "Oh sì. Ci crederà."

Il suo tono di voce denotava una sicurezza totale, al cento per cento. "Perché?" Le chiese di nuovo Blake, sempre scettico.

"Perché ci crederà?" Chiese conferma Alexis, inclinando la testa con un'espressione confusa.

Blake annuì.

"Perché sì."

Blake fissò intensamente Alexis. "Mi servirà ben altro, se vuoi che parli di questo tuo piano ai miei fratelli per convincerli. Per la cronaca, penso che potrebbe anche essere una buona idea, se è vero quanto dici. Ed è un se enorme, Lex. Se Kelly intuisse anche solo minimamente che vuoi raccogliere informazioni, potresti essere in pericolo. L'ultima cosa che voglio sono gli Inca Boyz che fanno di te un bersaglio. Spiegami."

Alexis spinse da parte il suo piatto di insalata e si appoggiò al tavolo con i gomiti, sempre copiando il linguaggio del corpo di Blake. Questi non aveva idea se lo facesse di proposito, oppure se fosse un riflesso inconscio, dovuto al tentativo della sua mente di creare un collegamento di qualche tipo... però gli piaceva.

"Kelly e io eravamo amiche alle scuole medie, te l'ho detto. Lei viveva in un quartiere difficile di Denver, ma eravamo comunque vicine. Facevamo tutto insieme. Quando i miei genitori sono diventati ricchi, hanno cominciato a comportarsi in modo un po' strano, compravano a me e a Bradford vestiti nuovi di ogni tipo. Anche roba strana. Io pensavo che fosse fantastico. Ma dopo poco tempo, i ragazzi a scuola hanno cominciato a notarlo e hanno scoperto che i miei genitori erano ricchi sfondati. Così tutti i miei rapporti sono cambiati. Le ragazze che prima non mi parlavano, quelle più 'popolari', hanno cominciato a voler uscire con me per essere mie amiche. A me faceva piacere. Però non ho abbandonato le amicizie che avevo prima, se è questo quello che pensi."

Blake scosse la testa negando. "Non lo pensavo, Lex. Non potrei mai immaginare che lo facessi."

"Va bene." Gli occhi di Alexis fecero il giro di tutto il ristorante, sempre per cercare di evitare il contatto visivo con lui. "Comunque, Kelly un giorno mi ha tirata da parte, accusandomi di essere una ragazzina ricca e viziata, solo perché adesso la mia famiglia era ricca. Mi ha detto che non voleva più avere nulla a che fare con me. Ho cercato di dirle che a me non importava dei soldi, ma non mi ha voluto ascoltare. Ho provato fino alla fine delle scuole a ritrovare la sua amicizia, ma non ci sono riuscita."

Qualcosa nella voce di Alexis fece riflettere Blake. "Cosa ti ha fatto?"

Lei allora lo guardò. "Cosa vuoi dire?" Alexis cercò di sembrare spensierata, ma Blake si era accorto del dolore che si celava nelle sue parole.

"Ho capito che ti ha fatto qualcosa. Cos'ha fatto? Perché hai continuato a provarci fino alla fine delle scuole? Se ti aveva detto che non voleva essere più tua amica, avresti potuto lasciar perdere. Cos'è successo, Lex?"

Lei sospirò e fece una smorfia. "Perché devi essere così bravo a leggere tra le righe?"

Lui ridacchiò, ma il suono che fece non fu esattamente comico. "Mi viene utile nel mio lavoro."

"Sì, ne sono certa." Alexis respirò profondamente, poi rispose lentamente. "Va bene, eravamo in terza media, le scuole medie possono essere molto strane per le ragazze. Ci sono tutti gli ormoni della pubertà che corrono nel corpo, quello che pensano gli altri di noi diventa più importante di qualunque altra cosa, perfino del nostro orgoglio, del nostro spirito di autoconservazione."

"Cosa ti ha fatto?" Le parole di Blake suonarono dure, ora sul suo volto non c'era più alcun segno di divertimento.

"Niente di importante," disse Alexis, con un tono che contraddiceva involontariamente le parole che pronunciava. "Mi invitava fuori con lei e con le sue amiche, andavamo a giocare a bowling, mangiavamo panini, gelati, altre cose, chissà come finivo sempre per pagare io per tutti. All'inizio mi andava bene, i soldi non avevano alcuna importanza per me, volevo solo che rimanessero tutti miei amici. Usavo i soldi per cercare di comprare più amicizie. Kelly mi raccontava delle storie, mi diceva che lei e le sue amiche erano al verde, che i loro genitori non potevano comprare nemmeno da mangiare, perché vivevano di sussistenza, che arrivava sempre e solo a fine mese. Cose di questo tipo. Io non mi facevo alcun problema a pagare, perché avevo tanti soldi e sapevo cosa significasse essere poveri."

"Che stronza," sussurrò Blake.

Alexis scosse la testa. "No, non era colpa sua. Non sapeva come fare per affrontare il cambiamento nella nostra relazione, poi io l'avevo accettato felicemente."

"No, Lex. Lei sapeva esattamente quello che faceva. Ti stava solo usando. Usava l'amicizia che c'era tra voi per ottenere quello che voleva. Cosa è successo alla fine dell'anno?"

Alexis cercò di nuovo di evitare il contatto visivo, così Blake capì che stava per minimizzare qualunque evento fosse successo, come faceva sempre. "Mi ha detto che, all'inizio delle scuole superiori, dopo le vacanze, non voleva più essere mia amica. Io non capivo il perché. Non avevo ancora capito che gli amici che avrei dovuto cercare erano quelli che volevano avermi con loro perché apprezzavano me, non i miei soldi. Kelly alla fine mi ha detto che, se le avessi parlato ancora, avrebbe fatto in modo di farmene pentire."

"Oh, Lex. Mi dispiace." Il cuore di Blake era addolorato per Alexis, per la ragazzina che era allora. Era ovvio che si era persa, permettendo alle persone del tipo sbagliato di avvicinarsi a lei... ragazze che volevano solo i suoi soldi. Non un'amicizia vera.

"Va tutto bene, Blake. Che importa. È passato tanto tempo." Alexis fece un cenno con la mano nell'aria, come per allontanare una mosca fastidiosa.

Blake invece capì che non andava tutto bene, che quanto era successo alle scuole superiori non era ancora rimarginato. In quel momento avrebbe lasciato perdere, ma prima gli era rimasta un'ultima domanda. "E hai parlato ancora con Kelly?"

"Una volta."

Blake rimase in silenzio, ma sollevò le sopracciglia abbastanza da trasmettere il suo dubbio.

"È successo verso la festa del ringraziamento, in prima

superiore. L'ho vista in salone. Mi ero dimenticata, così l'ho salutata."

Visto che Alexis non approfondiva, Blake le chiese: "E poi?" Gli sembrava di doverle tirar fuori altre informazioni con le tenaglie.

"E la settimana dopo mi hanno aspettato tra una lezione e l'altra. Tre ragazzi più grandi di me mi hanno portata negli spogliatoi maschili e mi hanno picchiata a sangue. Non in faccia, mi hanno sbattuta per terra sotto le docce e mi hanno presa a calci finché non ero piena di lividi. Penso mi abbiano incrinato qualche costola. Non ho mai raccontato a nessuno questo episodio. Ma non ho più detto una sola parola a Kelly. Mai più."

"Santo cielo, Lex," sussurrò Blake.

"Di nuovo, è stato tanto tempo fa. Sono guarita. Ho imparato la mia lezione. Sono stata al mio posto."

"Cazzo, se odio i ragazzini," disse Blake con voce atona. "Allora raccontami. E davvero non te lo dico per fare lo stronzo. Se Kelly non voleva più parlarti allora, cosa ti fa pensare che vorrà parlarti adesso? E se si comportasse nello stesso modo? Se chiamasse i suoi amici Inca Boyz per darti una lezione, perché le hai parlato?"

"Blake. Ormai siamo adulti," protestò Alexis.

"E allora?"

"Senti. So come pensano le persone come lei. All'epoca faceva di tutto per sembrare una dura. Da allora, ho imparato molto. Adesso è convinta di essere tosta. Vorrà ricominciare a manipolarmi. Vedrai che l'idea le piacerà. Devo solo interpretare il mio ruolo. Un'amica persa tanto tempo fa... che ha molti soldi. Vicino a lei fingerò di essere nervosa, come se avessi ancora paura. Tenterò di invitarla fuori a mangiare, a pranzo, offrirò di pagare io. Le darò un biglietto da visita con il mio indirizzo. Così si accorgerà che abito in un quartiere alto della città, saprà che ho ancora tanti soldi. Vedrai che accetterà la mia offerta. Le pagherò il pranzo, poi la inviterò di nuovo. Non riuscirà a resistere alla tentazione di usarmi per i miei soldi. Le dirò quanto faccio schifo, quanto sto male senza un uomo, così lei si vanterà del suo uomo, alla fine abbasserà la guardia, pensando di essere molto più intelligente di me."

Blake scrutò Alexis con attenzione. Di facciata sembrava un buon piano, tranne per il dettaglio dell'indirizzo. Non le avrebbe mai permesso di consegnare il suo vero indirizzo a qualcuno, anche lontanamente legato agli Inca Boyz. Ci pensò con tutta onestà, se il piano fosse venuto da chiunque altro, non da Alexis, non avrebbe avuto alcun problema. Ma era proprio Lex. E quando Kelly aveva quattordici anni, l'aveva fatta picchiare dai suoi amici, semplicemente perché Alexis l'aveva salutata nel salone della scuola. Ora potevano fare molto peggio.

Se Kelly fosse riuscita a scoprire che Lex si stava prendendo gioco di lei, senza dubbio quella stronza avrebbe usato i suoi amici della Panda per uccidere la sua ex amica, ma solo *dopo* che i membri della banda avessero usato il suo corpo come volevano. Di ciò non aveva dubbi. Non si sarebbero certo limitati a picchiarla, come avevano fatto i ragazzi delle superiori.

"Dobbiamo consultare Logan e Nathan per scoprire ogni singolo dettaglio che potrebbe andare storto, così saprai cosa devi fare in ogni eventualità. Ma se *decidiamo* di avviare questa missione, voglio che tu sia sempre monitorata con dei microfoni, ogni volta che vi incontrate. Su questo punto non si discute." Blake stava quasi ringhiando, aveva stretto gli occhi in uno sguardo penetrante.

"D'accordo," Alexis accettò subito, stavolta senza mai interrompere il contatto visivo.

"E non andrai da nessuna parte, con lei, se non in un luogo pubblico."

"Va bene."

"E mi dirai quando e dove vi trovate, così potrò sempre intervenire."

"Blake, non penso che..."

"Queste sono le mie condizioni, Lex," la interruppe Blake. "Di nuovo, non intendo dire di sì o di no, dico solo che a prima vista sembra poter funzionare, ma finché non ne parliamo con i miei fratelli, non si può fare nulla. Di certo non mi piace l'idea che tu ti possa muovere da sola. I suoi amici sono degli assassini. Qualora sospettasse che la usi per ottenere informazioni, non esiterà a rivolgersi ai suoi contatti per farti del male. In tutta coscienza, non posso lasciarti senza protezione."

Si guardarono per un momento molto lungo. Blake avrebbe dato qualunque cosa per sapere cosa stesse pensando. Infine, lei annuì; lui notò una scintilla di eccitazione nei suoi occhi, un bagliore che non aveva mai visto prima.

"Microfono, in pubblico, non vi incontrate se non ci sono io a proteggerti. Sto dicendo sul serio. Se salta una sola di queste condizioni, sei fuori dalla Ace Security. Capito?" La sua voce si era fatta dura. Blake sapeva che avrebbe dovuto fermarsi, vedendola annuire, ma aveva insistito comunque.

"Capito. Ci mancherebbe," concordò subito, con una voce piatta e inespressiva, proprio come quella di lui. "Mi piace lavorare alla Ace, Blake. Mi soddisfa poter aiutare le persone. Mi sembra di fare la differenza... di contribuire positivamente al mondo, invece di compiere gesti vuoti e superficiali, come ho fatto per tanto tempo. So di essermi comportata come un'idiota, in passato, ma *non* sono un'idiota. Hai finito?"

Non aveva mangiato nemmeno la metà del cibo che aveva nel piatto, un comportamento non da lei, ma Blake aveva capito che si era chiusa. Non poteva certo rimangiarsi le sue parole, anche perché le aveva dette tutte sul serio. Lei le aveva interpretate come una preoccupazione per l'attività, non per lei personalmente, ma quella era l'interpretazione più simile al vero che potesse avere, in quel momento.

Avrebbe lasciato che fosse arrabbiata con lui, per ora. Ma, nel profondo, Blake sapeva che quella discussione aveva cambiato tutto. Ora la poteva capire un po' meglio. Certo, era arrabbiata con lui, ma gli aveva anche detto tante cose di sé. Cose che potevano spiegare perché era come era, perché aveva così tanta voglia di lavorare alla Ace Security.

Alexis Grant non era più semplicemente la sorella di Bradford, non era più nemmeno una impiegata precaria. Blake voleva scoprire tutto su di lei. Voleva conoscere le sue motivazioni, cosa si nascondeva dietro i suoi occhi marroni così espressivi. Voleva essere uno dei pochi privilegiati a scalfire quella corazza superficiale con cui lei si proteggeva dal mondo.

Voleva conoscere la vera Alexis Grant. Perché Blake aveva la sensazione che quella donna sarebbe stata la cosa più preziosa mai trovata in tutta la sua vita... sempre che fosse riuscito a tenerla al sicuro da se stessa.

CAPITOLO TRE

BLAKE ACCOMPAGNÒ ALEXIS alla Mercedes che aveva parcheggiato all'Hampton Inn. Lei era solita alloggiare in albergo, la notte prima di un lavoro mattutino. La sua logica era che, pur vivendo ancora a Denver, rifiutava di farsi pagare il soggiorno dalla Ace Security, anche se Blake aveva cercato di convincerla in quel senso. Anche se a lui non piaceva, aveva deciso di non contrastarla. Sapeva di dover scegliere con molta attenzione i punti su cui battagliare con lei.

Dopo aver visto Alexis che si dirigeva verso nord, per raggiungere il suo appartamento a Denver, si diresse verso il centro di Castle Rock, notando con piacere che il ristorante italiano di Scarpetti aveva finalmente aperto, Nello spazio in cui prima si trovava lo studio di architettura dei Mason. Era contento per Grace e per Logan, che non dovessero più vedere tutti i giorni l'azienda dei genitori di Grace, ogni volta che andavano al lavoro. Parcheggiò la sua Mustang e si incamminò verso la Ace Security. Entrando in ufficio, trovò suo fratello Nathan davanti al computer, dove stava gran parte del tempo.

"Ciao, Nathan. Che butta?"

"Ciao," rispose suo fratello, un po' assente.

"Dov'è Logan?"

"Grace aveva un'altra ecografia proprio oggi," rispose Nathan.

Blake annuì. Se Grace doveva recarsi a fare una visita medica, Logan non avrebbe voluto essere altrove, se non al suo fianco. "Dici che poi torna?"

Nathan annuì, sempre senza distogliere lo sguardo dallo schermo del computer. "Sì. Sempre che vada tutto bene coi bambini. Ha detto che sarebbe tornato appena finita la visita."

"Bene."

Nathan finalmente alzò lo sguardo. Qualcosa nel tono di voce di Blake doveva aver catturato la sua attenzione. "È andato tutto bene stamattina?"

"Sì, perché?"

"Mi sembri strano."

Blake guardò suo fratello. Anche se Nathan poteva sembrare un tipico secchione del computer, non era un debole. Blake era sicuro che Nathan si sarebbe difeso benissimo, in caso si fosse venuti alle mani. In un confronto di forza, avrebbe anche potuto soccombere, ma era abbastanza intelligente da non arrivare mai a quel punto.

Da ragazzo, Logan li aveva sempre protetti, mettendosi tra loro e quella pazza di loro madre, quando le venivano i suoi attacchi di aggressività. Ma, a quanto pare, crescere con una madre violenta e non essere abbastanza forte da potersi difendere da solo aveva spinto Nathan a trovare il modo di gestire una situazione critica, prima che si arrivasse alle mani.

Blake aveva avuto modo di apprezzare i talenti di suo fratello la prima volta che si erano occupati insieme di sicurezza. Logan aveva un altro impegno, non avevano avuto altra scelta, se non mandare sul campo Nathan. Dovevano scortare un uomo nella casa della sua ex, perché potesse andare a riprendersi le sue cose, ma la donna era fuori di testa. Si era messa a correre verso il suo ex e aveva cominciato a prenderlo a pugni. Blake si era fatto subito avanti per bloccare la donna, mentre Nathan aveva cominciato a parlarle, per farla calmare e farla desistere da qualunque gesto folle. Se non fosse stato presente al fatto, se non fosse stato là in piedi a guardare, Blake non ci avrebbe creduto, avrebbe pensato che nulla avrebbe potuto far desistere quella donna. Invece, nel giro di pochi momenti, lei si era messa a piangere, scusandosi, così erano riusciti a depotenziare una situazione a rischio, che si era conclusa in modo alquanto pacifico.

Anche se tanti sottovalutavano Nathan, a causa del suo aspetto e del suo atteggiamento, Blake aveva imparato che, oltre a sapersi difendere da solo, sapeva difendere anche gli altri senza usare armi di alcun tipo, se non il suo cervello, in grado di pensare rapidamente e di capire gli altri al volo, ed aveva davvero un talento unico che gli faceva leggere tra le righe. Era molto sensibile, sembrava in grado di capire le emozioni degli altri, anche senza sentire una sola parola. Come in quel momento.

"Il lavoro è andato bene," Blake cercò di rassicurare Nathan.

Nathan fece un cenno in aria con la mano, come per scartare le parole di suo fratello. "Allora cosa c'è? Si tratta di Alexis, è successo qualcosa? La dobbiamo congedare?"

"No!" rispose deciso Blake. "Sta bene. Poi è molto brava." Si guardò intorno, l'ufficio era molto in disordine, cercò di evitare lo sguardo del fratello. "Dovevo solo parlare con Logan di qualcos'altro."

A Nathan non piacquero gli occhi del fratello.

Infine Blake tornò a guardare Nathan. Nessuno dei due parlò.

Nathan annuì, e tornò a occuparsi della sua tastiera. "Se ti serve il mio aiuto, sai dove trovarmi." Così si era congedato.

Blake sospirò in silenzio, per il sollievo. Sapeva che suo fratello Nathan aveva intuito qualcosa, ma non aveva insistito a curiosare. Poi non se la sarebbe presa, se avesse parlato con Logan, prima che con lui. Nathan era fatto così, e Blake apprezzava il suo carattere soprattutto in quel momento, come mai nel passato. "Lo so. Grazie."

Blake voleva parlare con Logan del piano di Alexis. Non che non si fidasse di Nathan, ma Logan era già coinvolto direttamente con gli Inca Boyz, a causa di quanto era successo a Grace. Il piano di Lex sembrava buono, ma nel contempo lo rendeva molto nervoso. Ne voleva parlare a fondo con Logan, per avere la sua opinione. Forse lui era troppo coinvolto direttamente... forse apprezzava troppo Lex e non riusciva a trovare falle nel suo filo logico.

Gli Anderson avevano visto direttamente la depravazione degli Inca Boyz, Blake non voleva che Alexis si avvicinasse troppo a loro. Certo, voleva che la banda fosse fermata, ma mandare Lex sotto copertura non gli sembrava il modo ideale per perseguire il loro scopo. Non solo perché quei criminali erano pericolosi, ma anche per lo sguardo perso e addolorato che aveva Lex, quando gli aveva parlato del suo rapporto disastroso con Kelly. Non voleva proprio che Alexis avesse di nuovo a che fare con lei, rischiava di rivivere emozioni e dolori che aveva finalmente superato, col tempo. Le azioni di Kelly gli rivoltavano lo stomaco.

Dopo un'ora e mezza, quando Logan finalmente tornò in ufficio, Blake gli raccontò tutto ciò che aveva saputo da Alexis quel mattino, e quanto intendeva fare.

"Cos'è cambiato adesso, rispetto a qualche mese fa, quando si è offerta per la prima volta di aiutarci a trovare informazioni su quella banda?"chiese Logan. Si era seduto di fronte al fratello, con le gambe accavallate. Sembrava rilassato, ma Blake conosceva abbastanza bene suo fratello, da sapere che qualunque discussione sugli Inca Boyz lo faceva senz'altro agitare.

Blake sapeva esattamente cosa era cambiato, ma non era pronto ad ammetterlo a voce alta... ancora. La prima persona a cui avrebbe rivelato le sue intenzioni sarebbe stata Alexis.

Chissà come, quel mattino aveva capito che Alexis non gli interessava solo come amica, che le sue sensazioni si erano tramutate in sentimenti. Era divertente starle vicino, lavorava sodo, le piacevano i suoi fratelli, in tutto il tempo che avevano passato insieme, a Blake non era mai capitato un solo momento di noia, non aveva mai desiderato essere altrove. Si era intrufolata nella sua vita con grande destrezza, senza che lui si accorgesse delle sue intenzioni, a parte il fatto che cercava così spesso di attirare la sua attenzione.

"Ti importa? vuole provare a riallacciare i rapporti con questa Kelly, una tipa vicina alla banda. Non mi sembra un'idea molto sicura," disse Blake al fratello.

"Certamente no. Ma ha ragione. Non siamo andati molto lontano, spiando i loro social media. Abbiamo scoperto informazioni utili, ma sempre dopo i fatti e senza poter mai dimostrare nulla. Non otterremo mai informazioni sufficienti da passare alla squadra speciale, per far sì che li fermino prima di qualche azione criminale, a meno che non cambiamo tattica. Continueranno a vendersi e a offrirsi per picchiare e intimidire, o magari anche per uccidere. Se Alexis indossa un microfono e ottiene abbastanza informazioni, queste potrebbero bastare per far spiccare un mandato."

"Vale la pena metterle contro la banda per tutta la vita? Se scoprono cosa sta facendo, potrebbe essere sotto tiro per anni. Sai che non lasceranno perdere. La dovranno usare come esempio per chiunque altro voglia in futuro anche solo pensare di denunciarli, collaborando con le forze dell'ordine."

"Allora dovrà fare molta attenzione, per non farsi scoprire." Le parole di Logan erano molto pratiche.

"Ma a te interessa?" sbottò Blake, snervato dall'apparente superficialità del fratello nel soppesare il pericolo in cui poteva cacciarsi Alexis.

Logan riappoggiò il piede a terra e si sporse in avanti, fissando intensamente Blake. "La mia prima responsabilità è occuparmi di mia moglie e dei miei bimbi in arrivo. I genitori di Grace sono in carcere, ma voglio ogni singolo stronzo di quella banda spazzato via dalla faccia della terra. Se non potrò farlo, dovrò accontentarmi di mandarli dentro. Farò qualunque cosa per riuscirci."

Blake si tirò indietro sulla sedia, sempre senza interrompere il contatto visivo col fratello. "Anche a spese della vita di un'altra donna?"

Logan respirò profondamente, si accomodò meglio sulla sedia, il suo sguardo penetrante in quello del fratello. "Non conosco tanto bene Alexis. Tu e Nathan lavorate di più con lei. Penso sia stato tu a dirlo, quando si annoierà, cambierà ancora lavoro. Se non intende rimanere, non mi impegnerò per conoscerla meglio. Non so perché *a te* interessi così tanto. Potrebbe essere solo la prima di una lunga serie di apprendisti che fanno esperienza qui, alla Ace Security. Non è che state uscendo. Se ha voglia di ricontattare una ragazza che conosceva quando erano piccole, e se questo ci porta più vicini a eliminare gli Inca Boyz... perché no?"

Blake avrebbe voluto scagliarsi sul fratello, per il gelo con cui si comportava, ma, almeno questa volta, aveva ragione: Logan *non aveva* passato tanto tempo con Alexis. Non la conosceva. Blake capiva il punto di vista del fratello... lo capiva. Ma non poteva lasciare che Alexis venisse bistrattata così, senza nemmeno ribattere.

"Sinceramente non credo saresti così tranquillo, se quei bastardi scoprissero quello che fa Alexis e se la uccidessero. Non sei quel tipo di uomo. Mi sta benissimo che Grace e i bambini siano la tua priorità, ma non dovrebbero essere *l'unico* pensiero."

I due fratelli si fissarono per un po', uno di fronte all'altro, nella stanza, prima che Logan sbuffasse, dopo aver gonfiato le guance. "Hai ragione. Scusami. Solo che... ho visto i miei bambini calciare e muoversi nella pancia di Grace, oggi, ho sentito i loro cuoricini battere... mi ha fatto capire quanto ho rischiato che *non* fossero nella mia vita. Mi sento molto protettivo. Sono la mia vita. Farei qualunque cosa per proteggerli, anche se si trattasse di mettere in pericolo qualcun altro."

Blake annuì, senza parlare.

"Per quanto riguarda il piano di Alexis, hai ragione, è pericoloso, ma penso anche che potrebbe funzionare. Tuttavia, dovremmo fare alcune modifiche. Sono d'accordo che non dovrebbe in alcun modo far sapere a quei pazzi il suo indirizzo, per quanto potrebbe servire ad attirarli, sapere che vive nei quartieri alti della città. In base a quanto mi hai detto, c'è una possibilità che questa tipa, Kelly, possa far saltare la copertura di Alexis, ma c'è anche una buona possibilità che invece se la beva. Sempre che Alexis se la giochi bene, senza mostrarsi troppo interessata, forse potrebbe funzionare. Adesso su quella banda non abbiamo un tubo. Non possiamo nemmeno dimostrare che gli Inca Boyz abbiano avuto un ruolo nell'incidente che mi riguarda, anche se sappiamo bene entrambi che è così. Ma quel che mi chiedo è, perché Alexis *vuole* mettersi così in prima linea? Che cosa ci guadagna?"

"Non ne sono sicuro al cento per cento," rispose Blake. "Anch'io me lo sono chiesto. Penso che in parte c'entri con il modo in cui è stata trattata alle scuole superiori. Tanti facevano gli amici perché aveva i soldi, non per la persona che era, e lei ha alimentato questi comportamenti spendendo i suoi soldi per loro. Oggi mi ha confidato di voler contribuire positivamente al mondo, lavorare con noi l'aiuta a sentirsi utile.

Le dà uno scopo. Oltre a questo, penso che anche suo fratello sia per lei un fattore motivante. Anche lui è stato vittima degli Inca Boyz. Lei sa cosa vuole dire essere vittime, vuole evitare che succeda a chiunque altro."

"Lei sa cosa vuole dire essere vittime?" chiese Logan, guardando il fratello con gli occhi stretti in segno di interesse.

Blake non voleva raccontargli tutti i dettagli che aveva appreso, in una situazione confidenziale. Anche se Alexis non gli aveva chiesto di non dire nulla ai suoi fratelli, gli sembrava qualcosa da non raccontare così, senza un suo permesso esplicito. Si limitò a dire: "Sì. Ha avuto un periodo difficile, alle superiori." Più pensava alla posizione in cui Alexis si voleva mettere, più si meravigliava. Il coraggio che stava dimostrando, per il suo desiderio di smantellare quella banda, pur mettendosi in pericolo, era sia folle che ammirevole.

"Va bene, mi hai chiesto cosa ne penso," disse Logan. "Sarà pericoloso? Sì. Ci sono dei rischi? Sappiamo entrambi che è così. Ce la può fare? Questo lo puoi valutare meglio tu, ma io penso che sia possibile. Ci aiuterebbe? Sì. Ma avevi assolutamente ragione nel dirle che non dovrebbe fare *nulla* senza prima fartelo sapere, senza *farcelo* sapere. Questa è una missione pericolosa, sarebbe una matta ad andare sotto copertura per conto suo. E se per caso non puoi seguirla quando si incontra con questa Kelly, sai che io o Nathan saremo a disposizione per farlo. Tu pensa a proteggere lei. Noi penseremo a te. Punto."

Blake sospirò sollevato. Era proprio ciò che sperava di sentirsi dire. "Grazie, frate. Lo apprezzo."

"Sempre e comunque, Blake. La famiglia Grant non sarà in cima alla lista delle persone con cui voglio fare amicizia, ma so che sono stati anche loro tirati dentro nel piano dei genitori di Grace, sono stati colpiti e inorriditi da quanto successo a Grace, tanto quanto me. E, cosa più importante, mi fido di *te*. Se mi dici che Alexis è all'altezza e ce la può fare, allora è così."

"Grazie ancora."

"Prego."

"Hai ricevuto le foto dei miei nipoti, oggi?" chiese Blake, stemperando la tensione.

"Il papa è Cattolico?" chiese Logan, scherzando, mentre prendeva il portafogli dalla tasca posteriore.

CAPITOLO QUATTRO

Due settimane più tardi, Alexis era seduta in un'auto nel parcheggio di un supermercato, a nord-est di Denver... nel bel mezzo del territorio degli Inca Boyz. Aveva passato una settimana a pedinare Kelly, prima online, seguendo su Twitter tutti gli hashtag legati alle varie bande e cercando parole chiave su Google, poi dal vivo, seguendo Kelly mentre faceva i suoi affari, nei quartieri bassi di Denver, dove era attiva la banda. Così conobbe i negozi in cui le donne della banda amavano andare a fare spese, imparando gli orari dei loro spostamenti. Kelly si muoveva in modo estremamente prevedibile, andava nello stesso supermercato quasi tutti i pomeriggi.

Alexis non capiva che mai avesse quella donna da comprare ogni giorno, ma immaginò che dovesse procurare scorte per la banda... alcol, sigarette, munizioni, e chissà che altro. Le vennero in mente anche altri pensieri disgustosi, come corde, badili, nastro adesivo e profilattici.

"Qualunque cosa tu faccia, non giocherellare col filo del microfono," le disse Blake, per la milionesima volta. "So che è scomodo, ma se ne accorgerà a un chilometro di distanza, se non riesci a tenere le mani ferme, lontane dal microfono. Se ti puoi avvicinare a lei, fallo, ma se ti sembra che non vada bene, torna sui tuoi passi e rimanderemo l'approccio a un altra volta."

"Lo *so*, Blake. Mannaggia. Stai tranquillo," sbottò Alexis. "Certo che non mi piace avere questo aggeggio attaccato tra le tette, ma non mi metterò a toccarmi nel bel mezzo del supermercato. Almeno dammi un po' di fiducia, su questo."

Mostrando un minimo di dispiacere, lui rispose: "Giusto. Allora andiamo. Diamoci da fare. Io ti ascolto da qui. Se succede qualcosa di imprevisto, ti basta dire la parola d'ordine, sarò da te in meno di un minuto."

Alexis annuì. "Lo farò. Non preoccuparti. Non cercherò di fare l'eroina. Per questo ci siete tu e i tuoi fratelli." Diceva sul serio. Anche se erano passati degli anni, ricordava ancora molto bene ogni secondo di quando era stata messa al tappeto, sul pavimento dello spogliatoio dei ragazzi, quando aveva quattordici anni ed era stata presa a calci ripetutamente. Allora sapeva che nessuno avrebbe fatto incursione negli spogliatoi, per aiutarla. Era totalmente sola. Anche se adesso sarebbe stata tecnicamente da sola, una volta uscita dall'auto di Blake... in realtà non lo era. Le bastava dire "Devo andare" e Blake sarebbe arrivato di corsa.

Indossava un completo costoso completamente nuovo. Un completino che gridava a gran voce "ho i soldi, ne ho tanti." La giacca era di seta, di colore marrone scuro, con una scollatura sia davanti che sulla schiena. Portava anche gli orecchini di diamanti da due carati che sua madre le aveva regalato per il diploma. Erano troppo grossi e sfarzosi per il suo gusto, per questo li aveva indossati solo una volta, ma sua mamma era stata comunque molto felice. Alexis aveva abbinato la camicetta con una gonna grigia attillata, con delle increspature in fondo, all'altezza delle ginocchia. Era sensuale, ma non troppo sgargiante. Per la prima volta in tanti anni, aveva scelto scarpe coi tacchi alti il doppio di quelli da cinque che indossava di solito. Erano scarpe di marca Christian Louboutins, era stata molto restia nel comprarle. Avevano un prezzo ridicolmente alto, ma Blake aveva sostenuto che Kelly molto probabilmente le avrebbe riconosciute al primo sguardo, proprio quello che avrebbe aiutato la loro causa.

Alexis non voleva ammetterlo, ma si sentiva davvero sexy con quel completo... anche se lo indossava solo per fare scena. I tacchi accentuavano i muscoli dei suoi polpacci, anche se non era magrissima, quegli abiti mettevano in evidenza i punti giusti, nascondendo i punti deboli. Era andata dal parrucchiere quel mattino, si era fatta fare uno chignon di classe, con delle ciocche di capelli che le incorniciavano le guance, si era truccata pesantemente.

Quando Blake l'aveva vista la prima volta, arrivando al suo appartamento, l'aveva fissata per molto tempo, squadrandola in ogni punto del corpo, dai capelli al viso, soffermandosi un poco sul petto e sui fianchi, per poi scendere sulle gambe e sui piedi. Lei quasi poteva sentire gli occhi di lui che la accarezzavano fisicamente, mentre erano in piedi l'una di fronte all'altro e lui si godeva lo spettacolo. Credette di vedere nei suoi occhi anche un'ombra di lussuria, ma qualunque cosa avesse visto fu sostituita qualche momento dopo da un'occhiata amichevole. L'aveva salutata a malapena con un cenno del capo ed era tornato a concentrarsi sulla strada che doveva percorrere, avviando l'auto e dirigendosi verso il supermercato. Dannazione.

"Fai molta attenzione là dentro, Lex," la avvertì Blake a voce bassa, voltandosi e mettendole una mano sulla parte alta della schiena, mentre lei si preparava a uscire dalla sua Mustang.

Alexis poteva sentire il calore della sua mano che arrivava alla sua pelle, si riprese in tempo, prima di lasciarsi andare tra le sue braccia. Sarebbe stato molto imbarazzante, se lui si fosse tirato indietro con lo sguardo inorridito.

Lo guardò e soffermò appena gli occhi sul suo avambraccio, prima di tornare a guardarlo in faccia. "Lo farò," gli disse rapidamente. "Tornerò in un baleno." Gli fece un cenno di assenso e aprì la portiera, interrompendo il contatto fisico, poi uscì dal veicolo prima di poter dire qualcosa di troppo sdolcinato, di cui senz'altro si sarebbe pentita. Quel che voleva davvero fare, era dirgli quanto fosse nervosa e impaurita, ma aveva la sensazione che, facendolo, avrebbe spinto Blake a mandare tutto a monte. Le aveva detto molte volte che, se avesse deciso di rinunciare all'incontro con Kelly, lui non avrebbe minimamente pensato male di lei. Lui e i suoi fratelli avrebbero trovato un altro modo per ottenere informazioni sugli Inca Boyz, senza che lei dovesse mettersi in pericolo.

Nelle ultime due settimane, dal lavoro che avevano svolto a Colorado Springs, da quando cioè si era aperta con Blake, rivelandogli le sue motivazioni per lavorare alla Ace Security, si era accorta che Blake la trattava in modo diverso, ma si era convinta che si trattasse solo di pensieri gentili. Sembrava più protettivo, le chiedeva di mandargli un messaggio quando arrivava a casa, di guidare con prudenza. Alcune volte l'aveva perfino chiamata per chiacchierare al telefono, quasi sempre le conversazioni non finivano su alcun argomento in particolare, comunque niente che avesse a che fare con la Ace Security o col lavoro. Era strano e meraviglioso allo stesso tempo.

Alexis non aveva la minima idea di come comportarsi, con un uomo come Blake. In generale, teneva gli uomini a distanza di sicurezza ormai da troppo tempo, probabilmente non si sarebbe nemmeno accorta se qualcuno voleva qualcosa in più di una semplice avventura a letto. Complici la sua altezza non eccessiva e il suo look, spesso discreto, gli uomini tendevano a trattarla come la loro sorella minore, o come un'amica, niente di più, a meno che non volessero riuscire a sfilarle le mutandine. Le sue maniere allegre e i suoi atteggiamenti da dura non l'aiutavano. Almeno fino a Blake, che con lei era sempre stato gentile.

Ma per la prima volta in vita sua, Alexis avrebbe desiderato sapere cosa dire o cosa fare, per incoraggiare un uomo a volerla. Non un uomo qualunque, ma Blake Anderson. Voleva che lui la guardasse, che la considerasse più della collega cordiale con cui lavorava. Ci sperava molto.

Cercando di allontanare i pensieri cupi che le vorticavano nella mente, Alexis respirò profondamente. Non era quello il momento di bramare Blake, o di desiderare qualcosa, non avendo minimamente idea di come ottenerlo. Doveva concentrarsi sulla sua missione. Così, senza voltarsi indietro verso il veicolo, o verso Blake, ignorando il modo in cui il nastro tirava il microfono ad ogni suo passo, tenendolo stretto alla pelle sensibile tra i suoi seni, Alexis si incamminò rapidamente verso l'ingresso del supermercato. Aveva un'idea per avvicinare Kelly quasi per caso, ma il tempismo era fondamentale.

———

Blake osservò Lex che si avvicinava al supermercato, stringendo i denti dall'agitazione. Aveva un aspetto sensuale da morire, e lui non aveva potuto far altro che rimanere lì con le mani in mano, mentre lei si era accomodata sul sedile di fianco al suo. Le sue gambe sembravano molto più lunghe del solito, grazie ai tacchi alti che indossava, la seta della sua camicetta gli aveva fatto venire il prurito alle mani, con cui avrebbe tanto desiderato tastarle i seni. Per non parlare dell'occhiata fugace con cui aveva visto la sua coscia formosa, mentre si sedeva sul sedile della sua Mustang. Non l'aveva mai vista così tirata come quella mattina. Anche se sembrava quasi un costume di scena, che la faceva somigliare pochissimo alla donna che aveva imparato a conoscere veramente, Blake non poteva illudersi, raccontandosi che non gli piaceva il modo in cui si presentava. Il suo completo brillava di classe e trasmetteva ricchezza, ma a lui faceva solo venir voglia di metterla schiena al muro per scompigliarla tutta. La dicotomia della donna che conosceva, quella che gli diceva senza problemi quando era prepotente e insopportabile, e il modo in cui si era tirata, tutta seria ed elegante, seduta vicino a lui, aveva attirato l'attenzione del suo membro più rapidamente di quanto gli fosse mai successo prima.

Stava diventando sempre più difficile tenersi dentro le sue emozioni. Quasi sempre, in vita sua, le donne gli si gettavano tra le braccia. Era passato tantissimo tempo, da quando aveva dovuto conquistare una donna, si era quasi dimenticato come fare. No, anzi, non proprio. Si era dimenticato le emozioni, il senso di anticipazione, la frustrazione, l'eccitazione, tutto ciò che comportava fare il primo passo per conquistare una donna. Aveva incontrato fin troppe donne che, senza pensarci due volte, gli davano il numero di telefono, gli si avvicinavano, si strusciavano, sfregando con le tette il suo braccio, si spingevano perfino a giocare con i suoi capelli, dietro la nuca, senza nemmeno che le incoraggiasse, o che approvasse.

Arrivavano a flirtare in modo invadente, per fargli capire che avrebbero accettato le sue avance. In passato, si era approfittato di queste situazioni. Un paio di volte, aveva avuto avventure di una notte, aveva anche incontrato alcune delle ragazze con cui aveva avuto relazioni stabili, dopo che avevano fatto loro la prima mossa. Ma da quando era uscito dall'esercito e si era trasferito, tornando a Castle Rock, tutto era cambiato, quei giochetti erano passati. Voleva essere lui a corteggiare, non voleva essere oggetto di corteggiamento. E per la prima volta, da tantissimo tempo, aveva trovato una donna che desiderava conquistare.

Ma in quel cavolo di situazione, ora Lex non gli dava alcun indizio di essere o meno interessata alle sue attenzioni. Lei non flirtava mai. Sembrava quasi che non sapesse *come* fare. Era una situazione intrigante, come tutte le situazioni poco chiare, imperscrutabili. Per quanto l'avesse toccata "accidentalmente", lei sembrava non ricambiare mai. Non si sporgeva verso di lui, non sembrava nemmeno notare che la sfiorava. Almeno esternamente. Ma non poteva nascondere le reazioni involontarie del suo corpo: i suoi capezzoli che si indurivano quando la toccava, il modo in cui seguiva con gli occhi le sue braccia, quando le muoveva. Quello sguardo desideroso, con i suoi meravigliosi occhi marroni.

Per la prima volta nella vita, Blake non sapeva come procedere. Voleva Alexis Grant ed era abbastanza sicuro che anche lei lo volesse. Ma era anche il suo capo, in un certo senso, e ora la stava anche mettendo nel bel mezzo di una situazione delicata, in cui lei affidava a lui la sua protezione. Non era certo il modo normale in cui si poteva avviare, o far continuare, una relazione.

Ma guardando Lex che camminava nel supermercato, ascoltando dalle cuffie il suo respiro, più rapido del solito, mentre cercava Kelly, Blake capì che era ora di dare un taglio ai sotterfugi. Non avrebbe fatto passare un giorno in più, senza dire a Lex che voleva uscire e avere un appuntamento con lei. Voleva vedere se la chimica che sentiva innescarsi tra loro era ricambiata. Il coraggio di Alexis era quasi altrettanto attraente quanto il suo aspetto esteriore. Qualunque cosa potesse nascere tra loro, Blake non voleva perdere un'altra ora senza sapere cosa provasse lei.

"Trovata."

La voce roca e appena pronunciata risuonò molto forte nella cuffia, facendo quasi sussultare Blake. Era così immerso nei suoi pensieri, cercando le parole migliori da dire ad Alexis, che aveva quasi dimenticato il motivo per cui si trovava là.

Sapendo che lei non poteva sentirlo, mormorò comunque: "Brava ragazza".

Per venti minuti, non sentì altro che il respiro profondo di Alexis, che stava seguendo Kelly nel supermercato. Blake sapeva che stava facendo finta di fare la spesa, per avvicinare l'altra donna.

Passarono altri cinque minuti di tensione, prima che finalmente Lex parlasse di nuovo.

"Kelly? Kelly White? Ma sei tu?"

"Chi vuole saperlo?" la voce di Kelly era decisa e roca, come se fumasse due pacchetti al giorno. Sembrava anche parecchio irritata.

"Ma sì, *sei* proprio tu!" disse Lex, con una voce stridula, che Blake non le aveva mai sentito usare prima. Era una voce strana, la faceva sembrare più giovane di qualche anno. "Sono io! Alexis Grant! Ti ricordi di me, vero? Siamo andate alle medie e alle superiori insieme."

"Oh, ma sì, certo, mi ricordo di te. Sei ancora ricca?" sbuffò Kelly scontrosa.

Santo cielo, Blake odiava già quella donna, anche se aveva pronunciato appena una decina di parole.

Lex ridacchiò, producendo un altro suono strano, che non le aveva mai sentito fare.

"Sì. Beh, i miei genitori sono ricchi, almeno. Vivi ancora da queste parti?"

"Già. Altrimenti non farei la spesa in questo cazzo di supermercato," replicò Kelly, sempre molto acida.

"Ma certo, che stupida che sono," rispose Lex, fingendosi sbadata, senza sentirsi minimamente intimidita dalle risposte crude di Kelly. "Ci siamo divertite alle scuole medie, vero? Ti ricordi quando andavamo insieme al centro commerciale? Eri così smemorata, non so nemmeno quante volte ti sei dimenticata il portafogli e ho dovuto pagare io. Era così divertente."

Non era certo un approccio velato, Blake capì subito cosa

stesse cercando di fare Lex. Avevano parlato del modo migliore di avvicinare Kelly. Avevano deciso di non girarci troppo attorno, di andare dritti al punto. Alexis stava facendo esattamente quanto avevano concordato. Lui trattenne il fiato, mentre ascoltava il dialogo che andava avanti.

"Sai, di solito mi dava fastidio," disse Alexis, con un tono che avrebbe dovuto sembrare nostalgico, "mi dava fastidio che i miei parenti potessero permettersi cose che gli altri non potevano permettersi. Al mondo non c'è davvero giustizia. Mi dispiace che non ci siamo più frequentate molto, alle superiori. La nostra amicizia mi è mancata. Ma adesso ti trovo bene. Mi piace quella camicetta."

Kelly sbuffò e si limitò a dire: "Già."

Lex continuò come senza accorgersi del tono di voce gelido dell'altra donna. "I miei genitori mi danno ancora una paghetta mensile, per quanto possa sembrarti strano. Che follia. Non devo nemmeno lavorare, anche se ho trovato un lavoretto part-time. Mi annoio a starmene a casa o a fare shopping tutto il giorno."

"Tu non vivi da queste parti, vero?" le chiese Kelly.

"Da queste parti? Ma no!" rispose Lex, fingendo stupore. "Vivo in centro, in un condominio appena ristrutturato. Sai, uno di quelli con la piscina sul tetto, con l'accettazione all'ingresso, c'è anche l'ascensore che si attiva con la tessera magnetica e ti porta direttamente al piano giusto."

"Allora cosa ci fai qui?"

Blake si irrigidì. Kelly sembrava interessata e scettica nel contempo. Non era sicuro che la loro storia avrebbe tenuto.

Lex ridacchiò di nuovo, prima di dire con disinvoltura: "Oh, guarda, c'è un bar che mi piace, qua vicino. Ai miei genitori non piace quando vado in posti 'sotto al nostro livello'." Blake poteva immaginare Lex che faceva i segni delle virgolette con le dita, pronunciando quelle ultime parole. Lei proseguì. "A volte mi viene una voglia matta per qualcosa di più forte di un semplice Martini, tu mi capirai."

Blake trattenne il fiato. Chissà se Kelly avrebbe abboccato all'esca.

"Davvero? Ti piace frequentare locali in *questo* quartiere?"

"Ebbene sì. Sono più eccitanti. Gli uomini sono così... machi, capiscimi, a me piacciono i tipi a cui non frega nulla di quello che pensano gli altri di loro. Non sono certo una persona violenta, ma trovo un fascino particolare in un uomo che tira fuori un coltello, o una pistola, quando si sente dire qualcosa di maleducato. A chi non piacerebbe stare con un uomo che ti protegge? L'ultimo tipo con cui uscivo era di questa zona, era pieno di tatuaggi, insisteva a indossare solo abiti di un certo colore." La risatina frivola di Alexis risuonò forte nell'orecchio di Blake, amplificata dal microfono. Gli venne il dubbio che stesse un po' esagerando, ma lei proseguì. "Però aspetta... c'è qualcosa di male nei bar qui vicino? Sono pericolosi?" Alexis sussurrò quelle ultime parole, quasi come se fossero impronunciabili, almeno in pubblico.

"No. Proprio per niente," rispose Kelly con un tono di voce appena più tiepido di quello gelido da polo Nord che aveva usato prima. Era un buon segno. "Sono ottimi. E sono d'accordo con te, sugli uomini che si trovano in questa zona. Non pensavo proprio avessi questi gusti. Ti avrei immaginata che uscivi con un avvocato, o magari con uno di quegli architetti di tendenza che lavorano per i tuoi genitori. Magari ci possiamo trovare, qualche volta. Posso presentarti i miei amici."

Agganciata. Abboccato. Presa al laccio. Blake avrebbe dovuto essere più contento, ma non lo era. L'ultima cosa che voleva era prolungare quella situazione. Aveva accettato di coinvolgere Alexis, ma ora che il piano sembrava funzionare, che stava succedendo davvero, non gli piaceva per nulla. Starsene seduto fuori da un bar losco, infestato di malviventi, per ascoltare senza poter far nulla, qualora Lex si fosse messa nei guai, non era certo uno dei suoi sogni migliori, specialmente dopo aver compreso finalmente quel che provava per Alexis, nel momento in cui era uscita dalla sua auto. Improvvisamente, avrebbe solo voluto rinchiudere Lex nel suo appartamento, costoso e sicuro, senza mai lasciarla più uscire.

"Meraviglioso! Mi piacerebbe!" disse Lex, con una voce che imitava la ragazzina più allegra e gioiosa del pianeta. "Così possiamo recuperare il tempo perduto! Mi piacerebbe davvero incontrare i tuoi amici. Magari offro un giro a tutti, in nome dei bei tempi passati." Poi scattò di nuovo la risatina ridicola.

Blake sentì una voce confusa provenire dal microfono, senza poter capire cosa dicesse. Poi sentì Kelly che diceva, con voce alterata: "Oh merda, non trovo la carta di credito."

Così Alexis disse, con quella voce acuta e stridula che lui aveva già cominciato a odiare: "Davvero? Wow, proprio come quando eravamo alle medie. Nessun problema, Kelly! Lascia che ci pensi io. Sarebbe stupido doversene andare, adesso che hai tutta la roba nelle borsine. Sono così felice di averti ritrovata. Che coincidenza."

"Sì, anch'io," biascicò Kelly.

"Non vedo l'ora di incontrare i tuoi amici. Ci scambiamo il numero di telefono? Così possiamo sentirci e organizzarci?" Chiese Alexis.

Blake sentì altri rumori provenire dal microfono, mentre Alexis tirava fuori di tasca il telefonino anonimo che avevano comprato qualche giorno prima, solo per la missione.

"Ma certo, anche se non ho il mio telefono qua con me. Perché non mi dai il tuo numero, così ti mando un messaggio?"

"Ottimo."

La situazione era piena di campanelli d'allarme che Blake sapeva riconoscere, pur non essendone sorpreso. Ovviamente,

Kelly era abituata agli accorgimenti della vita sulla strada, non avrebbe mai dato il suo numero di telefono ad Alexis.

Si sentirono altri rumori provenire dal microfono, mentre Alexis frugava per trovare un biglietto da visita, con tanto di cuori e fiori. Lo consegnò alla sua nuova "amica" Kelly dicendo: "Ecco il biglietto con il mio numero di cellulare, l'e-mail e la pagina Facebook. Mandami la richiesta di contatto! Non vedo l'ora di risentirti! Buona giornata, Kelly!"

"Ci sentiamo," borbottò l'altra donna.

Blake ascoltò Lex che chiacchierava con la cassiera, senza dire nulla di particolare, mentre lui osservava l'ingresso del supermercato. Individuò Kelly nel momento stesso in cui uscì dalle porte automatiche. Era esattamente come l'aveva descritta Lex. Capelli biondi, lunghi e fini, con punte colorate di viola. Magra. Aveva un aspetto poco sano. Era alta, indos-sava scarpe coi tacchi alti, aveva una gonna jeans molto corta, con una maglietta così stretta che sembrava una taglia per bambini e non per adulti. Almeno quel giorno sembrava indossare un reggiseno. Lex gli aveva raccontato che, nei giorni in cui l'aveva sorvegliata, spesso le tette le uscivano quasi dalla scollatura della maglietta che indossava.

Nel momento stesso in cui Kelly uscì dalle porte automa-tiche, tirò fuori un cellulare dalla borsa che portava a tracolla. Blake avrebbe dato qualunque cosa per riuscire ad ascoltare cosa diceva, anche se poteva immaginarselo. Probabilmente stava telefonando a qualcuno del suo gruppo, per raccontare che aveva appena parlato con una "amica di vecchia data" e che molto presto avrebbero potuto andare fuori a bere qual-cosa gratis, se non altro.

Kelly non si soffermò nei paraggi. Appena ebbe caricato sul sedile della sua Saturn scalcinata la sua spesa, che non aveva nemmeno pagato, grazie a Lex, sfrecciò via dal parcheg-gio, col cellulare ancora appoggiato all'orecchio.

Blake sentì Lex che ringraziava la cassiera, e qualche

momento dopo disse: "Sto uscendo... spero la spiaggia sia libera."

Così era. Si erano messi d'accordo, se Kelly si fosse trovata ancora nel parcheggio, lui avrebbe spostato il veicolo, per avvertirla. Così Alexis avrebbe fatto finta di aver "perso" l'auto e sarebbe tornata all'interno. Ma dato che Kelly era già sparita dai dintorni, Blake rimase esattamente dov'era, mentre osservava Lex che tornava da lui.

Non stava tornando in macchina. Tornava da *lui*.

Così si sentiva lui. Gli sembrava che fosse andata a incontrare il diavolo e che fosse riuscita a cavarsela per tornare, indenne, da lui.

Blake rimase seduto, ma aprì il baule, così che Lex potesse riporre tutta la roba che aveva comprato, come diversivo. La guardò nello specchietto retrovisore, mentre metteva un paio di borsine di plastica nel baule, che poi richiuse, sbattendolo. Quindi girò intorno all'auto, aprì la portiera sul lato passeggero, si sedette e gli rivolse un gran sorriso.

Era davvero estroversa e amichevole. Quasi trionfante. Esuberante.

Il sorriso di Lex fu la goccia che fece traboccare il vaso. Prima le sue emozioni e il suo desiderio, nel momento in cui era andato a prenderla, poi l'ansia della situazione in cui si era messa, il sollievo di vedere che il piano funzionava, poi di nuovo il desiderio scatenato dalla sua gonna che si alzava sulle cosce, mentre tornava a sedersi in auto, era davvero troppo.

Blake si avvicinò a Lex nel momento stesso in cui lei chiuse la portiera. Le mise una mano dietro la nuca, la tirò a sé e la fece girare, in modo da trovarsi faccia a faccia con lei.

Poi si fiondò con la bocca su quella di lei, che reagì alle sue azioni con un sussulto. Lui ne approfittò e invase la sua bocca quasi come fosse stato posseduto. Blake sapeva che quello non era un comportamento razionale, ma non riuscì a trattenersi. Doveva mostrarle quanto ci tenesse a lei. Quanto desiderava che gli appartenesse.

Quasi mangiò la bocca di Lex, sollevato nel sentire che anche lei tirava fuori la lingua, per intrecciarla con la sua. Lei era più esitante, ovviamente agiva più d'istinto che per esperienza, ma almeno si muoveva con lui, non lo stava contrastando, non si era irrigidita tra le sue braccia. Era l'incoraggiamento che gli bastava per continuare.

Muovendo la mano dalla spalla all'altro lato della nuca, Blake usò entrambe le mani per girarle la testa e farle assumere l'angolo giusto per il bacio. Mentre la divorava, sentì le mani di Lex che si alzavano e gli afferravano gli avambracci, le unghie di lei affondarono leggermente nella sua pelle, mentre continuava a baciarla. Sperò quasi che lasciasse dei segni sulla sua pelle. Voleva che anche lei lo segnasse, che lo sentisse suo.

Lei fece dei versolini, mentre lui le avvolgeva la lingua con la sua, succhiando. Quando si tirò indietro, lo stretto necessario per morderle il labbro inferiore, lei gemette, facendogli venire ancor più voglia di spingersi di nuovo nella sua bocca. Chissà che suoni avrebbe fatto, se lui avesse spinto dentro di lei. O provando un orgasmo. Non vedeva l'ora di scoprirlo. Nel frattempo, Blake non si stancava minimamente di baciarla. Aveva un sapore di menta, proprio come la caramella che si era messa in bocca prima di andare al supermercato. Menta e Lex. Una combinazione letale.

Sapendo di doversi tirare indietro, prima di lasciarsi prendere dal raptus di trasferire entrambi sui sedili posteriori e ribaltare gli schienali, per poi magari farsi arrestare, Blake si allontanò lentamente, oltremodo compiaciuto dal piagnucolio di Lex, che protestava per aver perso il contatto con la sua bocca. Lei gli si avvicinò, lui appoggiò la fronte su quella di lei, tenendo le mani dov'erano, per non cedere alla tentazione di esplorare il suo corpo.

Vide che Lex chiuse gli occhi, sentì coi palmi delle mani il calore del suo imbarazzo che le cresceva sul collo, fino a farle avvampare il viso. Per diversi secondi, nessuno disse nulla. Infine, Blake disse a voce bassa: "Cavolo, che buon sapore che hai, Lex."

"Ehm... grazie?"

Lui sorrise. Era dannatamente carina. Tirò indietro la testa, senza toglierle le mani dai lati del collo.

Finalmente lei aprì gli occhi, facendogli quasi perdere il controllo un'altra volta, per quel misto di desiderio e di sospetto che aveva nello sguardo. Lui odiava che lei potesse dubitare, qualunque fosse il motivo, anche solo per un secondo.

"Era già da un po' di tempo che volevo farlo," le disse onestamente.

"Fare cosa?"

"Baciarti."

"Oh."

Gli piaceva questa Alexis frastornata.

"E perché non l'hai fatto prima?" gli chiese, timidamente.

"Perché non ero sicuro che lo volessi anche tu."

"E adesso sei sicuro?" sembrava completamente confusa.

"Non ero sicuro al cento per cento, prima di baciarti, no."

"Allora perché lo hai fatto? Perché eri contento di com'è andata con Kelly?"

"Ma certo che no. Perché ti ho vista camminare con quei tacchi, sorridente, così sensuale. Felice perché il piano ha funzionato. Ho sentito i tuoi respiri dal microfono, nell'orecchio, e ho deciso di smetterla di combattere contro la mia attrazione nei tuoi confronti. Volevo sentirti senza fiato, ansimare davvero nel mio orecchio."

"Hai spento la registrazione?"

Blake annuì. "Appena Kelly è uscita dal supermercato. Tutto ciò che succede tra noi due, rimane tra noi. Di questo non dovrai preoccuparti. Mai. Nel caso non l'avessi notato, Lex... tu mi piaci."

"Oh. Wow. Beh, insomma, son contenta. Tu... anche tu mi piaci."

"E perché non me l'hai detto prima? Abbiamo perso un sacco di tempo. Tempo che avremmo potuto passare insieme."

"Eh... così. Sembravi il tipo di uomo che preferisce farsi avanti. Poi lavoriamo insieme. E tu sei... tu." Poi fece un cenno con la mano, come a descrivere tutto il suo essere con un gesto solo.

"Cosa vuoi dire?" Blake era sinceramente confuso.

"Le donne ti si gettano ai piedi. Donne belle. E tu non hai fatto trapelare un solo segno di interesse. Ho pensato che se non ti piacevano *loro*, era impossibile che ti piacessi *io*."

"Prima di tutto, Lex, tu sei bella." Vedendo la sua espressione, palesemente non convinta, si sbrigò a spiegare. "Non sto dicendo che tu sia una modella... sei troppo bassa, tanto per cominciare." Le sorrise per farle capire che stava solo scherzando, prima di proseguire. "Potrei fare un elenco di tutti i motivi per cui sei attraente, ma non penso mi crederesti. Ti mostrerò esattamente cosa ti rende bella ai miei occhi. Non ho nemmeno notato alcuna altra donna, negli ultimi mesi. Almeno non da quando ho finalmente visto cosa avevo davanti agli occhi... cioè te.

"Poi, Lex, hai ragione. Mi piace fare la prima mossa. Ma da ora in avanti, non ti basta che chiedere e ti darò tutto ciò che vuoi. Ok?"

Blake si aspettava che reagisse con uno sguardo un po' sdolcinato e che dicesse qualcosa del tipo "proprio tutto?" e invece lei arrossì di nuovo, annuendo. Con gli occhi, guardava oltre le sue spalle, poi la sua camicia... dappertutto tranne che i suoi occhi.

Questa Lex così insicura gli piaceva. Si era così abituato

alla sua capacità di dire ciò che pensava, che la sua timidezza, il suo non sapere come comportarsi tra le sue braccia, gli fece capire quanta spavalderia ci fosse nel suo carattere. La sua insicurezza svelava che non aveva poi chissà quale esperienza, e a lui questo piaceva. Un sacchissimo.

Coi pollici gli accarezzava delicatamente la pelle all'interno del braccio, con un movimento avanti e indietro. Immaginò che lo stesse facendo senza nemmeno rendersi conto. Pur desiderando poterla avvolgere completamente con le braccia, Blake la lasciò andare con riluttanza, accomodandosi di nuovo sul sedile del conducente e sistemandosi senza pudore il suo membro duro come la roccia, mostrandole senza parole quanto l'avesse eccitato.

Anche lei si sedette meglio, arrossendo di nuovo quando lo vide che si toccava con una smorfia di disagio. Si leccò le labbra, poi si morse nervosamente il labbro inferiore. "Allora... sembra sia andato tutto bene," commentò Alexis, cercando ovviamente di riportare la situazione su un piano professionale.

Blake annuì e si allungò per ruotare la chiave nel blocco di accensione. "Davvero. Sei stata meravigliosa. L'hai fatta abboccare quasi dal secondo stesso in cui ha posato i suoi occhi su di te. Sei andata bene, Lex. Però, se mai dovessi parlarmi con quel tono di voce così acuto e stridulo da stronza ricca, mi sa che dovrò spararti." Le sorrise mentre le parlava, per farle capire che scherzava.

Anche lei rise, proprio come voleva lui. Una risata sincera, non come quella finta che aveva usato con Kelly. Rotto il ghiaccio della tensione sul piano sessuale, Alexis tornò a comportarsi come al solito, così disse: "Ho pensato che avrei avuto più chance di avvicinarla una volta in coda alla cassa. Se l'avessi avvicinata da qualche altra parte, nelle corsie del supermercato, avrebbe anche potuto filarsela. Ma con tutta la roba sul nastro della cassa, era bloccata. E posso dire... il solo pensiero del motivo per cui doveva comprare tre scatole di profilattici, due bottigliette di lubrificante, una stecca di sigarette e ventiquattro lattine di birra... mi fa accapponare la pelle. Comunque, ho immaginato che non fosse cambiata molto, che ricordandole come riusciva sempre a farmi pagare tutto quando eravamo ragazzine, avrebbe potuto provarci ancora."

"E ovviamente anche vantarti del tuo appartamento ha contribuito."

"No. Aveva davvero un aspetto sgradevole... non sei d'accordo?" Alexis piegò la testa, mentre gli faceva quella domanda.

Blake non capì se Lex stesse cercando dei complimenti o meno. Non lo credeva, non era certo il suo stile, ma non si fece comunque problemi a rassicurarla. "Sì. La tua classe la sovrasta di gran lunga."

Lex arricciò il naso. "Non cercavo di fare paragoni, Blake. Vorrei tanto sperare di non avere il suo stesso aspetto sciatto, anche nei miei momenti peggiori, seduta a casa con i pantaloni della tuta e una maglietta qualunque."

"Sono sicuro che è così."

"Di certo. Merda, sono sorpresa che nessuno si sia fatto avanti con delle proposte oscene, nel supermercato. Ma davvero, qualcuno le dovrebbe dire che fumare finirà per ucciderla."

"Penso che fumare sia probabilmente l'ultima delle sue preoccupazioni, col tipo di vita che conduce," disse Blake, scuotendo leggermente la testa, mentre faceva manovra per uscire dal parcheggio e dirigersi all'appartamento di Lex.

"Immagino che tu abbia ragione. Ma andiamo, penso che mi abbia proprio fatto un favore, all'epoca, decidendo di non essere più mia amica."

"Eh sì, Lex. Proprio così. Anche se dubito che avresti accettato il suo scroccare per tutte le scuole superiori."

"Forse." La sua voce non denotava troppa sicurezza. "All'epoca non ero molto forte."

Blake appoggiò un braccio sulla consolle centrale, col palmo verso l'alto. "Dammi la mano, Lex."

Lei obbedì, senza dire una parola. Intrecciò le dita con quelle di lui, lasciò che il suo braccio appoggiasse di peso su quello di lui. Era una bella sensazione. Davvero bella.

Si tennero per mano per tutto il tragitto verso il suo condominio, nel centro di Denver. Blake accostò davanti al casotto del parcheggiatore e fece un cenno a quell'uomo, che si avvicinò per occuparsi dell'auto.

Poi girò intorno al veicolo fino al lato passeggero, felice che Lex, per una volta, gli lasciasse aprire la portiera per aiutarla. Quando lei uscì, alzandosi, lui non indietreggiò, tenendola bloccata con la portiera su un fianco e con lui davanti.

Con lo sguardo basso, Blake pensò di nuovo a quanto stessero bene insieme. Le mise le braccia intorno al corpo, felice di sentire che Lex appoggiava la testa al suo petto, lasciandosi coccolare da quell'abbraccio. La tenne così per poco tempo, poi si fece indietro, tenendola per i bicipiti.

"Farò ascoltare a Logan e Nathan il nastro stasera stessa. Vedremo come proteggerti, quando Kelly ti inviterà."

"Pensi davvero che lo farà?"

"Lex, si è attaccata al telefono nel momento stesso in cui è uscita dal supermercato. Vorrà approfittarsi di te il più possibile. Penso che lei e i suoi amici faranno i bravi fintanto che potranno usarti. Questo è l'unico motivo per cui sto *accettando* di lasciartela incontrare." Fu felice che lei non si offendesse, per il suo commento, tendenzialmente paternalistico.

"Sì, lo penso anch'io. A dirla tutta, è anche l'unico motivo per cui *io* sto accettando di incontrarla. Perché immagino che vorrà approfittare il più possibile della folata di soldi facili. Non vorrà spaventarmi."

"Sai che da oggi le cose tra noi sono cambiate," le disse Blake, avvicinandosi un po' per farle capire meglio. "Non mi accontento più di essere solo tuo amico."

Alexis fece una smorfia e rispose un po' sarcasticamente: "Davvero? non l'avevo notato. Tutti i miei capi mi baciano profondamente, quando siamo a lavorare. Meno male che anch'io voglio qualcosa di più di una semplice amicizia."

"Ti va di uscire con me, Alexis Grant?"

Lei fece un gran sorriso. "Sì. Certo."

"Lascerai che offra io, senza farmi il terzo grado?" le chiese, scherzosamente, mentre le accarezzava il naso con l'indice.

Lei arricciò le labbra, poi disse in tono semiserio: "Nel nostro primo appuntamento ufficiale, sì, puoi offrire. Io sono un po' all'antica, quindi mi sembra la cosa migliore da fare. Ma se usciamo ancora, allora dividiamo. Non sono il tipo di donna che si aspetta che sia sempre l'uomo a sganciare."

"Lo so bene, Lex. E te lo dico fin da subito, ci *saranno* altri appuntamenti, dopo il primo. Puoi contarci."

"Potrei anche non piacerti su quel piano, man mano che mi conosci," lo avvertì Alexis. "Ho la tendenza a dire ciò che penso e non mi ritrovo nelle solite situazioni da appuntamento."

"Quali sono, per te, le solite situazioni da appuntamento?" le chiese Blake, sinceramente curioso.

"Mah, sai... mangiar fuori, guardare film, camminare nel parco... quel genere di cose."

"Buono a sapersi. E quali *sono* gli appuntamenti che ti piacciono?"

La sicurezza che aveva mostrato in quel breve scambio di battute sparì dai suoi occhi, ma cercò di proseguire comunque scherzosamente. Scrollò le spalle. "Quel che piace a te."

"No. In passato non hai mai avuto paura di parlarmi apertamente. Non cominciare adesso," le disse Blake, alzando una mano per sistemarle i capelli dietro un orecchio, per poi accarezzarle il lato del collo con la punta delle dita.

Il suo tocco la fece fremere, poi disse: "Mi piace andare a camminare. Mi piace visitare dei bei negozi di antiquariato. Adoro andare a guardare le vetrine. Non faccio molti acquisti, ma mi diverto a guardare. E mi piace mangiare. In centro ci sono dei baracchini per mangiare davvero fantastici."

"Allora faremo proprio questo."

"Davvero?"

"Davvero."

"Che forte."

Blake fece un gran sorriso. Enorme. Gli piaceva farla felice. "Che ne dici di un bacio per siglare il nostro accordo?"

Invece di rispondere a voce, Alexis si alzò in punta di piedi e gli si avvicinò, fidandosi che l'aiutasse a non cadere, nonostante i tacchi alti, poi alzò il mento.

Accettando ben volentieri la sua mossa, Blake le coprì la bocca con la sua, adorava il modo in cui gli aveva concesso così, subito, ciò che le aveva chiesto. Non era molto esperta nel baciare, ma compensava ampiamente con il suo entusiasmo.

Quando finalmente lui si tirò indietro, lei mormorò: "Odio la mia bassa statura."

"A me piace."

"Cosa? Perché?"

Blake le fece scorrere una mano tra i capelli, sentendo i tremori che i suoi movimenti le provocavano. Avvicinò le labbra al suo orecchio e sussurrò: "Perché non posso fare a meno di pensare a quanto mi piacerà farti girare da una parte all'altra nel mio letto... quando ci arriveremo."

Lei sussultò e arrossì, poi protestò: "Blake, non posso credere alle tue parole."

Lui rise e si allontanò, lasciandole lo spazio per uscire dall'auto, per poi chiudere la portiera. "Credimi, Lex, ho fatto anche il bravo, ma vuoi saperlo? Sono sicuro al cento per cento che varrà tutta la pena di aspettare. Tutto ciò che fai, lo fai con entusiasmo. Non vedo l'ora di assistere a tanta passione e tanta energia, a letto. Chiamami se hai notizie di Kelly stasera, va bene?"

"Lo farò. E tu..." fece una pausa, come non fosse sicura di ciò che stava dicendo.

"Cosa? Ti ricordi cosa ti ho detto, poco fa? Puoi dirmi tutto ciò che vuoi."

"E tu mandami un messaggio per farmi sapere quando arrivi a casa, va bene?"

Lo sorprendeva continuamente. "Arriverò a casa sano e salvo," le disse con voce tenera ma sicura.

"Ma mi avviserai?" insistette lei.

Era una bella sensazione, avere qualcuno che si preoccupava per lui. Era passato molto tempo, dall'ultima volta che aveva avuto una relazione con una donna che si preoccupava per lui, invece che aspettarsi solo che fosse lui a preoccuparsi per *lei*. "Sì, Lex, ti avviserò."

Allora lei sorrise e si allontanò, quasi inciampando nel marciapiede, non abituata a quei tacchi alti. Quando lui si fece avanti per prenderla, lei allungò una mano per respingerlo. "Ah, scusa, tutto a posto. Che sbadata. Più mi frequenterai, più ti ci abituerai. Ci vediamo domani."

"Ottimo lavoro, oggi, Lex. Dico davvero."

"Grazie. Ci sentiamo dopo."

"A dopo, Lex."

Blake attese che lei salutasse cordialmente l'usciere, Osman, e che sparisse dalla porta girevole. Quando non poté più vederla nemmeno dalle vetrate, tornò sulla sua Mustang e si avviò in direzione della strada statale, col sorriso sulle labbra, fino a casa.

CAPITOLO CINQUE

ALEXIS DEGLUTÌ A FATICA, prima di spingere la porta della Ace Security, il giorno dopo. L'incontro con Kelly non poteva andar meglio, ma quel che era successo dopo l'aveva fatta girare e rigirare nel letto tutta notte.

Quell'uomo le piaceva da sempre, le sembrava strano che lui ricambiasse il suo interesse. Ma non si faceva illusioni, non credeva avrebbero avviato un rapporto a lungo termine; lei era solo una novità, dopo aver passato quasi tutti i giorni insieme, negli ultimi mesi, probabilmente lui voleva solo portarsela a letto, per avere ciò che per tanto tempo gli era stato possibile solo guardare. Secondo la sua esperienza, gli uomini funzionavano così.

Una volta scopata, Blake probabilmente avrebbe voluto passare alla prossima. Non credeva di essere in grado di attirare la sua attenzione molto a lungo. Specialmente una volta scoperto quanta poca esperienza aveva. Essere vergine a venticinque anni era davvero imbarazzante. Al massimo poteva sperare in qualche settimana, forse qualche mese di buon sesso. Avrebbe dovuto accontentarsi, anche se le si sarebbe spezzato il cuore, quando Blake si fosse stancato di lei. E si sarebbe stancato, senza dubbio.

"Ciao, Alexis," disse Nathan distrattamente, quando la vide entrare in ufficio. La sede della Ace Security comprendeva un ingresso ampio, con una porta che portava alla zona degli uffici. C'erano varie scrivanie, una per ciascun fratello, più una per lei, mentre nella zona sul retro dell'area uffici c'erano un paio di scrivanie più piccole e un tavolo più grande, che usavano per le riunioni. Su un lato, c'erano delle finestre che lasciavano entrare la luce da fuori.

"Buongiorno, Nathan," rispose Alexis, mentre si avvicinava alla sua scrivania. Questa era disposta vicino a quella di Blake, perpendicolare, molto spesso lei si costringeva a ignorare la sua presenza, per riuscire a concentrarsi, ma quel giorno non fu così.

"Ciao, Blake." Lui la guardava fisso. L'aveva visto nel momento stesso in cui era entrata, aveva uno sguardo intenso, l'aveva guardata mentre attraversava il salone. Lei indossava i suoi vestiti consueti, un paio di jeans, scarpe da ginnastica e una maglietta dell'università di Denver, non il completino da gattamorta sensuale del giorno prima, eppure negli occhi di lui aveva visto con meraviglia lo stesso sguardo.

Cercò di camminare normalmente, di non ondeggiare coi fianchi più del solito, ma era difficile, la stava divorando con gli occhi, e a lei piaceva quello sguardo.

"Lex."

Anche solo quella singola parola era piena di testosterone. Tutto ciò che riuscì a fare fu evitare di sciogliersi per l'emozione, sedendosi alla sua scrivania.

"Dormito bene?" le chiese.

Se dormire bene significava girarsi e rigirarsi nel letto, per poi sfogarsi con il suo affidabile vibratore, prima di cadere in un sonno incostante, sognando lui per tutta la notte... allora sì, aveva dormito bene. "Sì. E tu?"

Lui sorrise, quasi come fosse riuscito a leggere i suoi pensieri. "Non proprio."

La sua riposta la sorprese, perché avevano avuto questo scambio di battute tante volte, negli ultimi mesi, e ogni volta lui rispondeva semplicemente confermando.

"Davvero? Va tutto bene?"

Blake abbassò drasticamente il tono di voce, pur riuscendo a farsi sentire. "Non sono riuscito a smettere un solo momento di pensarti."

Alexis arrossì completamente, guardando di fretta gli altri due uomini nel salone. Nathan sembrava perso nei suoi pensieri, digitava qualcosa alla tastiera del suo computer, mentre Logan faceva una strana smorfia, mentre guardava giù, leggendo qualcosa sulle carte che aveva in mano. Alexis decise di dover cambiare argomento prima di implodere per l'imbarazzo, così gli chiese: "Hai già fatto ascoltare a tutti il nastro?"

Rispose Logan: "Sì, l'abbiamo ascoltato subito, stamattina. Hai fatto un ottimo lavoro, Alexis. Non ci hai girato troppo attorno, sei andata dritta al punto, e lei è caduta nella tua trappola."

Sentire le lodi di Logan la fece stare bene. Ma poi lui proseguì con il resto dei commenti.

"Però non sono sicuro sia proprio il massimo, saltare dritta nella tana dei leoni. Incontrare Kelly nel territorio degli Inca Boyz non è una buona idea. Avevamo parlato di un terreno neutrale. Se succede qualcosa, potremmo non riuscire a raggiungerti in tempo. Potrebbero rapirti, farti del male, prima che Blake, o che chiunque di noi possa intervenire. Kelly non ti ha ancora contattata?"

Sinceramente, nemmeno Alexis era molto propensa a recarsi da sola in uno dei locali malfamati a nordest della città. Anche perché il solo attraversare quella zona in auto la metteva a disagio. Non importava che Blake fosse nei paraggi, in ascolto. Mosse la testa per rispondere alla domanda di Logan. "No, non ancora."

"E se provassi a fare come avevamo pensato all'inizio?" disse Blake. "Quando ti contatta, scopri se accetta di uscire a pranzo con te. Se possiamo trovare un posto esclusivo, che sia costoso da un lato, ma dove non si senta troppo fuori posto, sarebbe un buon primo passo."

"Sì, anch'io mi sentirei meglio così," concordò Alexis. "Non dico di non essere disposta ad andare in un bar, ma solo se è l'unica possibilità."

Blake annuì, approvando, facendole venire la pelle d'oca alle braccia. Santo cielo, era proprio messa male, se bastava un suo cenno per eccitarla.

"Finché non telefona, è una discussione puramente teorica," osservò Nathan dalla sua scrivania. Anche se quell'uomo dava l'impressione di non fare attenzione, non aveva mai problemi a stare al passo con ogni conversazione.

"Vero," confermò Logan. "Potrebbe farsi sentire oggi, o tra una settimana, o anche mai. Possiamo solo aspettare. Nel frattempo, Blake ti può coinvolgere per dare una mossa a uno dei nostri altri casi."

Anche a lei piaceva senz'altro l'aspetto di lui. Indossava un'altra maglietta a maniche corte. Nera. Alexis aveva notato a malapena il disegno della parte anteriore... i suoi occhi erano magnetizzati dalle sue braccia... i suoi avambracci catturavano come sempre la sua attenzione.

Blake alzò un braccio, indicando lo spazio vicino a lui, sulla sua scrivania. "Spostati qua con la sedia, così vediamo il programma della settimana."

Alexis respirò profondamente. Chissà cosa avrebbe dato, per sentire quel braccio enorme intorno a sé. Aveva sognato di trovarsi davanti a lui e di guardare in basso, per vedere quell'avambraccio muscoloso che le avvolgeva il petto, mentre lui la tirava, avvicinandola al proprio corpo.

Allontanò quelle fantasie fuori luogo dalla sua mente, cercando di concentrarsi sul lavoro.

Un paio d'ore più tardi, il suo cellulare usa e getta vibrò. Nel frattempo, era tornata al suo computer, dopo aver esaminato per circa trenta minuti il programma, seduta vicino a Blake. Quel mattino, lui aveva un profumo delizioso, le veniva quasi il dubbio che lo facesse apposta per torturarla, anche perché continuava a giocherellare con una penna tra le dita, mettendo in evidenza tendini e muscoli dell'avambraccio, proprio davanti agli occhi di lei. Si era bagnata, non era riuscita a staccare gli occhi dal suo braccio per vari minuti.

Alexis stava seguendo su Google le novità che riguardavano gli Inca Boyz e vari altri casi, quando il telefono vibrò. I suoi occhi raggiunsero immediatamente quelli di Blake, chissà perché. Cercava rassicurazione? Conforto? Aiuto?

"Va tutto bene, Alexis. Ci siamo messi d'accordo su quanto devi dire. Rispondi pure. Metti in vivavoce," le disse Blake con un tono di voce molto tranquillo, spingendo indietro la sua sedia per raggiungerla. Le mise una mano sulla schiena, accarezzandola gentilmente, per mostrarle che le era vicino e che la supportava. Era proprio ciò di cui lei aveva bisogno.

Annuendo, Alexis respirò profondamente. Ce la poteva fare. Chiuse gli occhi per un momento, come per riconnettersi con l'Alexis ricca e stronza, poi li riaprì, afferrando il telefonino.

"Pronto, parla Alexis," rispose al telefono con voce squillante.

"Oh, sono Kelly," disse la voce all'altro telefono, con un tono così ruvido che riecheggiò in tutto il salone.

La mano di Blake fece pressione contro la schiena, confermandole il suo supporto. Nathan non si era mosso, ma la stava guardando dalla sua postazione, dietro la scrivania.

"Ciao! Speravo proprio di sentirti," le disse Alexis, strofinando le mani sudate e sulle cosce dei jeans.

"Ho parlato con i miei amici, hanno voglia di conoscerti," le disse Kelly, senza mostrare troppo entusiasmo.

"Beeene," esclamò Alexis. "Però è successo qualcosa questo fine settimana. Mamma e papà hanno organizzato una festa a cui non posso mancare, quindi non posso venire dalle tue parti. Però sono libera a pranzo. Vuoi che ci troviamo da qualche parte, per mangiare qualcosa? Se vuoi puoi portare anche un tuo amico. Offro io."

Ci fu un attimo di silenzio all'altro capo della linea, Alexis sperava di non aver rovinato tutto. Aveva fatto esattamente quello che avevano concordato, ma per qualche motivo le sembrava di avere sulle spalle tutta l'operazione.

Poi Blake si mosse dietro di lei, piegò la schiena e le mise un braccio intorno al petto, portando la testa vicino alla sua, finché le loro guance non si toccarono. Non l'aveva mai toccata davanti ai suoi fratelli, prima di allora. Il bacio che si erano dati la sera precedente era ancora caldo nella sua mente, Alexis si voltò per guardare quell'uomo così sexy che stava dietro la sua sedia, invadendo completamente il suo spazio personale, e poi tremò.

"Va beh," si lamentò Kelly. "Però pensavo saremmo uscite a bere qualcosa insieme."

"Lo faremo," confermò Alexis, tutta allegra. "Non c'è niente di meglio che farsi qualche bicchierino e lasciarsi andare." Poi cambiò voce, assumendo un tono contrariato e mieloso: "Ma non questo weekend, porca putrella. Però sarei felice di vederti a pranzo. Dove vuoi andare?"

"Vieni da queste parti?"

Sapendo che Kelly intendeva dire la sua zona della città, Alexis la rassicurò subito. "Se è necessario."

"Il bar dove andiamo sempre fa anche il pranzo. Potremmo andarci la settimana prossima."

Alexis deglutì a fatica. Si aspettava che Kelly le proponesse un ristorante. Non sapeva bene cosa rispondere.

Blake girò la testa in modo da avere le labbra vicine all'orecchio di lei, poi sussurrò. L'aria calda del suo fiato le solleticava l'orecchio, le venne la pelle d'oca su tutto il braccio, bagnandosi ulteriormente tra le gambe, per quella sensazione così intrigante. "Dille che va bene. Il bar, a ora di pranzo, sarà molto meno affollato. Poi troveremo una scusa per farti andar via dopo un'ora circa. Penserò io a tenerti al sicuro, Lex. Fidati."

Senza nemmeno guardare Blake, Alexis annuì. Era molto nervosa di dover andare in un locale nel territorio della banda insieme a Kelly, ma sarebbe stato più semplice trovarsi alla luce del giorno che di notte, quando era sicuramente molto più pericoloso.

"Ottima idea," Alexis rispose pomposamente a Kelly. "Mi piace mangiare al bar. Che giorno e a che ora?"

"Che ne dici di martedì prossimo? Alle undici?"

Era un po' presto, ma più Alexis ci pensava, meglio si sentiva ad affrontare la situazione. Aspettare una settimana sarebbe stata una tortura, ma era sempre meglio di dover andare il giorno dopo. Così avrebbero avuto il tempo di perlustrare il locale e la zona circostante, preparando un piano di riserva, in caso di imprevisti. Inoltre, i ragazzi avrebbero avuto il tempo di spiegarle come cavolo fare per non mettersi nei guai. Era totalmente fuori dalla sua zona di comfort, ma se poteva fare qualcosa per sbaragliare gli Inca Boyz, l'avrebbe fatto. Guardò Blake e sollevò le sopracciglia in segno di dubbio. Lui, a sua volta, guardò Logan. Alexis non distolse gli occhi da Blake, sapendo che Kelly aspettava una risposta.

Blake ricevette il via libera da Logan, così tornò con gli occhi a quelli di lei, annuendo.

Alexis si leccò le labbra, le piaceva il modo in cui gli occhi di Blake si dilatavano, guardando come lei si comportava in modo sensuale, senza accorgersene, poi deglutì a fatica, prima di rispondere a Kelly. "Meraviglioso! Non ero sicura che saremmo riuscite a rivederci così presto. Non vedo l'ora di sentire tutte le storie che mi racconterai, da quando ci siamo diplomate. So che è passato un sacco di tempo, ma mi mancava frequentarti, Kel. Voglio sentire tutto quello che hai fatto, se hai dei figli, se esci con qualcuno, se sei sposata. Sarà divertente.

"Sì, va bene. Allora, alla prossima settimana. Snake's Bar. Lo conosci?"

Ancora una volta, Alexis guardò Blake. Lui sollevò le spalle, guardando stavolta Nathan. Alexis seguì il suo sguardo e vide suo fratello che digitava rapidamente sulla tastiera del computer che aveva davanti. Annuì e fece un cenno col pollice in alto.

"Sono sicura di poterlo trovare," disse Alexis a Kelly. "Che bello. Sono così felice di averti incontrata." Stava diventando sempre più difficile tenere la voce così gaia e squillante, ma Alexis si impegnava al massimo.

"A più tardi," disse Kelly, con voce decisa, prima di scollegare la chiamata.

"Ciao," replicò Alexis all'altra donna, inutilmente, perché questa aveva già chiuso la chiamata, poi cliccò il tasto "Off" sul telefonino.

"Lo Snake's si trova all'incrocio tra la trentacinquesima strada e Wabash," disse Nathan. "È nel bel mezzo del territorio degli Inca Boyz, ma alle undici di martedì mattina non sarà molto trafficato."

"Giusto. Probabilmente l'ha fatto apposta. Vogliono controllare Alexis prima di qualunque coinvolgimento nel loro club. Voglio vedere se quello che dirà Kelly su di sé sarà vero o meno," disse Logan, tornando alla sua scrivania.

"Sei stata brava," le confidò Blake, alzandosi in piedi, sempre tenendo una mano appoggiata alla sua schiena. Si era aiutato con l'altra mano appoggiata alla scrivania. "Tutto bene?"

"Sì. Perché me lo chiedi?" Rispose Alexis, con gli occhi incollati al braccio di Blake, che aveva vicino. Poteva sentire il calore della sua mano sulla schiena, avrebbe tanto voluto chiudere gli occhi e lasciarsi andare di peso, ma con Logan e Nathan presenti, non avrebbe avuto il coraggio.

"Sei tesa. Hai il pugno stretto, con l'altra mano ti stringi una coscia. So che ti trovi in una situazione nuova, inoltre hai dei ricordi negativi che riguardano Kelly. Non devi farlo per forza, lo sai. Possiamo anche fermarci qui, prima di andare oltre. Sarebbe molto semplice dirle che è successo qualcosa e che non la puoi raggiungere. Ti basta dirlo."

Alexis guardò Blake. Nei suoi occhi poteva vedere tutta la sincerità, l'assenza di giudizio, aveva un'espressione preoccupata, che la fece rilassare. Avrebbe pensato lui a controllare che non le succedesse nulla, durante il suo incontro con Kelly. "Sto bene, Blake. Davvero. Voglio disperdere quella banda tanto quanto lo volete voi, ragazzi."

"Hai degli altri legami con gli Inca Boyz, oltre a quanto successo a tuo fratello?" domandò Logan dalla sua scrivania, con un tono piuttosto serio.

Irrigidito dal tono, Blake si alzò in piedi e si mise tra il fratello e Alexis, per rispondere alla domanda. "Con quella stronza, Kelly."

Logan guardò Blake, poi Alexis, sollevando le sopracciglia.

Alexis tenne le labbra serrate. Un conto era condividere con Blake i suoi tentativi patetici di farsi delle amicizie quando era più giovane, un altro conto era condividere tutto con i suoi fratelli.

"Niente che ti riguardi, frate. Nulla che possa ostacolare le nostre indagini," rispose Blake anticipandola, sempre tenendo gli occhi fissi sul fratello, senza cedere.

"Sarà meglio che sia così. Non sono affatto favorevole al

tuo coinvolgimento, Alexis," disse Logan con tono netto. "A volte sarò anche uno stronzo figlio di puttana, ma dato che sei importante per Blake, sei importante anche per me. Quindi non vorrei davvero che ti venisse fatto del male."

"Non le verrà fatto del male. Lex è una delle persone più competenti con cui abbia lavorato. Non c'è niente di cui preoccuparsi, Logan."

Il complimento di Blake le arrivò dritto al cuore, senza però impedirle di essere confusa. Sembrava che, chissà come, la sua posizione alla Ace Security fosse cambiata alla velocità della luce, era passata da semplice impiegata a essere "importante per Blake". Era una bella sensazione, ma dato che si trattava di un rapporto sicuramente passeggero, non ne capiva la logica.

Logan annuì al fratello e posò i documenti che stava leggendo prima che chiamasse Kelly. "Allora sembra che dobbiamo parlare di questa faccenda. Cerchiamo di capire come andrà questo pranzo. Possiamo andare a perlustrare la zona, per conoscere il locale prima che vi incontriate. Alexis, Grace e io saremmo felici se venissi a pranzo con noi. Avrei dovuto chiedertelo prima, dato che lavori qui alla Ace Security, ma adesso mi sembra particolarmente importante conoscerti meglio. Tutti noi" (Logan indicò sia Nathan che Blake) "cerchiamo di trovarci almeno una volta la settimana, fuori dal lavoro."

Quell'invito la sorprese. Lavorava con loro da tre mesi, ma per quanto desiderasse conoscere meglio Grace, aveva sempre cercato di non intromettersi, per non sembrare invadente. Probabilmente, Grace aveva dovuto superare quanto era successo a lei, a Bradford e alla sua famiglia, quindi Alexis non aveva insistito. "Oh, ehm... Non vorrei essere invadente."

"Non lo saresti. Se non altro, potrebbe essere l'occasione giusta per parlare di quanto scopriremo al bar; se ci troviamo dopo il vostro incontro, possiamo parlare anche di quello."

Alexis annuì. "Allora va bene, mi fa piacere. Grazie."

La mano di Blake si mosse sulla sua schiena, fino a raggiungere la base della nuca. Le massaggiò i muscoli, che erano contratti.

Alexis arrossì, si vergognava perché poteva sentire ancora la pelle d'oca, che le veniva troppo facilmente ogni volta che Blake la toccava con il palmo della mano. La poteva sentire lei, quindi la poteva sentire anche lui. Ma lui non ne parlò. Disse solo: "Magari parleremo anche del lavoro, ma non è questo il motivo per cui mio fratello ti ha invitata a mangiare insieme a noi."

Alexis si aspettava di sentire altro; vedendo che lui non proseguiva, girò la testa verso di lui, spingendo così la mano di lui con la guancia. "Ah no?"

Il calore nello sguardo di Blake fu molto intenso, sentì che con il pollice le accarezzava la nuca, mentre la fissava. Non fu Blake a rispondere, ma Nathan.

"No. È perché ci siamo messi d'accordo che, se ci interessava una donna in particolare, l'avremmo coinvolta nelle nostre vite, per poterla conoscere e approvare tutti."

Alexis deglutì a fatica. Santo cielo. Era una sensazione piacevole. Anche lei voleva conoscere la famiglia di lui, fuori dall'ufficio. Stava accadendo tutto molto alla svelta, ma certamente non si sarebbe lamentata. Per nulla.

"I fratelli Anderson non ci girano attorno, quando vogliono qualcosa," disse tranquillamente Blake, col viso vicino a quello di lei. "Nathan e io l'abbiamo imparato da Logan. Gli sono serviti dieci anni per tornare qui a riscattare Grace, ed era quasi troppo tardi. Noi non intendiamo fare lo stesso errore."

Alexis non riusciva a pensare chiaramente. Aveva il cervello completamente nel pallone. Riusciva solo a pensare a quanto anche lei volesse essere riscattata da Blake Anderson. Non era un approccio molto moderno da parte sua, ma per la prima volta in assoluto, sentiva di non dover comprare l'amicizia di qualcuno. Sapeva senza dubbio che a Blake non poteva fregare di meno dei soldi che aveva. L'aveva detto chiaramente, nelle tante occasioni in cui lei aveva cercato di pagare, quando stavano lavorando. Anzi, probabilmente gli dava fastidio il fatto che fosse ricca... un atteggiamento con cui non aveva mai avuto a che fare. Mai.

La mano di lui si strinse intorno alla sua nuca, poi Blake si abbassò di nuovo, entrando nello spazio personale di lei. Sentì le sue labbra vicine alla sua guancia, sentì il suo fiato caldo che l'accarezzava, mentre lui parlava. "Mi sono serviti dei mesi per capire chi avevo davanti, ma ricordati bene quanto ti dico... adesso ti ho scoperta, Lex." Poi lui si mosse di pochi millimetri, fino a toccarle le labbra. Non fu un bacio breve, ma nemmeno lungo. Le passò la lingua sui contorni delle labbra, Alexis si aprì immediatamente. Lui infilò la lingua nella sua bocca, così lei poté assaggiare il caffè che aveva bevuto, prima che il suo cellulare squillasse.

Aveva un sapore delizioso, si tirò indietro troppo presto, secondo lei. Alexis aprì lentamente gli occhi, come se fosse stata narcotizzata, poi fece l'occhiolino a Blake. Una volta tanto, era rimasta senza parole, ma per fortuna a lui non sembrava interessare. Blake portò la mano dalla nuca alla guancia di Alexis, poi le passò gentilmente il pollice sul labbro inferiore, togliendole la saliva del bacio.

La voce di Nathan interruppe il momento magico che si era creato tra loro. "Chi pensi che inviterà, Kelly? Abbiamo qualche idea su come dovrebbe andare l'incontro?"

Alexis vide che Blake si allontanava da lei, per tornarsene alla sua scrivania, poco lontana. Respirò profondamente e si schioccò le nocche, per cercare di tornare con la mente all'incarico che dovevano organizzare, anche se la sua mente era ferma al piacere delle labbra di Blake sulle sue. Doveva escogitare le domande giuste per Kelly, per arrivare preparata al pranzo della settimana successiva. Si sarebbe preoccupata dell'incontro con la famiglia Anderson dopo aver pranzato con Kelly e con i suoi amici, che probabilmente facevano parte della banda degli Inca Boyz.

Ma non riusciva a nascondere la sensazione delle farfalle nello stomaco. Blake l'aveva baciata... davanti ai fratelli. Aveva chiarito oltre ogni dubbio che gli interessava. Per quanto questo la facesse innervosire, la rendeva anche felice, al settimo cielo.

Lei, Alexis Grant, straordinaria vergine, sembrava essere riuscita ad attirare l'attenzione di uno degli uomini più sensuali di Castle Rock.

Oh, cavolo.

CAPITOLO SEI

UNA SETTIMANA DOPO, esaminato ogni possibile scenario, perlustrata la zona in cui si trovava lo Snake's Bar, Alexis non era ancora sicura di essere pronta.

Logan, Blake e Nathan avevano dato il massimo per prepararla in tempi strettissimi, spiegandole a cosa doveva fare attenzione e come doveva proteggersi. Lei aveva cercato di non uscire di testa, mentre le spiegavano come colpire con una ginocchiata un uomo nei testicoli, come infilare le dita negli occhi, prima di correre all'impazzata, come capire se una situazione stava sfuggendo di mano, come assicurarsi di non bere nulla che non fosse versato direttamente dalla bottiglia, controllando con i propri occhi... Non era certo facile. Tutte le possibilità di cui avevano parlato la facevano stare quasi male: poteva essere presa e sbattuta nel baule di un'auto, poteva essere chiusa in una stanza, prima che arrivassero tutti gli altri della banda per immobilizzarla e farle del male in modi che non potevano piacere a nessuna donna, potevano anche solo prenderla a schiaffi per vedere come reagiva. In ogni caso, di fronte a ogni possibilità, Alexis sentiva di voler mandare tutto all'aria, ma non poteva.

Doveva farlo. Doveva sentire di fare la differenza. Tirarsi indietro a quel punto non l'avrebbe fatta certo star bene... Per nulla. L'altro motivo per cui non diceva niente era ovvio, i tre uomini non erano entusiasti di metterla in pericolo. Questo bastava a farla sentire meglio, perché voleva dire che ci tenevano a lei. Non la stavano usando. Aveva capito che tutti e tre gli Anderson stavano facendo tutto il possibile per garantirle la massima protezione.

Lei non era certo un'esperta, nonostante le lunghe sessioni di addestramento, ma si sentiva molto più sicura su come affrontare qualunque evenienza... se la situazione fosse stata impossibile da affrontare, avrebbe saputo come cercare una via di fuga per andarsene di filato. Tutto ciò le bastava per darle la sicurezza di cui aveva bisogno, per superare questo incontro a pranzo.

Alexis era in piedi all'ingresso dello Snake's Bar. Resistette all'istinto di voltarsi e di tornare di corsa alla sua Mercedes. Blake l'aveva raggiunta al suo appartamento, quel mattino, oltre al trasmettitore wireless aveva portato una piccola telecamera. L'aveva nascosta bene in un pendente un po' sfarzoso che indossava al collo. Non era un accessorio che avrebbe indossato normalmente, ma sembrava molto costoso, proprio ciò che interessava a Kelly e ai suoi amici.

Sapendo che Blake, insieme ai suoi fratelli, avrebbe visto e sentito tutto ciò che succedeva, la faceva rilassare ma la inquietava allo stesso tempo. Non voleva commettere alcun errore, specialmente non dopo tutte quelle istruzioni meticolose e pazienti, ricevute durante l'addestramento che le avevano organizzato. Voleva ottenere più informazioni sulla banda, ma aveva anche paura che qualcosa andasse storto. L'ultima cosa che voleva era essere catturata. Alexis non era una stupida. Sapeva esattamente cosa le sarebbe successo, se avessero scoperto cosa stava facendo. Ma bisognava procedere. I membri della banda erano dei criminali. Andavano fermati. In quel momento, lei era una delle poche persone nella posizione giusta per cercare di fare qualcosa.

Il piano prevedeva che Blake arrivasse all'incrocio con la prima strada. Aveva preso la macchina scassata di Nathan, che si mimetizzava perfettamente in quel quartiere, molto meglio della sua Mustang. Blake avrebbe monitorato ogni secondo del suo pranzo con Kelly, qualora la situazione fosse andata fuori controllo, se per qualunque motivo Alexis non fosse riuscita a mettere in pratica ciò che le avevano insegnato, sarebbe intervenuto. La banda molto probabilmente sapeva chi era Logan, perché era stato molto esposto sui media, per i processi Mason e Donovan, ma i fratelli erano piuttosto certi che Nathan e Blake fossero ancora relativamente anonimi.

Blake le aveva assicurato che non gli interessava un fico secco, anche se sapevano chi era. Non avrebbe esitato a farsi avanti, se gli sembrava che le cose andassero male, questo era proprio ciò che serviva ad Alexis per mettersi il cuore in pace. Tra le sue nuove conoscenze in materia di autodifesa, e la certezza che lui fosse nei paraggi, era pronta, per quanto potesse esserlo. Blake indossava un paio di jeans che sembravano stampati sulle sue gambe, con una maglietta nera a tinta unita. Era un completo adatto alla zona in cui si trovava il bar, in caso di necessità avrebbe finto di essere il ragazzo geloso di Alexis, per portarla fuori dal locale. Non era la storia ideale, ma sul momento avrebbe funzionato... Specialmente nel bel mezzo del giorno, quando si sperava che il bar non fosse pieno di gente, che avrebbe potuto sostenere la banda, oppure voltarsi dall'altra parte in caso di violenza.

Negli ultimi giorni, lei e Blake non avevano passato molto tempo insieme, da soli. Oltre all'addestramento coi suoi fratelli, avevano anche svolto due incarichi di protezione, uno a Denver e l'altro a Pueblo. Si trattava di lavori di scorta, brevi, dovevano accertarsi che i clienti non venissero molestati mentre toglievano i propri beni rispettivamente da una casa e da un appartamento, in cui avevano vissuto con gli ex coniugi.

Lei e Blake avevano parlato molto di quanto poteva succedere in quel pranzo. Chi poteva esserci, cosa avrebbero detto, cosa volessero da lei. La toccava ancora spesso, la baciava brevemente quando si incontravano e quando si separavano, ma nessun bacio profondo e appassionato, come quello che si erano dati prima, poi non si parlava più di uscire insieme. Alexis si sarebbe quasi preoccupata che Blake avesse cambiato idea, non fosse stato per il modo in cui la guardava... come se volesse solo gettarla a terra e prenderla a modo suo.

Per quanto si sentisse frustrata e confusa, Alexis lasciava a Blake la conduzione del loro rapporto. Aveva detto che gli piaceva essere lui a corteggiare, quindi andava bene così. Ma la sua pazienza si stava assottigliando parecchio. Aveva cercato di non fargli pressioni, ma la sua frustrazione cresceva sempre di più, voleva che portasse le cose su un altro piano. Doveva sbrigarsi a fare qualcosa, altrimenti gli avrebbe comunicato il suo scontento. Sorrise a quel pensiero. A Blake sembrava piacere, quando lei parlava apertamente. Era una delle diecimila e ventitré cose che amava di lui... quello che gli altri consideravano irritante, lo divertiva.

Alexis aveva abbinato una maglia verde scuro alla moda, alta nella parte anteriore, scollata sulla schiena, con un paio di pantaloni neri. Voleva essere provocante, ma senza far vedere troppa scollatura, a causa del microfono. Questo era attaccato col nastro tra i suoi seni, ma con tutti i pensieri e le preoccupazioni dei possibili sviluppi, lo notava appena.

Ancora una volta, si era truccata pesante, sempre con classe, ma in modo sfarzoso; si era messa degli orecchini grandi con pendenti smeraldo, che richiamavano la sua maglietta...e ovviamente la collana pacchiana con la finta pietra preziosa, che invece era una telecamera in miniatura. Poi si era messa anche l'anello delle scuole superiori, quello che sua madre aveva tanto insistito per comprarle (ricordava la prima volta che aveva indossato quella stupidaggine) e altri tre anelli, con pietre preziose di grandi dimensioni. I gioielli sfarzosi terminavano con un bracciale tennis con diamanti e un bracciale con charm, sempre con vari diamanti, smeraldi, rubini e acquamarina incastonati in vari pendenti.

Le sembrava quasi di avere un cartello in fronte con scritto: "Rapinatemi! Sono una ricca stupida!" In nessun modo sarebbe mai stata così tonta da indossare uno solo di quei gioielli, in quella parte della città, se non ci fosse stato Blake a difenderla, e se non stesse cercando apposta di sembrare una ricca svampita.

Blake non aveva detto molto, quando era andato a prenderla al suo appartamento, per cui Alexis si era preoccupata. Temeva che lui cambiasse idea, rifiutandosi di lasciarla andare a incontrare Kelly. Ma dopo che aveva indossato il microfono sotto i vestiti, dopo che era uscita da camera sua, pronta a partire, lui l'aveva guardata bene e le si era avvicinato.

"Ma che cazzo," aveva mormorato, mentre camminava rapidamente verso di lei. Lei aveva alzato automaticamente le mani, appoggiandole sul suo petto, mentre lui le aveva afferrato il viso con le mani. Blake si era abbassato e le aveva preso le labbra, come un uomo affamato avrebbe fatto con un pasto di quattro portate. Lei non aveva capito quanto avesse bisogno di questo bacio, prima di gettarsi nella fossa dei leoni. Si erano toccati a malapena, tranne per le mani di lei sul suo petto e per quelle di lui sulla sua faccia, e ovviamente per le labbra, ma era stato un bacio molto intimo, più di qualunque altro avesse vissuto Alexis in passato, perfino più del loro primo bacio, in macchina.

Lei si era spostata nelle sue braccia, mentre le loro lingue si intrecciavano, stringendo le cosce per cercare di attenuare il prurito di desiderio. Alexis aveva sentito le mutandine bagnarsi, mentre i loro denti si incontravano, nel tentativo di assaggiarsi a vicenda sempre di più. Quando Blake le aveva mordicchiato il labbro inferiore, succhiandolo allo stesso tempo, Alexis aveva lasciato partire un gemito.

Quel suono aveva interrotto il momento magico che li aveva magnetizzati, Blake si era tirato indietro, con riluttanza.

Alexis respirava a fatica, come se avesse corso per chilometri, poi aveva fissato Blake. Si era leccata le labbra, assaggiando di nuovo il sapore di Blake. Lui aveva seguito con gli occhi il movimento della sua lingua, reagendo con una smorfia, quasi di dolore. Poi si era abbassato e le aveva baciato la fronte, prima di lasciar cadere le mani e di allontanarsi da lei.

"Sarà meglio che ti sistemi il rossetto, prima che andiamo."

Le sue parole le avevano fatto guardare le labbra di lui, tutte imbrattate di rossetto. Alexis era arrossita, pensando a come fossero conciate le sue labbra. Aveva deglutito a fatica e aveva annuito, dicendogli dolcemente, prima di andarsene: "Ci sono dei fazzolettini di carta nel mio salotto, usali per pulirti. Per quanto mi piaccia lasciarti il mio segno, probabilmente non è questa l'immagine di te che vorrai dare, entrando nel bar."

Lui aveva sorriso ampiamente. "Ho sempre pensato fosse brutto sporcarsi col rossetto di una donna. Ma adesso che ho il *tuo* sulle labbra... non ho così fretta di togliermelo."

Lei aveva ricambiato il suo sorriso e si era fermata a metà, mentre si girava per andare a pulirsi. Non voleva più andare a incontrare Kelly. Invece voleva scoprire cosa avessero questi uomini. Perché donne di ogni età abbandonano bellamente tutto ciò che hanno e che sono, per stare con l'uomo che amano. Le piaceva vedere le sue labbra sporche di rossetto. Le piaceva sapere come ci era finito.

Non aveva idea di cosa avesse in mente Blake, ma a giudicare dal bagliore nei suoi occhi e dalla sporgenza nei suoi pantaloni, aveva gli stessi suoi pensieri. Proprio quando lei credeva che stesse per andare tutto a monte con l'incontro, aspettandosi che la prendesse ancora una volta tra le braccia, lui aveva detto: "Forza, Lex. Dobbiamo muoverci. Ci vediamo alla porta."

Lei aveva annuito e gli aveva tolto gli occhi di dosso. Cavolo, era proprio presa. Senza più guardarlo, era andata in camera da letto per sistemarsi il rossetto.

Ora era in piedi alla porta dello Snake's Bar, cercava di non mordersi le labbra, togliendo altro rossetto, che si era applicata di nuovo. Aveva un ruolo da interpretare, era ora di entrare in scena.

Alexis spinse la porta per aprirla e lasciò che gli occhi si abituassero a quel locale, scuro e fumoso. Era più grande di quanto credesse. A sinistra c'era una piattaforma rialzata molto grande, con tre tavoli da biliardo. Solo uno era occupato. C'erano vari tavoli alti, intorno ai biliardi, dove chi giocava poteva appoggiare i bicchieri, quando doveva tirare di stecca. Sparpagliati nella zona di fronte ai tavoli da biliardo, sul pavimento più basso, c'erano dei tavolini quadrati sparpagliati a casaccio. Intorno a ciascun tavolo, c'erano delle sedie di legno, alcune spinte sotto al tavolo, altre no. I tavolini erano di legno, molti erano graffiati con incisioni, o imbrattati con scritte.

C'era un percorso largo quasi un metro e mezzo che portava dall'ingresso direttamente al mobile bar di mogano, in fondo al locale. Dietro al bancone del bar, al centro, c'era un grande specchio, che faceva sembrare la sala grande il doppio. Su entrambi i lati dello specchio c'erano delle mensole, piene di bottiglie di alcolici, Alexis non riuscì a intuire alcun ordine logico particolare. C'era una bottiglia di tequila di alta qualità vicina a una bottiglia di vodka Royal Gate. Un enorme fusto di birra stava su un piedistallo, dietro al bancone del bar, il piccolo rubinetto spillava birra, che gocciolava sul pavimento. Sparpagliati tutti intorno c'erano sgabelli, che avevano visto giorni migliori. Ad alcuni mancavano dei pezzi, uno non aveva lo schienale.

Alla destra del bancone in mogano c'era un corridoio con un cartello che indicava che i servizi igienici erano a destra. Su un altro cartello si leggeva **IN BAGNO SI CAGA E SI PISCIA, NON SI SCOPA. SI PREGA DI LIMITARE LE SVELTINE AL CORRIDOIO O ALLA SALA BAR PRINCIPALE.**

Alexis non riusciva a capire se il cartello fosse una specie di scherzo o meno, ma decise di stare alla larga il più possibile dal corridoio, così, per precauzione.

"Eh! Qua!" sentì Alexis.

Si voltò verso sinistra e vide Kelly che le faceva un cenno con la mano, da un tavolo vicino alla piattaforma dei biliardi. Sfoggiò un enorme sorriso finto e si diresse verso quel tavolo, non sorpresa di scoprire che Kelly sedeva con due uomini dall'aspetto poco raccomandabile. Uno aveva in testa una bandana rossa, chiusa in fronte con un nodo. Aveva le braccia ricoperte di tatuaggi, erano soprattutto donne nude (si vedevano bene perché aveva una maglia a maniche corte) e la fissava tutto serio mentre lei si avvicinava al tavolo. Sembrava di etnia ispanica, i suoi occhi marroni e la sua pelle ambrata si amalgamavano con le luci soffuse del locale.

L'altro uomo aveva la pelle più chiara, ma il ghigno con cui fissava Alexis la spaventò quasi quanto lo sguardo truce sul viso dell'altro uomo. Aveva i denti storti e sporchi. Indossava una maglietta a maniche lunghe, ma si vedevano tatuaggi sulle nocche, e avvicinandosi abbastanza, Alexis vide anche tre lacrime tatuate vicino a un occhio. Aveva fatto abbastanza ricerche da sapere che probabilmente rappresentavano il numero di persone che aveva ucciso. *Cazzo*.

Alexis tenne il sorriso impostato e si assicurò di mettersi ben al centro del tavolo, per cercare di inquadrare al meglio con la telecamera le persone al tavolo. Si fermò vicino alla sedia vuota, che purtroppo era girata in senso opposto rispetto al salone, così anche *lei* avrebbe dovuto dare le spalle al salone, poi disse allegramente: "Kelly! Che bello vederti. Spero di non essere in ritardo."

"No no, sei puntuale," borbottò lei.

"Non vedo l'ora di conoscere i tuoi amici," proseguì Alexis, ignorando il tono burbero dell'altra donna. Si girò verso l'uomo dalla pelle più chiara e porse la mano per salutare. "Mi chiamo Alexis. Molto piacere di conoscerti. Sono passati secoli da quando ho conosciuto Kelly, ma i suoi amici sono anche amici miei." Sperava di non esagerare, chissà come riuscì a tenere impostato il sorriso artefatto anche quando quell'uomo le strinse la mano.

Le venne subito una sensazione di claustrofobia, appena quella mano enorme avvolse tutta la sua mano minuta. La stretta era un po' troppo forte, ma Alexis non lasciò trapelare il disagio.

"A-lex-is," l'uomo sillabò il nome, con un tono che sembrava quello di chi pronunciava il nome di una spogliarellista, invece di un nome qualunque. "Un bel nome per una bella ragazza. E penso che ti sbagli. Chi è amico di Kelly è anche amico *nostro*."

Alexis si accorse che l'uomo non le aveva detto il suo nome, ma per il momento decise di ignorarlo, abbassando la testa come fosse imbarazzata. L'uomo trattenne la sua mano un po' troppo a lungo, ma Alexis non lasciò che il sorriso le sparisse dal volto nemmeno per un momento. Quando finalmente le lasciò andare la mano, lei si rivolse all'altro tipo seduto al tavolo e gli porse la stessa mano. In realtà avrebbe voluto strofinare il palmo della mano sui pantaloni, per togliersi di dosso la sensazione di unto che il primo uomo le aveva lasciato sulla pelle, ma portò avanti l'azione.

L'uomo dai tratti ispanici non disse nulla e ignorò la mano che gli porgeva. Alzò la testa per salutarla e fece un mezzo grugnito. *Vaaa beneee.*

Cercando di rimanere nel suo personaggio, una donna di classe sbadata che frequentava i bassifondi, Alexis prese la sua sedia e si mise al tavolo. Poi a grandi mosse mise la sua borsetta in pelle a tracolla dello schienale della sua sedia, prima di tornare a rivolgersi al tavolo, appoggiandosi con i gomiti e sporgendosi in avanti.

"Allora... sono così contenta di incontrarvi," ripeté Alexis, ridacchiando. "Non conoscevo lo Snake's, e vengo nei bar di questa zona chissà da quanto tempo. Kelly, cosa hai combinato in tutti questi anni, dopo le superiori? Hai un ragazzo? Che lavoro fai?"

Sentendo la stranezza di essere l'unica che parlava, Alexis voleva davvero riuscire a far parlare anche Kelly.

Questa guardò i due uomini per un po', prima di dire: "Oh, sai, sono stata in giro. Ho un tipo. Certo che ce l'ho. Con la crisi che c'è, faccio quello che posso per rimanere a galla. Invece tu cosa fai?"

La sua era stata una risposta completamente vaga, che non spiegava nulla, comunque Alexis la prese per buona e partì con la storia che aveva preparato insieme a Blake e ai suoi fratelli come copertura. "Oh, ma sì, sai, ho fatto così tanti lavori dopo il college e non mi diverto nemmeno a raccontarli. Sono stata cameriera, segretaria, venditrice, in genere ho sempre avuto a che fare con degli stronzi ricchi. Che noia!"

Roteò gli occhi per dare maggiore peso a quanto diceva. "E so di essere ricca *anch'io*, ma spero proprio di non comportarmi come quegli stronzi che frequento sempre. Anche per questo mi piace venire nei locali di questo quartiere della città. Così incontro persone vere, non quegli smidollati che si tirano indietro i capelli col gel pensando di essere dei super modelli. Ho deciso che non valeva la pena lavorare a tempo pieno. Perché fare tutto il giorno qualcosa che odio, se non ne ho bisogno? Non è che debba lavorare per necessità; i soldi ce li ho, è molto più piacevole uscire a divertirsi."

"Dove, donna? Gesù, sputa il rospo. Cazzo!" L'uomo dai tratti ispanici sbottò con voce roca e secca.

Poi alzò la mano verso Alexis con un gesto così netto che lei istintivamente si allontanò. Ridendo, senza toglierle gli occhi di dosso, gridò: "Un giro, Bear!"

Capendo che *non* aveva intenzione di colpirla, ma stava solo indicando il barista, il cui nome sembrava essere Bear, Alexis ridacchiò nervosamente, stavolta sul serio.

"Scusate! Lavoro in una boutique in centro. Devo solo chiacchierare con le donne che arrivano e aiutarle a trovare vestiti e accessori. Mi annoio a morte, ma non devo fare nulla di difficile, e come dicevo, i soldi non mi servono. Poi ho diritto agli sconti, che fanno sempre comodo. Posso prendermi tutte le borsette griffate e gli abiti firmati che voglio. E la cosa più bella è che ci vado solo al pomeriggio, quindi ho tutto il tempo di farmi passare la sbronza della sera prima."

Una donna arrivò al loro tavolo appena Alexis finì di parlare. Indossava una minigonna molto corta, che le copriva appena le mutandine, era così stretta che sembrava quasi dipinta. La sua canotta sembrava più un reggiseno push-up che una maglietta, Alexis non poté fare a meno di pensare a quanto fosse scomoda per quella donna, che aveva le sue poppe in faccia tutto il giorno, anche se lei non dava a vedere alcun disagio. Si avvicinò al tavolo, le tette quasi le saltarono fuori dalla maglietta, mise sul tavolo uno alla volta quattro bicchierini.

Il tipo ispanico (ancora non conosceva il suo nome) mise una mano dietro la coscia della cameriera e la mosse verso l'alto, mentre lei si piegava. La donna non gridò e non lo schiaffeggiò come avrebbe fatto Alexis, se qualcuno si fosse comportato così con lei, invece girò timidamente la testa, sorrise e invece allargò leggermente le gambe. Alexis fece finta di non notare che quell'uomo la stava toccando proprio lì, al tavolo, invece esclamò battendo le mani e saltando ridicolmente sulla sedia: "Degli *shot*! Che bello!"

In realtà non voleva bere affatto dell'alcol, ma non poteva certo rifiutarsi. Aveva parlato con Blake e con i suoi fratelli della possibilità di bere qualcosa di alcolico per integrarsi, le avevano suggerito di comportarsi in base alla situazione. Se poteva, le avevano detto di scegliere qualcosa di non troppo forte, ma ora sembrava che non avesse davvero scelta.

"Ti piacciono gli *shot*?" le domandò Kelly, parlando lentamente, con le sopracciglia puntate in alto.

"Oh sì. *Sex on the beach, Blow job, Lemon drop, Blue Hawaiian* sono i miei preferiti."

"Roba da femminucce," ringhiò l'uomo ispanico. "Se vuoi bere da Snake's, cominci con la tequila e poi vai avanti."

Cazzo, cazzo, cazzo. Alexis non aveva mai bevuto un bicchierino di tequila, anzi, *nemmeno* un bicchierino di superalcolici, sapeva che era troppo diverso dalle sue abitudini, ma non glielo stavano chiedendo, glielo stavano ordinando.

Così disse: "Mi sembra giusto," come se fosse stata l'idea migliore che le venisse proposta da chissà quanto tempo.

La cameriera aprì una bottiglia di tequila nuova di zecca e versò quattro dosi generose di quel liquido scuro nei bicchierini sul tavolo.

Gli uomini e Kelly presero ciascuno un bicchiere e la guardarono in attesa. Alexis allungò la mano per prendere l'ultimo bicchiere, poi lo tenne in alto come per brindare. "Ai vecchi amici...e a quelli nuovi!"

Nessuno rispose, Alexis vide Kelly ruotare gli occhi, ma fece finta di nulla. Poi tutti bevvero il loro drink. Recitando una preghiera al volo, Alexis copiò il loro movimento, portandosi il bicchierino alle labbra e mandando giù quella dose di superalcolico in un colpo solo. Sorrise, poi cominciò subito a tossire, come se l'alcol le bruciasse la gola e minacciasse di tornare indietro.

Il tipo dalla pelle più chiara rise e prese a colpirla fin troppo forte sulla schiena, mentre l'altro la scrutava a occhi serrati e Kelly aveva un ghigno maligno fin quasi allo spasimo.

Quando sentì di riuscire a parlare, Alexis gracchiò: "Forte."

"Più il liquore costa e meglio va giù," disse lentamente il tipo vicino, sempre con la mano sulla sua schiena. Ora la stava accarezzando, proprio come aveva fatto Blake, facendo accapponare la pelle di Alexis. Le piaceva il tocco di Blake, ma quello di quel tipo...non altrettanto. Ma aveva capito dove voleva arrivare, con quel commento. Avrebbe dovuto dar prova di sé molto prima del previsto.

Senza dire una parola, si girò sulla sedia, riuscendo fortunatamente a staccare la mano di quel tipo dalla schiena mentre si muoveva, poi estrasse il suo portafoglio dalla borsetta. Fece in modo di aprirlo proprio sul tavolo, in modo che tutti potessero vedere cosa conteneva, poi estrasse quattro banconote da cento dollari. "Ma allora, santo cielo, penso che ci serva la roba più cara si questo posto. Se va giù meglio, sono più contenta." Non era affatto una bugia.

La cameriera, che non si era mossa dal fianco del tipo dai tratti ispanici, forse per il modo in cui questi muoveva la mano sotto la sua gonna, per il piacere palese che quel movimento le provocava, o magari perché desiderava vedere l'umiliazione di Alexis, le strappò i soldi di mano e parlò trascinando le parole: "Torno con la schifezza migliore che abbiamo."

"Posso avere anche un'insalata?" chiese alla svelta Alexis. Non era sicura di poter mangiare qualcosa, ma dato che si presumeva fosse lì per pranzare, doveva comunque interpretare il suo ruolo. Per non parlare del fatto che del cibo nello stomaco l'avrebbe aiutata a stemperare l'effetto dell'alcol, quindi poteva farle bene. "Oh, e anche una bottiglia d'acqua. Devo sciacquarmi dalla bocca il saporaccio di quella roba scarsa," aggiunse, improvvisando.

Finalmente il tipo che aveva davanti mosse leggermente le labbra in risposta. "Penso che andremo proprio d'accordo, chica," biascicò, mettendosi in bocca il dito che aveva tenuto sotto la gonna della cameriera, per poi succhiarlo.

Alexis sussultò. Che schifo. Porca vacca, che incubo. Quegli uomini erano maleducati e grezzi, e lei non voleva avere nulla a che fare con loro. In che diavolo di situazione si era messa? Lei non era una detective. Era andata davvero oltre. Sentì un brivido percorrerle la spina dorsale, come per un cattivo presentimento.

"Ci siamo divertite, ai vecchi tempi, vero Alexis?" disse Kelly con un tono che sembrava davvero lasciarsi andare ai ricordi del passato.

Era la prima volta che Alexis vedeva una minima traccia di quella che un tempo era stata la sua migliore amica. "Davvero." Stavolta il sorriso che Kelly aveva rivolto ad Alexis sembrava genuino.

Prima di quanto Alexis avrebbe ritenuto possibile, la cameriera tornò. Stavolta con due bottiglie di superalcolico scuro, oltre alla bottiglietta d'acqua per Alexis, anch'essa poco più grande di un bicchiere. Fu sollevata di vedere almeno una bottiglia, comunque, perché dopo tutte le storie che aveva sentito da Logan, su quanto succedeva alle donne che accettavano di bere qualcosa senza sapere cosa fosse, non avrebbe mai rischiato di bere qualcosa che non provenisse direttamente da una bottiglia, aperta davanti ai suoi occhi.

La cameriera mise sul tavolo le due bottiglie di liquore, una davanti a ciascuno dei due uomini.

"Tequila Tapatio. La porcheria migliore che abbiamo. Salute."

Senza dire una parola, il tipo che Alexis aveva di fronte aprì la bottiglia davanti a lui (il sigillo si ruppe rumorosamente, nel locale tranquillo), poi versò rapidamente delle dosi generose nei bicchieri sul tavolo, senza curarsi del liquido che fuoriusciva e andava a riversarsi sul piano di legno, tutto graffiato. Poi prese il suo bicchiere, nel contempo versando il liquido sulla mano, poi si rivolse ad Alexis. "Alla bella *puta* che non vedo l'ora di conoscere meglio."

Alexis sorrise, stando al gioco e facendo finta di non sapere che le aveva appena dato della puttana, poi prese il suo bicchierino. *Porca troia*. Non aveva mai bevuto tanto, preferiva sempre i cocktail dolciastri che aveva elencato prima. Lanciò una rapida occhiata al suo orologio. Erano solo le undici e dieci. *Dannazione*. Doveva rimanere il più a lungo possibile per ottenere tutte le informazioni che poteva sulla banda, ma sarebbe stata completamente fuori di sé in un batter d'occhio, se continuavano a versarle gli shot così, uno dopo l'altro.

A prescindere da quanto potesse ubriacarsi, sapeva che senza dubbio Blake si sarebbe preoccupato per lei. Si sarebbe accertato che arrivasse a casa sana e salva. Doveva solo continuare a reggere il gioco, fino a potersene andare, fuggendo al sicuro. E sembrava che il pranzo sarebbe finito molto prima del previsto, andando avanti così.

Alzando il suo bicchiere, Alexis disse: "Imbattermi in

Kelly al supermercato è stata la cosa migliore che mi sia successa da un po' di tempo."

"Anche per noi, Alexis Grant. Anche per noi," commentò il tipo che aveva di fianco, con un ghigno impenetrabile.

Sentirlo usare il suo cognome, quando lei non lo aveva detto presentandosi, fu l'ultimo ricordo chiaro di quel pranzo. Tranguiò un bicchierino dopo l'altro, ridendo e scherzando con Kelly e con gli altri due uomini, che continuavano a bere con lei. Arrivò la sua insalata, e Kelly fece in modo di mangiarne il più possibile, tra i vari shot che gli uomini le versavano, senza tregua.

Il locale le girava tutto intorno, Alexis sapeva che se avesse bevuto anche un solo bicchierino in più non sarebbe più riuscita a camminare. Aveva perso il conto di quanti ne avesse già bevuti, ma una bottiglia era già vuota, l'altra si stava prosciugando rapidamente.

Il tipo che aveva di fianco (si chiamava Chuck, lei pensava fosse più un soprannome che il suo vero nome) aveva cercato sempre di più il contatto fisico man mano che il pranzo andava avanti. Si era avvicinato a lei con la sedia e le aveva appoggiato la mano su una gamba. Col dito le accarezzava l'interno della coscia, Alexis sapeva che avrebbe vomitato, se lui avesse tentato di palparla più in alto. Grazie al cielo, indossava dei pantaloni. Era piuttosto certa che, se avesse indossato una gonna, lui ci avrebbe infilato le mani.

Anche l'altro tipo, che si era rivelato essere il *famoso* Damian, il fratello di Donovan, sembrava essersi un po' lasciato andare con lei, man mano che il tempo passava. Le aveva fatto un sacco di domande, a cui Alexis sperava di aver risposto correttamente. Stava diventando sempre più difficile rimanere concentrata su quanto doveva fare. E Kelly sembrava del tutto rilassata. Avevano riso insieme delle cose che avevano fatto da ragazzine, ricordando tutti gli amici comuni, prima delle superiori.

Alexis finalmente pose fine al pranzo. "Che ore sono? Mezzogiorno e un quarto? Oh, merda, devo andare."

"Dai, non andare. La festa è appena cominciata," biascicò Chuck, stringendo forte le dita sulla sua gamba, quando lei cercava di alzarsi.

Trattenendo un gridolino di dolore per quella presa così decisa, Alexis ridacchiò come la svampita che stava interpretando e spinse via giocosamente il suo polso. "Qualcuno deve pur lavorare, sai?"

"Ma tu hai detto che non *devi* lavorare," replicò Damian. "Stai qui con noi, *chica*."

"Non che debba lavorare, ma oggi ci devo andare," gli disse Alexis, sorridendo. "Non preoccupatevi, mi piacerebbe rivedervi, ragazzi. Siete divertenti. Vi fa piacere?"

"Ci fa piacere," rispose subito Chuck.

Ignorò lo sguardo imbronciato che Kelly gli aveva rivolto.

"Ho già pagato per le bottiglie?" chiese Alexis, cercando di sembrare più confusa.

"No, hai detto che aprivi un conto al tavolo," disse svelta Kelly.

"Oh cavolo. Va bene, ho del contante, posso pagare. Quanto sarà, secondo voi?" Alexis sentiva di farfugliare, e non stava nemmeno fingendo.

"Quanto hai?" le chiese Damian, sporgendosi in avanti.

Come facevano ad aver bevuto tanto quanto lei e a non avere nemmeno un aspetto alticcio, era impossibile da capire, per Alexis.

Frugò nella sua borsa e tirò fuori ancora il suo portafoglio. Cercò in modo plateale nelle tasche dove teneva il contante. Arricciò il naso. "Qua c'è buio. Non riesco a vedere bene. Quanto c'è?" Passò il portafogli a Damian. Lui fece come gli aveva chiesto e lo prese, rovistando al suo interno.

Estrasse qualche banconota (Alexis non capì quante) e le restituì il portafogli. "Questi dovrebbero bastare."

"Grazie tante," gli disse con voce squillante, sorridendo. "Mamma cara, devo abituarmi a bere di più," continuò ridacchiando.

Si alzò in piedi, finalmente liberandosi dalla presa di Chuck una volta per tutte. Si portò una mano al lato della faccia, con pollice e mignolo fuori a mimare un telefonino, poi si rivolse a Kelly. "Chiamami, Kel. Non vedo l'ora di fare il bis."

"Ci teniamo in contatto. Non preoccuparti. A più tardi."

"Ciao, bambolina," disse Chuck, guardandola con occhi vogliosi; i suoi denti sudici la costrinsero a voltarsi da un'altra parte, per non vomitargli addosso.

Damian alzò solo il mento di nuovo e si versò un altro bicchierino del liquore che lei aveva appena pagato... ancora.

Nessuno al tavolo, o nemmeno nel locale, per quanto importasse, disse una parola sul chiamare un taxi, mentre lei incespicava verso l'uscita, palesemente ubriaca fradicia. Non fregava nulla a nessuno se guidava ubriaca; avevano avuto ciò che volevano da lei: i suoi soldi.

Alexis spinse la porta per aprirla, abbagliata dalla luce forte che le colpiva gli occhi. Si rivolse ancora all'interno del locale buio per fare un cenno di saluto nella direzione del tavolo a cui era rimasta seduta nell'ultima ora circa, pur non riuscendo a vedere alcunché.

"Ciao, Kelly! Ciao, Chuck e Damian! Sono contentissima di avervi conosciuti e ci vediamo presto! Alla prossima!"

Nessuno rispose, quindi tornò a girarsi verso l'aria fresca, incespicando nella soglia della porta mentre usciva. La porta si chiuse sbattendo dietro di lei, Alexis rimase lì davanti, in piedi, cercando di non cadere, strizzando gli occhi per cercare dove avesse lasciato l'auto. Ricordava vagamente di aver parcheggiato lì vicino, sul retro, lontano dalla porta principale del locale.

Respirò profondamente l'aria fresca, che però le fece

girare ancor di più la testa. Fece un passo verso la sua Mercedes. Poi un altro. Non aveva idea di come sarebbe riuscita ad
andarsene in macchina; l'auto era imbottigliata.

Riuscì chissà come a raggiungere la sua Mercedes in fondo
al parcheggio, prese le chiavi per aprire la macchina, quando
una mano si strinse intorno alla sua, e un corpo enorme la
spinse contro il lato della sua auto.

CAPITOLO SETTE

"Entra in auto, Lex."

"Blake," sospirò lei, sollevata.

Lui non rispose, ma sbloccò la macchina col telecomando e le aprì la portiera. La guardò, furioso, mentre Alexis entrava goffamente, mettendo le mani sul sedile del conducente per raggiungere quello del passeggero. Avere davanti al naso il suo sedere avrebbe dovuto eccitarlo, ma era troppo furioso per quanto era successo al bar, per quanto era stata costretta a fare, riusciva a pensare solo ad andarsene e a riportarla a casa.

"E l'auto di Nathan?" sbottò Alexis, mentre Blake avviava il motore della Mercedes.

"Quel catorcio ci sta bene, qui, nessuno lo toccherà."

"Potevo lasciare qui la mia auto."

"Lex," disse Blake esasperato. "Lo sai che non possiamo lasciare qui la tua Mercedes. Verrebbe smontata e fatta sparire prima di sera. Fidati di me, il catorcio di Nathan non verrà nemmeno guardato."

"Oh, va bene." Aggrottò le sopracciglia, confusa. "Va bene."

Blake strinse i denti. Nel momento stesso in cui quel deficiente di Damian aveva ordinato il primo giro di tequila, Blake aveva capito che il pranzo non sarebbe andato esattamente come previsto. Lui era stato costretto a starsene buono, mentre guardava e ascoltava, mentre Lex tranguigiava fin troppi *shot* per la sua corporatura esile. Era un miracolo se si ricordava qualcosa. Era sorpreso che riuscisse ancora a stare in piedi.

Pur essendo infuriato, era anche assolutamente fiero di Lex. Non aveva lasciato scoprire la sua copertura nemmeno una volta. Era stata al gioco e aveva scoperto quante più informazioni possibili da Kelly e dagli uomini, pur buttando giù tutto quell'alcol.

Grazie a lei, avevano scoperto che Damian andava a visitare suo fratello ogni settimana, che Donovan era ancora il capo indiscusso della banda, che dava a Damian gli ordini, e che Damian sembrava più che felice di fare da portavoce. Non aveva dato a Lex dettagli specifici, ma aveva fatto capire che Donovan era pericoloso in carcere tanto quanto fuori. Avevano scoperto anche che Kelly era la ragazza di Donovan, come sospettavano, ma a giudicare dal tono di voce di Kelly, quando aveva parlato di una misteriosa ex, non era troppo contenta che Donovan avesse ancora fantasie sulla sua ex. Chuck sembrava il braccio della banda. Era uno stronzo di prim'ordine, che oltre a farsi tutte le tipe che voleva, che lo volessero o meno, non aveva problemi a usare la pistola, che teneva in una fondina legata alla gamba; l'aveva fatta vedere tutto fiero ad Alexis, quando lei si era mostrata interessata.

Tutto sommato, il fatto che Alexis si fosse ubriacata sembrava aver sciolto la lingua di quei tre... probabilmente perché immaginavano (a ragione) che non si sarebbe ricordata nulla di ciò che le dicevano. Per fortuna, la Ace Security aveva le registrazioni del pranzo, sia video che audio.

Come aveva fatto la prima volta, Blake aveva fermato la registrazione appena Alexis era uscita dal locale, appena prima di andare a raggiungerla. Sapeva che le avrebbe provocato imbarazzo, sapersi registrata mentre era ubriaca, e tutto ciò che diceva o faceva uscita dal bar non erano affari di nessuno, se non di loro due.

"Sono ubriaca," annunciò inutilmente Alexis, mentre Blake guidava dallo Snake's Bar verso la strada statale che riportava a Denver, verso l'appartamento di lei.

"Lo so, Lex," rispose Blake, paziente.

"No, Blake. Sono proprio *ubriaca*," insistette lei.

"Alexis, lo *so*," ribadì Blake. "Cazzo, ero seduto là che ti guardavo mentre ti facevi tutti quei bicchierini."

"Che grezzi," affermò, biascicando molto le parole.

Lui mosse appena le labbra. Non era ancora pronto a sorridere, ma non riuscì a resistere. Gli stronzi che aveva incontrato, specialmente Chuck, avrebbero potuto approfittare facilmente del suo stato. Blake era stato sul punto di tirarla fuori da quel postaccio varie volte, nell'ultima ora. Quegli uomini potevano portarla sul retro, o anche farla sparire dalla porta di servizio. Sì, lui e Logan le avevano detto cosa fare, nel caso ci avessero provato, ma non avevano considerato che potesse essere completamente ubriaca. Era del tutto vulnerabile... non era in grado di difendersi in alcun modo, contro di loro. Quel pensiero lo spaventò a morte.

"Non mi piace nemmeno il sapore dell'alcol. Posso bere del vino dolce o dei drink leggeri, ma non quella roba." Tremò. "Tequila. Bleah."

"Temo che starai maluccio per un po', più tardi," le disse Blake, onestamente.

Alexis lasciò andare la testa sul poggiatesta in pelle e annuì. "L'avevo intuito. Ma ci pensi tu a me." Sembrava assolutamente sicura, e Blake fu commosso. Ora che l'aveva tirata fuori da quel posto, la rabbia gli stava passando, ma il suo dire così senza mezzi termini che sapeva di essere protetta da lui contribuì molto a farlo rilassare. Ora era con lui. Sana e salva.

"Avevo paura," proseguì lei, ubriaca. "Non sapevo che altro fare." Fece girare di scatto la testa verso di lui. "Ma sapevo che tu mi ascoltavi e mi guardavi. Mi avresti protetta, se avessero fatto qualcosa. Questo è l'unico motivo per cui continuavo a bere. Blake?"

"Sì, tesoro?"

"Non mi piacciono. Per nulla. Neanche un poco."

Santo cielo, gli si spezzava il cuore. "Lo so, Lex. Nemmeno a me."

"Ma mi piaci *tu*."

Cavolo.

Lei proseguì, l'alcol le scioglieva la lingua, facendole dire esattamente tutto ciò che le passava per la mente. "Pensavo che i tatuaggi fossero sensuali. Ora non più. Sono così contenta che tu non ne abbia. Aspetta, ne hai? Non ti ho visto nudo, quindi non ne sono sicura."

"Non ho alcun tatuaggio, Lex," la rassicurò.

"Bene. Anche se, però, so che farebbero un altro effetto, su di te. Niente lacrime. Bene?"

Macché. "Devo farti bere dell'acqua," commentò Blake, parlando più che altro con se stesso.

"Ho cercato di berne un po' tra uno *shot* e l'altro, ma quella cameriera svergognata non mi portava un'altra bottiglia."

"Lo so, ho visto, ricordi?"

"Oh sì. Avrai visto anche le sue poppe che penzolavano. Le mie poppe non sono così grandi." Alexis si portò le mani al petto e si tirò su le tette per fargli vedere. L'alcol aveva fatto effetto a tal punto da disattivarle ogni freno inibitore, ovviamente non pensava affatto a quanto faceva. "A voi ragazzi piacciono solo le tette grosse come quelle? Hai visto che Damian infilava il dito sotto la gonna di quella svergognata?"

Lui ignorò la sua domanda sulle poppe. Per conto suo, quelle di Alexis erano perfette, ma quello non era né il momento né il luogo per parlarne. "Sì, Lex. Ho visto cosa faceva."

"Io quasi ci *morivo*. Non era sexy. Proprio per nulla." Chiuse gli occhi per un secondo; poi li riaprì di scatto, come ricordando qualcos'altro all'improvviso. "E la mano di Chuck sulla mia gamba faceva *male*. Non come quando mi tocchi tu."

"Ti ha toccata?" Le mani di Blake si strinsero sul volante, tanto era agitato. "*Questo* non l'ho visto."

"Sì. E fa male. Kelly alla fine era molto gentile. Pensi che mi inviterà fuori ancora?"

Il modo in cui cambiava argomento era imprevisto, ma semplice da seguire. Lui avrebbe voluto approfondire il modo in cui quel deficiente di Chuck l'aveva toccata, ma le avrebbe subito guardato la gamba, per assicurarsi che stesse bene. "Sì. Sono sicuro che lo farà. Certo che vorrà incontrarti di nuovo. Cavolo, Lex, hai speso quasi mille dollari. Probabilmente sono i soldi più facili che hanno messo insieme, chissà in quanto tempo. Ne vorranno di più."

Rimase tranquilla per molto tempo. Blake pensò che si fosse finalmente addormentata, quando invece parlò di nuovo. Era calma. Le sue parole furono chiare, non confuse, come se stesse dicendo qualcosa di abbastanza importante, tanto da voler essere chiara e concisa.

"La gente ha sempre voluto fare amicizia con me per i miei soldi. So che era colpa mia, sono stata io a permetterlo, ma è sempre andata così e probabilmente sarà sempre così. Quegli uomini mi spaventano, Blake. Ero là seduta, sapevo che erano gentili solo per i miei soldi, che bastava che dicessi una parola sbagliata perché si ritorcessero contro di me, mi è tornato in mente quando avevo tredici anni, e sapevo che quei ragazzi erano più forti di me e potevano farmi quello che volevano."

Blake non riusciva più a trattenersi. Voleva prendere Alexis tra le braccia, ma doveva aspettare di riportarla al suo appartamento. Spinse il pedale dell'acceleratore, voleva arrivare il prima possibile. Tolse la mano destra dal volante e l'appoggiò dietro la nuca di lei, come faceva di solito. Le accarezzava col pollice la pelle dietro l'orecchio. "Finito, Lex. Non dovrai vederli mai più."

Lei lasciò cadere la testa sul suo braccio, come fosse troppo pesante per tenerla su. "Ma devo." La sua voce era tornata a farfugliare. "Vogliono altri soldi. Quindi andrò. Basta che sappia che ci sei tu a tenermi al sicuro, ce la posso fare."

Cazzo, lo stava facendo uscire di testa. "Lex..."

Non gli lasciò finire quel che voleva dirle. "Ho paura, ma tu non lascerai che mi facciano del male. Se tu fossi stato presente anni fa, con quei ragazzi, li avresti affrontati tutti, per me. Lo so."

"Ma certo. Ti avrei protetta allora, e ci puoi giurare che farò in modo che non ti succeda nulla anche adesso, tesoro."

Alexis alzò la testa e si girò sul sedile, staccando così il collo dalla sua mano, alzando un ginocchio, e guardandolo in faccia in posizione scomoda, con la cintura di sicurezza bloccata che la tratteneva. Gli prese la mano, che stava tirando indietro per rimetterla sul volante, e se la mise sul ginocchio.

Poi strusciò entrambe le mani sul suo avambraccio, passando il gomito, finché le sue dita non scomparvero sotto il tessuto della maglietta. A quel punto invertì il movimento, portando giù le mani fino al suo polso. Ripeté lo stesso gesto diverse volte, sembrava magnetizzata dalla sensazione tattile provocata dal suo braccio.

Quando Blake cominciò a pensare di non riuscire più a resistere, finalmente lei parlò. "Adoro le tue braccia. Sono così forti. I muscoli non sono esagerati, ma sono così attraenti. Ho sognato le tue braccia."

Blake sentì che sotto i jeans gli stava diventando duro. Cavolo, lei era così sensuale, anche quando era ubriaca fradicia. Avrebbe dovuto fermarla (le avrebbe provocato imbarazzo sapere di essere stata così franca con lui) ma sembrava non riuscire a trovare la forza di farlo. Sentirsi toccare la pelle dalle sue mani era troppo piacevole.

"Cos'hai sognato, Lex?"

Lei alzò gli occhi e lo fissò, Blake dovette deglutire per la voglia e il desiderio che vide negli occhi di lei. Ora completamente andata, tanto da osare molto più del normale. Tanto da dire esattamente quel che pensava.

"Le tue braccia sul mio corpo. Mi tenevi ferma, mentre mi prendevi da dietro. Appiccicati, nella doccia. Merda, Blake, basta che pieghi un braccio, per raccogliere qualcosa, e mi bagno così tanto che mi devo cambiare le mutandine."

Incredibile, lui si stava imbarazzando. Sapeva già che le piacevano le sue braccia (se l'era immaginato) ma sentirglielo ammettere spudoratamente dava maggiore forza a tutti i momenti in cui aveva visto i suoi capezzoli indurirsi e il suo respiro accelerare. Ed era capitato molte volte. In pratica, dal primo giorno in cui avevano cominciato a lavorare insieme. Sapere di averla eccitata fin dall'inizio era forte. "Lex, non penso che..."

Ma ormai era partita in quarta. "Non so perché le tue braccia mi eccitino così tanto." Corrucciò la fronte, pensando profondamente. Inclinò la testa, come per cercare di pensare meglio, si morse un labbro prima di parlare di nuovo. "Non guardo Logan nello stesso modo. Anche lui ha i muscoli. Le braccia di Nathan non mi dicono niente. Non che sia brutto, ma tu sei tu. Non ero così arrapata dalle braccia, prima di incontrarti." Passò la punta delle dita sulle vene del suo avambraccio, osservandole. "Braccio porno... ecco cosa mi fai."

Prima che Blake potesse rispondere alle sue parole, sensuali da impazzire, lei si abbassò e leccò una vena che sporgeva dal braccio. Lui immediatamente sussultò. Per fortuna aveva appena accostato davanti al suo appartamento;

altrimenti probabilmente avrebbe distrutto la macchina. Sentì la sua lingua, calda e umida, era come se gli leccasse il cazzo invece del braccio.

Tirò via il braccio dalla sua presa e inserì il freno a mano. Senza dire una parola, uscì dal veicolo e lo aggirò per raggiungere l'altro lato, poi le aprì la portiera.

Alexis non si era mossa. Era ancora rivolta verso il sedile di guida, con la cintura di sicurezza allacciata. Aveva la testa appoggiata al sedile, sembrava una coppia ferrarese mal ritorta, seduta lì, mentre cercava di seguirlo con gli occhi, muovendo appena la testa senza spostarsi sul sedile. Blake si abbassò su di lei, le sganciò la cintura di sicurezza, poi la fece girare e le prese la mano, aiutandola ad alzarsi.

Lei sospirò e guardò giù per un momento, dove la stava sostenendo, poi lo guardò negli occhi. "Vedi? Sexy da impazzire."

Blake non riuscì a rispondere; era al limite. La voleva più di ogni altra cosa, ma sapeva che mai e poi *mai* avrebbe potuto approfittare di lei, mentre era ubriaca. Dannazione, Alexis riusciva a stimolarlo in tutti i punti giusti.

"Su, Lex. Andiamo di sopra."

"Vieni anche tu?"

"Già." Ma non per fare quello che probabilmente sperava lei, a giudicare dai suoi capezzoli turgidi e dalle pupille dilatate.

"Bene," gli rispose Alexis, avvolgendolo con le braccia e lasciando andare fiduciosa la testa sul suo petto.

Blake consegnò le chiavi dell'auto al parcheggiatore e la scortò fino alla porta. Più che camminare, lei si faceva portare, ma almeno procedevano.

L'usciere parlò con voce calma e con un accento vagamente indonesiano, mentre Blake si avvicinava. "Miss Grant sta bene?"

"Sta bene, Osman. Solo che ha bevuto un po' troppo a pranzo," lo rassicurò Blake.

"Non è da lei."

"Infatti," concordò Blake. "Ma ci penso io, è al sicuro." Guardò gli occhi minuti di quell'uomo. Osman capì di poter stare tranquillo e annuì, mentre apriva la porta.

Blake e Alexis presero l'ascensore, in silenzio, fino a raggiungere l'appartamento di lei. Lui la sostenne mentre percorrevano il corridoio, fino alla porta. In pochi secondi, furono all'interno, Blake la portò subito in camera da letto.

"Riesci a cambiarti da sola, o hai bisogno di una mano?"

Alexis lo guardò con gli occhi spalancati. "Cambiarmi?" Guardò l'orologio che aveva al polso, ma rinunciò a leggere l'ora, tornando a guardare lui. "Ma è presto...non è vero? Fuori c'è ancora luce."

"Fidati di me, Lex. Tra qualche ora ti sembrerà di morire. Te la passerai molto meglio se indossi qualcosa di comodo, pantaloni della tuta e una maglietta."

Lei sembrava confusa, ma annuì comunque. "Va bene."

"Allora? Devo aiutarti? Riesci a toglierti il microfono da sola?"

"Ce la posso fare."

Blake non era così certo che ce la facesse, ma le concesse il beneficio del dubbio. "Va bene, tesoro, vado a prenderti dell'acqua e magari ti preparo un toast. Pensi di farcela a mangiarlo?"

"Non ho fame," gli rispose, sempre stordita.

"Lo so, ma ti aiuterà... più tardi."

Lei alzò le spalle. "Va bene, Blake. Come dici tu."

Blake non riuscì a trattenersi; le si avvicinò e le baciò la fronte, abbracciandola. "Qualunque cosa succeda più tardi, Lex, non ti devi sentire in imbarazzo, va bene?"

Lei lo guardò, con le sopracciglia corrugate e lo sguardo imbronciato. "Sarà imbarazzante?"

Ignorando quella domanda, lui le disse: "Sono così fiero di te, Lex. Ricordatelo sempre."

"Va beh. Anch'io sono fiera di te."

Lui sorrise. "Cambiati," le ordinò, facendo un passo indietro mentre teneva una mano in avanti per assicurarsi che riuscisse a stare in piedi da sola, prima di allontanarsi verso l'uscita della stanza. "Metti la collana e il microfono sulla cassettiera. Torno subito."

Lei annuì, senza togliergli gli occhi di dosso, mentre camminava all'indietro verso la porta, per poi sparire nel corridoio.

Cazzo. Lex gli piaceva già prima, ma ora che era ubriaca ed eccitata, ora che diceva tutto ciò che le passava per la testa, era affascinante all'ennesima potenza, era quasi impossibile resisterle. Ma lui ci sarebbe riuscito. Non si sarebbe mai spinto oltre, senza il suo consenso chiaro ed esplicito, da sobria. Non aveva nemmeno insistito per sapere meglio cosa provasse nei suoi confronti, per quanto ormai non fosse più così necessario. Era stata molto esplicita e chiara nel dirglielo. Strapparle altre informazioni mentre era ubriaca gli sembrava comunque sbagliato. Doveva distrarla, magari potevano guardare un film, o qualcos'altro, finché non le passava, o non si addormentava.

Blake era sicuro che avrebbe vomitato, più tardi. Non credeva fosse possibile bere così tanto e *non* vomitare. Perdinci, tantissimi uomini che conosceva non ci sarebbero riusciti. Sarebbe rimasto con lei, finché il peggio non fosse passato, poi sarebbe rientrato a Castle Rock con le registrazioni audio e video. Avrebbe discusso con Logan e Nathan i passi seguenti. Avrebbe fatto di tutto per tenerne fuori Alexis, ma temeva non sarebbe stato più possibile. Era dentro fino al collo nell'operazione, adesso che era cominciata, dovevano farla funzionare.

Le aveva detto che era finita in un momento di frustrazione acuta, perché era preoccupato e impaurito per lei. Forse avrebbe dovuto incontrare quelli della banda una sola altra volta, per raccogliere informazioni su altri loro incarichi futuri, su come si facevano contattare. Sarebbero state informazioni sufficienti perché la task force contro la criminalità organizzata potesse intervenire, arrestandoli. Con un po' di fortuna, gli appartenenti alla banda non avrebbero capito che era stata Alexis a farli catturare.

Quando Blake tornò in camera da letto, dopo averle procurato dell'acqua e qualcosa da mangiare, la trovò sdraiata sul letto, con un paio di pantaloncini neri e una canotta. Si mise seduta, fece un respiro profondo appena lo vide. La canotta era attillata e metteva chiaramente in evidenza le sue curve. Blake poteva vedere il tessuto della canotta appuntirsi in corrispondenza dei suoi capezzoli, e incurvarsi nella zona delle maniglie dell'amore. Era sensuale all'estremo. Avrebbe tanto voluto strapparle di dosso quella canotta per poter vedere, e toccare, il suo corpo delizioso.

Lei si sedette a gambe incrociate sul letto, Blake deglutì, quasi strozzandosi con la lingua. Era coperta... a malapena. Muovendosi, aveva fatto spostare sulle cosce i pantaloncini, se ci fosse stato un altro tipo di uomo al suo posto, avrebbe avuto facile accesso al suo sesso. Sarebbe bastato muovere la striscia di tessuto, per vedere tutto. Gli venne l'acquolina in bocca, pensando alla sua passera rosa. Blake sapeva che lei non aveva la più pallida idea di quanto fosse sensuale, o di quanta forza di volontà gli fosse necessaria, per tenere le mani a posto.

Mise sul comodino il bicchiere d'acqua, le pillole che aveva trovato nell'armadietto del bagno degli ospiti e due metà di un toast. Poi le mise una mano sul ginocchio, passando il pollice sulla sua pelle liscia, mentre con l'altra le scostò una ciocca di capelli dalla fronte.

"Ciucca," gli disse Alexis, con gli occhi chiusi, appoggiandosi alla sua mano. "Ma intera."

"Bene, bevine più che puoi, poi prendi le pillole." Si abbassò, afferrò il bicchier d'acqua e glielo porse.

Aprendo gli occhi e guardandolo con fiducia, lei prese il bicchiere dalla sua mano, il calore delle sue dita glielo fece diventare ancor più duro nei pantaloni. Lei bevve metà dell'acqua trattenendo il fiato. Poi si gettò le pillole in bocca senza nemmeno chiedere cosa fossero, si fidava di lui a tal punto da fare ciò che le diceva, poi le mandò giù d'un fiato.

Blake le passò un pezzo di toast, lei cominciò a mangiucchiare senza dir nulla, con gli occhi che passavano dal viso all'avambraccio di lui, mentre mangiava. Quando lei ebbe ingoiato il primo pezzo, lui provò a fargliene mangiare un altro, ma lei fece cenno di no con la testa, mentre beveva il resto dell'acqua per mandar giù.

Lei si sdraiò, raggomitolandosi e riportando gli occhi in quelli di lui.

"Stanca?" le chiese Blake.

"Un poco," rispose lei, a bassa voce. "Stai qui con me?"

Sembrava stare un po' meglio, anche se lui capiva che era ancora molto ubriaca. "Finché ti addormenti."

"Ci sarai, quando mi sveglio?" gli chiese.

"Sì. Dobbiamo parlare di quanto è successo."

Lei arricciò il naso, e Blake pensò che sembrava proprio come una ragazzina, a cui avevano appena detto che non esisteva Babbo Natale. "Ho bevuto troppo... ecco cos'è successo," proclamò lei, con enfasi.

"No, Lex. Ti hanno fatto bere troppo; è diverso."

"Non mi hanno puntato una pistola alla tempia, Blake. Non mi hanno *costretta*. Avrei potuto rifiutarmi."

"Avresti bevuto come una spugna alle undici di mattina, se non fossi stata sotto copertura, in missione per avere informazioni sulla banda?" le chiese diretto Blake.

Lei alzò la faccia, tutta stropicciata, e negò. "No, però..."

"Pensi che avrebbero aperto la bocca se non ti fossi bevuta quei liquori con loro?"

"Probabilmente no, ma avrei potuto..."

"Ti hanno fatta bere troppo, Lex. Punto."

"Come vuoi," disse Alexis, risentita, con una voce al limite dell'offeso.

Blake non riuscì a trattenersi. Aveva esattamente lo stesso tono di voce di quando era completamente sobria e se la prendeva con lui. Così, rise.

Lei rilassò il volto, allungò una mano e gliela passò sul braccio che le stava più vicino. "Mi piace quando mi sorridi. Non lo fai abbastanza spesso."

Aveva ragione; non lo faceva spesso. Da quando era ragazzo, non gli piaceva mettere in mostra le sue emozioni, perdere il controllo che manteneva sempre sulle sue reazioni istintive. Ma stava diventando più difficile mantenere il controllo, con lei, specialmente da quando si erano baciati. "Cercherò di migliorare, allora."

Alexis si leccò le labbra e lo guardò con gli occhi spalancati. "Bene. Allora facciamo l'amore?"

"Cosa?" domandò Blake, sedendosi per attutire il colpo.

"Hai detto che più tardi mi sarei sentita in imbarazzo. Hai detto che mi volevi, e immagino tu abbia capito che non l'ho mai fatto prima, quindi..." la sua voce svanì.

"Che mi venga un colpo," sbottò Blake. Come era potuto succedere, che quella bella donna sdraiata sul letto davanti a lui non avesse mai fatto l'amore prima? Aveva capito che non era esperta (del resto non lo nascondeva molto bene), ma non aveva capito che non l'avesse proprio mai fatto. "Sei vergine?"

Lei roteò gli occhi, a lui piaceva molto vedere quel suo carattere un po' impertinente saltar fuori, anche se era ubriaca fradicia. Come cavolo avesse fatto a nascondere questo lato della sua personalità a Kelly, Damian e a quello stronzo di Chuck, andava oltre ogni sua comprensione. "Odio quella parola. Una parola stupida. *Vergine*. Mi fa sentire come all'età della pietra. Non ho preso un cazzo vero dentro di me, va bene, ma ho visto dei video. So come funziona."

Ad ogni sua parola, Blake era sempre più vicino a mandare tutto affanculo e a prenderla, proprio come desiderava. "Un cazzo *vero*?" Non era proprio quello che desiderava chiedere, ma la domanda gli uscì comunque.

"Sì. Ho dei vibratori... i dildo..." Indicò il comodino, Blake si trattenne dall'afferrare la maniglia per aprire il cassetto del comodino di scatto, per vedere esattamente che giocattoli usasse Alexis Grant su se stessa, quando era da sola e arrapata. "Non penso di avere...come si chiama? Quella cosa dei libri rosa che i ragazzi devono sempre spingere e che fa sanguinare le ragazze?"

"Ah... l'imene?" chiese Blake, completamente nel pallone per l'argomento della conversazione.

"Sì!" esclamò lei allegramente, tirandosi su un gomito e facendo rimbalzare le sue tette sotto la canotta. "Proprio quello! Non penso di averlo più, perché non mi fa male quando spingo il dildo tutto dentro... ma spero che un cazzo vero non sia lo stesso, perché quello che uso è un po' duro e fa un po' male. La prima volta che me lo sono infilato, mi ha fatto davvero male. Infatti non l'ho più usato per quasi un anno... non che lo faccia spesso. Preferisco il vibratore sul clitoride. *Quello* sì che mi piace. Che brutto che voi uomini non abbiate il clitoride. Non sapete cosa vi perdete."

"Va bene, penso che questa conversazione sia finita," disse Blake con voce strozzata, spostando i fianchi da Alexis, per non farle vedere che effetto avessero quelle parole non così innocenti sul suo corpo.

"Bene." E Così si mise a sedere e prese con entrambe le mani l'orlo inferiore della canotta e se la tirò su tutta fin sopra la testa. "Non ridere, va bene? Sono un po' grassoccia, se ridi mi dà un po' fastidio."

Blake cercò di fermarle le mani, ma non ci riuscì se non dopo aver visto il suo ventre morbido e il contorno dei suoi seni. Santo cielo, voleva tanto metterle le mani addosso. Da impazzire. "Di sicuro non sei grassa. Perché non ci sdraiamo per un po', prima?" le suggerì.

"Oh. Ti servono più preliminari. Vabbè. Ti sdrai con me con il braccio tra le mie tette? Ho sognato anche questo."

Blake fece un altro respiro profondo per farsi forza. Lei non poteva capire quanta forza dovesse farsi lui, per non venire direttamente nei pantaloni. Ogni parola che le usciva di bocca gli arrivava direttamente nelle mutande. Gli girava quasi la testa, tanto il sangue gli si era concentrato lontano dal cervello.

"Certo, Lex. Girati."

Lei si sdraiò subito sulla schiena, spostandosi sull'altro lato del letto. Blake dette un'occhiata rapida alle sue gambe lunghe e vide per la prima volta un livido che si stava formando sulla parte alta della coscia. Era stato distratto così tanto dai suoi pantaloncini così corti, che gli era sfuggito. La fermò, mentre si stava spostando, mettendole una mano su un fianco. Poi passò la punta delle dita sul segno. "Questo da dove viene?"

Alexis alzò la testa dal cuscino e si appoggiò sui gomiti, guardando verso le sue gambe. Arricciò il naso concentrandosi, poi disse: "Non so... oh, aspetta... forse è stato Chuck?"

"Chuck?" Blake sbottò.

"Sì. Era davvero appiccicoso. Dev'essere successo quando mi sono alzata per andar via. Ti ho detto che mi toccava. Mi ha afferrata e mi ha fatto male."

"Porca *troia*," ringhiò Blake, poi si affrettò a rassicurare Alexis, vedendo il suo sussulto. "Non ce l'ho con te, tesoro. Sono incazzato con lui."

"Oh, va bene." Non sembrava del tutto convinta.

"Girati," le ordinò, cercando di mantenere un tono di voce normale, voleva togliersi da sotto gli occhi la sua pelle segnata il prima possibile.

Lei fece come le aveva detto, poi Blake si accomodò sul letto, dietro di lei. Cercò di mantenere una certa distanza, ma lei non ne voleva sapere. Alexis buttò i fianchi all'indietro verso di lui, cercando il contatto fisico, fino ad avere il suo membro contro il sedere. Sospirò e gli prese il braccio mettendoselo intorno al petto.

"Mettimelo tra le tette," gli ordinò, ondeggiando il petto e le spalle fino a sistemarsi il braccio dove voleva. "Sì, così."

Blake chiuse gli occhi, la sensazione meravigliosa del calore dei suoi seni gli percorreva tutto il braccio. Finì per riposare una mano sul lato del suo collo, mentre Alexis si sistemava, contenta.

Gli afferrò l'avambraccio con entrambe le mani e abbassò il mento, appoggiandolo sul suo polso. "Ecco," mormorò. "*Ecco* com'era il mio sogno."

Blake dovette ammettere che era meraviglioso. Non si sentiva così vicino a una donna da... mai. Nessuna l'aveva mai afferrato e abbracciato stretto, come se fosse l'unico appiglio che le impedisse di cadere in mille pezzi, proprio come stava facendo Lex in quel momento. Era minuta a tal punto che lui riusciva a circondare tutto il suo corpo, quasi avvolgendolo interamente. Il modo in cui lei si teneva al suo braccio e alla sua mano era insieme erotico e dolce. Era come se usasse il suo braccio come una coperta di sicurezza.

"Ci spoglieremo più tardi," gli disse sottovoce.

"Sì, Lex. Va bene," confermò Blake, anche se la sua definizione di 'più tardi' probabilmente era diversa da quella di lei. Lui sapeva che lei non sarebbe stata nelle condizioni di poter fare l'amore, nelle ore successive.

Rimase sdraiato nel letto dietro ad Alexis finché lei non si addormentò, o svenne, non ne era certo. Contò i suoi respiri, si rassicurò, respirava normalmente. Col braccio poteva sentire il suo cuore che batteva, per la prima volta nella vita capì che non voleva far altro che starsene lì, in quel letto, nel bel mezzo della giornata, a coccolare quella donna, proprio come stava facendo. Non una donna qualunque. *Alexis.*

Mentre lei giaceva sul letto, tra le sue braccia, russando leggermente, Blake si ripromise che sarebbe stata sua. Sarebbe stato lui, l'unico uomo a vederla nuda. L'unico uomo a entrare in lei. L'unico dei suoi sogni. Era sua.

CAPITOLO OTTO

ALEXIS SI ALZÒ con un bisogno urgente di dare di stomaco. Cercò di tirarsi su dal letto per arrivare in bagno, ma non ci riuscì. Nel panico, lottò contro ciò che le impediva di muoversi, qualunque cosa fosse, liberandosi in pochi secondi. Sentendo il vomito che le saliva in gola, corse verso il bagno e fece appena in tempo a sollevare la tavola della tazza prima di rigettare.

E rigettare.

E rigettare.

E rigettare.

Il suo stomaco continuava a contrarsi, per cercare di eliminare il veleno che aveva bevuto, sia pur ore prima.

Lei gemette, afferrando i lati della tazza, mentre le uscivano continuamente i succhi gastrici; era totalmente a pezzi, quasi avrebbe preferito esser morta. Qualunque cosa sarebbe stata meglio dell'inferno che stava vivendo in quel momento. Sentiva che non le uscivano altri liquidi, ma il suo corpo continuava a ribellarsi, lo stomaco si contraeva a secco, tossiva e liberava i suoi spasimi nella tazza del bagno.

Quando le sembrava che non potesse andar peggio, Alexis

sentì due mani che le tiravano i capelli da davanti la faccia che lei teneva sulla tazza. Non riusciva a parlare, ma cercò di spingere via quella persona, chiunque fosse. Era come spingere contro un muro di mattoni.

"Shhhh, Lex. Ti tengo io."

Ossignore. Era morta. Quello doveva essere l'inferno.

Se non sbagliava, Blake Anderson era accucciato dietro di lei, le teneva i capelli mentre lei vomitava l'anima.

Chiudendo gli occhi, Alexis cercò di controllare la spinta irrefrenabile di strizzare ogni molecola del suo stomaco. Decise che non avrebbe mai più bevuto. *Mai.* Nemmeno per scoprire altre informazioni sugli Inca Boyz. Nemmeno se Blake l'avesse pregata di farlo. Anche se sapeva per certo che lui non l'avrebbe mai fatto.

"Ecco, tesoro. Prendi questo. Un asciugamano."

Senza nemmeno aprire gli occhi, Alexis sentì il cotone morbido sulla mano. Lo afferrò, come fosse stato un salvagente, portandoselo al viso. Si asciugò il vomito dal naso meglio che poteva, poi si pulì la bocca. Infine, si sedette sui talloni, sentendo che Blake indietreggiava, lasciandole un po' di spazio dietro la schiena.

"Stai bene?"

"Non lo so," disse Alexis incerta, parlando nell'asciugamani; non era pronta a guardare quell'uomo, che non aveva idea di quanto lei l'amasse. Avrebbe preferito che lui *non* fosse lì. Che non la vedesse ridotta in quello stato. Era completamente avvilita.

"Non cercare di muoverti. Rimani lì. Torno subito."

Alexis annuì, non le importava dove andasse Blake, bastava che *andasse* via. *Lei* di sicuro non si sarebbe mossa.

Cercò di respirare profondamente, ma il suo stomaco tornò a contrarsi. Dopo circa un minuto, si voltò, allungò le gambe e appoggiò la testa alle mattonelle fredde del pavimento del bagno. Avrebbe dovuto farsi schifo da sola, ma in quel momento non le importava nulla.

Quanto tempo era rimasta lì per terra...non aveva idea, ma sperava fosse abbastanza da convincere Blake ad andarsene. Non ebbe quella fortuna. Lo sentì rientrare in bagno e accomodarsi sul pavimento, davanti alla vasca da bagno.

"Non devi rimanere," si sentì di dire Alexis.

"Lo so," rispose lui, calmo.

Cazzo.

"Non voglio che tu rimanga qui," cercò di insistere lei.

"So anche questo."

"Allora perché sei ancora qui?" si lamentò lei, sempre tenendo gli occhi chiusi.

"Perché hai bisogno di me."

Alexis sospirò e si spinse fino a mettersi seduta. Vedeva la camera tutta intorno che girava, le servì un momento per riuscire a respirare dalla bocca, controllando l'istinto di tornare a vomitare. Quando si sentì pronta a parlare, senza rigurgitare di nuovo, disse: "Non ho bisogno di te. Capita a tutti di riprendersi dopo una sbronza. Andrà tutto bene... prima o poi."

Lanciò un'occhiata a Blake. Era seduto con la schiena contro la vasca da bagno, aveva una gamba piegata e l'altra dritta. Un braccio era appoggiato al ginocchio della gamba piegata, la guardava intensamente, con un'espressione che non gli aveva mai visto prima, anche se ancora non la sapeva interpretare.

"Non me ne vado, Lex."

"Almeno puoi uscire dal bagno, allora?" lo implorò.

"No no."

"Dannazione, Blake. Non ho bisogno..." Alexis deglutì a fatica e chiuse gli occhi, la nausea le faceva contrarre di nuovo la gola. "Cazzo," mormorò, prima di tirarsi su e di rimettere la testa sulla tazza. Il suo stomaco aveva ripreso a contrarsi, con degli spasmi a secco.

Stavolta era ben consapevole di avere Blake alle sue spalle. Lui le spostò di nuovo i capelli dal viso, tenendoli con la mano all'altezza del collo di lei. Aveva messo l'altra mano sulla pancia di Alexis, sostenendola, mentre le si stringeva ogni muscolo del corpo, cercando di farla rigurgitare.

Alexis non si era mai sentita tanto in imbarazzo come in quel momento. Nemmeno quando era alle superiori, quando aveva fatto cadere il suo vassoio in mensa, attirando l'attenzione di tutti i presenti. Nemmeno quando aveva scoperto di essere stata invitata al ballo di fine anno da un ragazzo per cui aveva un debole, solo perché lui voleva farle pagare la limousine e la cena, anche per altre tre coppie. Nemmeno quando aveva pensato di piacere a un tipo, all'università, e gli si era avvicinata per baciarlo, ma lui si era tirato indietro, inorridito.

No no. Quello era il momento più imbarazzante di tutta la sua vita. Avesse potuto sprofondare nel ventre della terra, l'avrebbe fatto.

"Ci penso io, Lex," le mormorò Blake nell'orecchio, mentre lei era lì, in ginocchio, affannata dalla fatica. "Finirà tra un minuto."

Un'ora dopo, Alexis era sdraiata su un fianco, nel letto, finalmente le sembrava di poter davvero sopravvivere. Era riuscita a tornare a letto, dopo altre tre crisi di spasmi a secco, da allora aveva dovuto correre in bagno solo una volta. Erano passati venti minuti dall'ultimo attacco di vomito, sperava di tutto cuore fosse finita.

Ma ora che le era passata la nausea, il suo corpo cominciava a sentire altri dolori, un po' dappertutto. La testa le pulsava, i muscoli dello stomaco erano doloranti, il che non la sorprendeva, poi aveva un freddo cane.

Non appena se ne accorse, Blake arrivò, sistemandole il

piumino fin sulle spalle, per farle sentire tutto il calore possibile.

"So che adesso non ti sembra, ma l'alcol ha cominciato a uscire dal tuo corpo, vedrai che comincerai a star meglio."

"Ma come fa la gente a ubriacarsi? È orribile."

Lui mosse le labbra come a fare un mezzo sorriso, mentre la guardava. "Penso che il corpo si abitui, così la reazione poi non è più così... forte... come è successo a te."

Alexis sentì che stava arrossendo. "Beh, è tremendo."

"Vero. Pensi che starai bene per un po', vado a prepararti qualcosa?"

"Non posso mangiare, Blake. Impossibile," gli rispose Alexis, lamentandosi.

"Niente di grosso. Solo un toast. Magari un bicchier d'acqua," le disse, rassicurandola. "Ti aiuterà."

"E magari rischierò di rigurgitare ancora," lei replicò.

"Vero. Ma non credo."

Alexis guardò Blake per un momento interminabile. Indossava gli stessi vestiti che ricordava di avergli visto addosso quella mattina: jeans, maglietta nera, ma ora aveva ai piedi solo le calze, ovviamente a un certo punto si era tolto gli stivaletti e li aveva lasciati da qualche parte.

"Che ore sono?" chiese Alexis, senza togliergli gli occhi di dosso.

Lui guardò il suo orologio da polso e poi le rispose. "Circa le sei."

"Di sera?"

"Eggià"

"Non devi andare da qualche parte?"

Alla sua domanda, Blake si abbassò, puntellandosi con una mano sul comodino e con l'altra sul letto, davanti a lei. Lei poteva vedere solo la sua faccia, respirando poteva sentire il suo profumo. Non aveva idea del sapone che usasse, ma sapeva che non avrebbe mai più sentito quel profumo senza ripensare a quel momento.

"Sono esattamente dove devo essere, Lex. Chiudi gli occhi, rilassati. Torno tra poco con qualcosa da mangiare."

Poi si avvicinò (Alexis nel frattempo non poté evitare di guardare i muscoli delle sue braccia) e la baciò sulla fronte. Fu una mossa molto dolce; lei si morse il labbro per evitare che le venissero le lacrime agli occhi.

Blake si alzò, le scostò una ciocca di capelli dalla guancia, sistemandola dietro l'orecchio, poi si incamminò per uscire dalla camera da letto.

Nel momento stesso in cui uscì, lei andò in bagno a lavarsi i denti. Non ricordava di averlo fatto dopo aver vomitato, in quel momento non desiderava altro che togliersi di bocca quel sapore acido.

Per fortuna il sapore del dentifricio non le fece venire i crampi allo stomaco; Alexis tornò in camera da letto e si sdraiò sotto le coperte, mettendosi di nuovo a suo agio. Si voltò verso il cuscino e respirò profondamente, sorpresa di sentire solo il profumo di Blake. Alzò la testa e guardò il cuscino. Era rimasto lì dietro di lei, mentre dormiva? Cercò di far riaffiorare i ricordi, di ripensare a cosa era successo, una volta andati via dal bar, ma era tutto troppo sfocato. Ricordava a malapena di essersi sentita al sicuro, ma nulla di più. *Dannazione.* Cosa era successo? Aveva detto qualcosa a Kelly e agli altri, aveva mandato all'aria l'operazione sotto copertura? Blake sarebbe rimasto con lei, in quel caso?

Aveva tantissime domande, ora che il suo corpo si stava rilassando, dopo la potente rivolta contro quanto aveva ingerito, poteva pensare in modo più chiaro. Alexis si mise a sedere sul letto con cautela, sistemandosi i cuscini dietro al collo per sostenere la testa, poi si guardò intorno.

Non vide da nessuna parte i vestiti che indossava al bar quella mattina, ma vide il microfono e il pendente con la telecamera appoggiati alla cassettiera, dall'altra parte della camera. Portando le dita alle orecchie, si accorse che non indossava più nemmeno gli orecchini di quel mattino.

Indossava una canotta e dei pantaloncini corti del pigiama, così arrossì di nuovo per l'imbarazzo. Santo cielo, era stata sulla tazza, praticamente nuda, con Blake Anderson dietro la schiena. Doveva aver visto e aver sentito ogni centimetro del suo corpo. Vero che si vedeva di più quando indossava un costume da bagno... ma non si era mai fatta vedere così da *Blake*.

Non era esattamente Kate Moss... somigliava di più a una versione abbassata di Marilyn Monroe. Sapeva che ad alcuni uomini piacevano le attrici un po' rotondette e formose, ma era convinta che, potendo scegliere, in gran parte avrebbero comunque preferito di gran lunga una modella slanciata.

Desiderosa di indossare qualcosa, per coprirsi, Alexis allungò di nuovo le gambe sul lato del letto, ma le ritirò nuovamente indietro, sotto le coperte, appena Blake arrivò sull'uscio.

"Devi tornare in bagno?" le chiese rapidamente, con le rughe sul volto per la preoccupazione, mentre si affrettava a raggiungerla.

"No, sto bene. Stavo solo cercando di mettermi qualcosa," ammise Alexis, tirando su il piumino per coprirsi il petto.

"Ah, va bene. Avevo paura che cominciassero degli altri spasmi secchi," le disse Blake, con tono sollevato.

Alexis chiuse di nuovo gli occhi per l'imbarazzo. Anche solo le parole "spasmi secchi" pronunciate da lui la facevano star male. Non le sarebbe mai passata questa vergogna.

Come potendo leggerle la mente, Blake disse: "Te l'ho già detto, Lex, non devi sentirti in imbarazzo, per nulla che possa succedere tra noi." La voce di Blake era morbida e tenera, senza un grammo di ironia o di provocazione. Il che la sorprese un po'. A lui piaceva sempre provocarla, le faceva sempre notare ogni errore... in modo carino, ma comunque senza lasciar correre nulla.

Lei riaprì gli occhi per guardarlo. Si era seduto sul letto, vicino al suo fianco, la fissava negli occhi. La guardava in modo diverso dal passato. Non sapeva il perché, ma non aveva mai notato uno sguardo come quello, prima, nei suoi confronti. Sembrava che... ci tenesse.

"Non mi ricordo se mi hai detto di non sentirmi in imbarazzo, e comunque non basta ordinarmelo. Blake, mi hai vista mentre vomitavo. Non è esattamente il modo migliore per fare una buona impressione."

"Ma tu non devi fare una buona impressione su di me, Lex. Ci sei già riuscita stamattina, a pranzo."

Alexis si morse le labbra e distolse gli occhi dai suoi, guardandosi le mani.

"Ti ricordi qualcosa?" le chiese teneramente Blake.

Lei negò con un cenno del capo. "Non proprio. Sono stata... hanno detto qualcosa di utile?"

"Sì, tesoro. Sei stata meravigliosa. Oggi abbiamo scoperto molte cose."

Tutta quella gentilezza le sembrò un po' troppa, in quel momento. Lui si stava comportando in modo molto strano, e Alexis non aveva la minima idea del perché. Cosa aveva detto, cosa aveva fatto per stimolare quell'atteggiamento... affettuoso nei suoi confronti?

"Ottimo. Son contenta. E...del tipo?"

Invece di rispondere, Blake si allungò sul comodino per prendere due delle pillole che aveva portato dall'altra stanza e un bicchiere d'acqua. "Prima bevi un sorso d'acqua, mandala giù, poi prova un altro sorso. Se ti sembra di trattenerla, potrai prendere le pillole. Ti faranno passare il mal di testa."

"Grazie." rispose Alexis, facendo come le aveva detto; fu sollevata, scoprendo che il suo corpo accettava l'acqua. Avrebbe tanto voluto trangugiarla, ma sapeva che sarebbe stato stupido. Riuscì a mandar giù entrambe le pillole, poi si lasciò andare sui cuscini, sollevata.

"Ti dirò cosa abbiamo scoperto, e poi potrai guardare il video e ascoltare la registrazione audio, ma penso che servirà del tempo. Il video è molto mosso e ti farebbe venire la nausea, in questo momento. Ti fidi di me, se ti dico com'è andata?"

"Ma certo," disse subito Alexis. "Perché mai non dovrei?"

Il sorriso di lui le fece arricciare le dita dei piedi, sotto le coperte. Era così espressivo. Ovviamente quella risposta gli piacque e non gli interessava di mostrare la sua reazione. Aveva negli occhi uno sguardo così tenero e pieno di significato, anche se lei non lo capiva ancora fino in fondo. "Cercherò di non fare mai nulla che ti faccia perdere la fiducia che hai in me, Lex."

"Va bene," sussurrò lei, sentendo che quelle parole intendevano molto più di quanto lei potesse interpretare in quel momento.

"Ecco," proseguì Blake, mettendole davanti alla bocca un pezzo di toast. "Mangia un po' di questo mentre ti racconto com'è andata."

Passò i venti minuti successivi a raccontarle del pranzo, di come Kelly al principio era sembrata distante, per poi lasciarsi andare, man mano che beveva; le disse di quanto Damian si era vantato del fratello, che era ancora il capo indiscusso della banda, pur essendo in carcere, e di come Chuck non facesse altro che toccarla.

Alexis notò che le mandibole di Blake si serravano e che la sua voce si irrigidiva, mentre le raccontava l'ultima parte, su Chuck.

"Ti ha lasciato anche un livido," le disse Blake, ovviamente risentito per quel segno.

"Davvero? Dove?"

"Sulla coscia. Hai detto che ti ha tenuto la mano sulla

coscia per quasi tutto il pranzo. Io non riuscivo a vederlo, nel video. Quando ti sei alzata per andartene, mi hai detto che ha stretto la presa con forza. Hai detto che ti faceva male."

Alexis spinse via il trapuntino per potersi guardare da sola la gamba. Infatti, c'era ancora un segno violaceo, che sapeva, per esperienza, sarebbe diventato più scuro e più brutto col passar del tempo, era sulla gamba, appena sopra al ginocchio. Era strano guardarsi la gamba, vedere che ciò che Blake le aveva appena raccontato era vero, anche se lei non si ricordava nulla di tutto ciò.

Prima che potesse ricoprirsi, Blake le toccò la gamba con le dita. Le fece passare sul segno leggermente, come se col solo tocco fosse in grado di farle sparire il livido, cancellandolo. Alexis trattenne il respiro, quel tocco le aveva fatto venire la pelle d'oca alle braccia. Non riuscì a trattenere una domanda, che sgorgò come acqua da una diga. "È successo qualcosa tra noi?"

"Sì, Lex, qualcosa è successo," le disse Blake, lasciando il palmo della mano appoggiato alla gamba, sul livido, come per coprirlo, facendo finta che non esistesse.

Il respiro di Alexis si fece più rapido. "Abbiamo..." la sua voce svanì, non era sicura di voler completare quella domanda. Il pensiero di aver fatto l'amore con Blake era sia una benedizione che una maledizione. Una benedizione, perché l'aveva sognato più volte nel suo letto, tra le sue braccia, praticamente dal primo giorno, una maledizione perché non si ricordava un solo secondo di quanto successo.

Blake si mosse. Si portò su di lei, mise una mano al suo fianco sinistro, sul letto, l'altra al suo fianco destro. Lei si fece indietro, lasciandogli più spazio, ma lui le si avvicinò, annullando la spazio che lei aveva creato allontanandosi.

"Non abbiamo fatto l'amore, se è questo che stavi per chiedermi. Non ci siamo nemmeno baciati. Mai e poi mai avrei approfittato di te in quello stato. Sapevo che eri ubriaca, che non ti saresti ricordata nulla."

"Allora cosa è successo?" gli domandò di nuovo Alexis, contenta che Blake fosse così galante da non prendere nulla che non gli avesse offerto liberamente, da sobria; eppure non poteva immaginare di che diamine stesse parlando, se non si erano baciati e non avevano fatto sesso.

"Mi hai detto che mi volevi. Che nessun altro uomo ti ha mai sfiorata, o nemmeno visto nuda. Abbiamo dormito insieme, ti sei aggrappata a me e non mi hai voluto lasciar andare. Quello che è successo, tesoro, è che ho deciso di smetterla di cazzeggiare. Quando ti sarai ripresa al cento per cento ricomincerò a corteggiarti. Usciremo, fisseremo un appuntamento come avevamo detto la settimana scorsa, poi ti mostrerò quanto sia meglio un cazzo vero dentro, invece dei giocattoli che usi. Sei mia, Lex. Ecco cosa è successo."

Alexis poté solo guardare Blake, inorridita. Che dannatissimo cazzo gli aveva detto? Non aveva idea di cosa rispondere. Gli aveva detto di essere vergine? Di voler fare sesso con lui? Poi cosa aveva aggiunto, sui vibratori e sui cazzi veri? Chiuse gli occhi, era profondamente mortificata. Se aveva pensato che fosse brutto vomitare mentre lui le teneva indietro i capelli, non era nulla in confronto a questo. Doveva andarsene. Magari a Tahiti. Subito. Non avrebbe mai più potuto guardare negli occhi Blake Anderson.

Sentì il suo palmo caldo stringersi dietro la nuca, il pollice le accarezzava delicatamente la pelle dietro l'orecchio. Ricordò vagamente che aveva fatto lo stesso, nell'auto, ma non si ricordava *quando*.

"Lo sapevi che quando arrossisci ti colori tutta dalla punta delle orecchie fino al petto?" le chiese Blake, facendo conversazione. Non le lasciò il tempo di rispondere e proseguì. "Ogni volta che ti tocco, ti viene la pelle d'oca sul braccio, lo sapevi? Devo dirlo, Lex, è una sensazione meravigliosa vedere che il mio tocco ti fa questo effetto."

"Allora vuoi stare con me solo perché sono vergine?" sussurrò Alexis, cercando di capire.

"Guardami," le ordinò Blake, con voce sicura.

Alexis scosse la testa, rifiutando di aprire gli occhi; non voleva incontrare lo sguardo compiaciuto che sicuramente Blake aveva.

"Apri gli occhi, Lex. Guardami," le ripeté Blake, sussurrando.

Non poteva dirgli di no. Spalancò gli occhi e lo fissò. Era ancora piegato verso di lei, ora era più vicino. Aveva le labbra pochi centimetri sopra quelle di lei, la guardava con occhi teneri e rilassati.

"Voglio stare con te perché ti ammiro, Lex. Sei tosta e forte, ma anche tenera e vulnerabile, dentro. Non esiti a fare ciò che è giusto solo *perché* è giusto. Non pensi alle conseguenze che le tue azioni potrebbero avere su di te, fisicamente o mentalmente. Tu agisci. Posso vedere tutto il dolore che ti tieni dentro, per come ti hanno trattata alle scuole medie, alle superiori, ma non ti tiri indietro. Amo il fatto che tu voglia fare la tua parte per fare del mondo un posto migliore."

"Voglio essere il primo e si spera anche *l'unico* uomo a entrare in te. Voglio essere l'uomo che ti fa provare il primo orgasmo. Voglio che il mio sia il primo corpo di un uomo nudo che vedi, e voglio essere l'uomo che vede il tuo corpo nudo per la prima volta. Voglio venerare le tue curve e mostrarti quanto può essere divertente usare i tuoi giocattoli, mentre facciamo l'amore. Voglio che il tuo sorriso sia l'ultima cosa che vedo prima di addormentarmi e la prima cosa che vedo quando mi sveglio al mattino. Voglio soddisfare tutte le tue fantasie porno che riguardano il mio braccio, essere l'uomo con cui ti accoccoli ogni sera." Fece un momento di pausa, senza mai togliere gli occhi da quelli di lei. "Ho risposto alla tua domanda?"

"Penso di parlare troppo, quando sono ubriaca," sbottò Alexis senza pensarci.

Blake rise e si abbassò ulteriormente, per strofinare il naso con quello di lei. "L'alcol sembra scioglierti la lingua, tesoro, ma evidentemente solo con me. Hai detto e hai fatto tutte le cose giuste con Kelly e con i suoi amici stronzi. Non ho la più pallida idea del come o del perché tu sia ancora vergine, ma ringrazio tutte le stelle del cielo per questo. Anche se mi rende nervoso, perché voglio che la tua prima volta sia un ricordo prezioso, ma mentirei se non ti dicessi che mi eccita anche da impazzire, sapere che sarò il primo uomo dentro di te. Farò tutto ciò che posso per farti vivere un momento speciale. Te lo prometto."

"So che lo farai," gli disse Alexis, muovendo le braccia per la prima volta. Alzò le braccia e afferrò i suoi bicipiti. Si leccò le labbra e domandò: "Ti ho detto tutte quelle cose e davvero tu non mi hai nemmeno baciata?"

"No, tesoro. Nemmeno un bacetto a stampo. Voglio che tu sappia sempre perfettamente chi stai baciando, quando pomiciamo."

"Adesso lo so perfettamente," disse lei inutilmente, mai come in quel momento fu felice di essersi fiondata fuori dal letto per lavarsi i denti.

"Vuoi che ti baci, Lex?" le chiese Blake, con un bagliore di desiderio negli occhi.

"Sì, Blake. Voglio che mi baci," gli replicò Alexis immediatamente.

"Grazie al cielo," sospirò lui, prima di abbassarsi di quei pochi centimetri che separavano le loro bocche.

Nessuno dei due mosse le mani durante il bacio, continuarono a tenersi stretti. Alexis lasciò andare un gemito profondo nella gola, pensando a quanto Blake le aveva appena detto. Pensò che fosse tutto un sogno, per certo, forse era ancora ubriaca. Mai e poi mai Blake Anderson avrebbe potuto dirle di voler fare l'amore con lei, di essere eccitato da impazzire al pensiero di essere lui, l'uomo che le avrebbe fatto perdere la verginità.

Blake girò la testa per poter fondere meglio la bocca con quella di lei, con un angolo migliore, Alexis sentì che nulla le sarebbe piaciuto di più della sensazione di Blake che beveva dalla sua bocca, come se non gli potesse mai bastare.

Le loro lingue si intrecciarono; lui le leccò il palato, poi la parte interna del labbro inferiore; poi cominciò a spingere la lingua dentro e fuori la sua bocca, immaginando di fare lo stesso col suo membro, mentre facevano l'amore. Alexis si agitava sotto di lui, ma continuava a tenersi stretta alle sue braccia.

Dopo un ultimo giro di lingua contro la sua, Blake si tirò indietro, dandole altri tre o quattro baci solo con le labbra, prima di sollevare la testa. Come aveva fatto prima, alzò una mano per togliere con il pollice l'umido dal suo labbro inferiore. Un gesto che Alexis stava cominciando ad amare.

"Dormi, Lex. Lascia che il tuo corpo si riprenda. Con questo andremo avanti un altro giorno. Io ti voglio. Più di quanto abbia mai voluto una donna in passato, ma voglio che tu sia sicura. Se ti concederai, non sarà affatto una scappatella. Il mio cuore non potrebbe accettarlo. So che, una volta entrato in te, una volta sentito il tuo corpo caldo intorno al mio, non vorrò più lasciarti andare. Quindi voglio che tu sia sicura, Lex. Assolutamente sicura."

"Io sono sicura," gli rispose subito.

Blake sorrise, poi disse sottovoce: "Pensaci qualche giorno. Pensaci quando non sarai più stanca morta e probabilmente ancora distrutta come uno straccio."

Alexis annuì, poi si morse il labbro inferiore, sentendo ancora il sapore unico di Blake. "Rimani?"

Lui la guardò per un momento interminabile, prima di chiederle: "Vuoi che rimanga?"

"Sì, lo vorrei."

"Allora rimango," le rispose immediatamente.

Penso di avere uno spazzolino in più nei cassetti, in bagno, lo puoi usare. E probabilmente anche un rasoio, se ti va bene usarne uno rosa. Non ho nulla da farti indossare, però. Io..."

Blake si abbassò e la baciò rapidamente, prima di rialzarsi. "Va bene, Lex. Credimi, sono sopravvissuto all'esercito, posso farcela anche qui, per una notte. Non preoccuparti per me. Ora cerca di dormire. Domattina starai meglio."

"Va bene. Vuoi che venga a parlare con Logan e Nathan dell'incontro?"

Blake fece cenno di no col capo. "No. Tanto non te lo ricordi, abbiamo le registrazioni. Posso raccontar loro cosa ho sentito. Se avremo delle domande, ti chiameremo."

Alexis distolse per la prima volta lo sguardo da Blake. "Va bene."

Lui le mise le dita sotto al mento, perché lo guardasse. "Se potessi scegliere, mi incollerei al tuo fianco senza mai lasciarti allontanare. Ma penso che anche a te faccia bene un po' di tempo, per elaborare tutto. Ti darò un po' di tempo, ma non troppo. Non potrei. Va bene?"

"Va bene." Era una spiegazione logica. Alexis si sentiva già sopraffatta, quindi probabilmente era una scelta intelligente, quella di lasciarle dello spazio. Sperava solo che *lui* non decidesse che non era quella che voleva. Mai e poi mai *lei* avrebbe cambiato idea.

Lui si abbassò e la baciò ancora sulla fronte, poi si sedette. "Mi metto nell'altra stanza a guardare un po' di TV per un po', nel caso avessi bisogno di qualcosa. Se ti viene fame, ti preparo dei panini e te li metto in frigo, non si sa mai."

"Dormirai qui con me?"

Blake la fissò per molto tempo, prima di rispondere semplicemente: "Sì." Non le chiese se era sicura. Non disse che non era una buona idea. Rispose semplicemente di sì.

Alexis si addormentò rapidamente, contenta che l'uomo che amava sembrasse interessato ad avere una relazione con lei. Le bastava. Per ora.

CAPITOLO NOVE

Due giorni dopo il pranzo insieme, Kelly inviò un messaggio ad Alexis, dicendo di volerla incontrare ancora. Stavolta, parole di Kelly, per un "festino" a casa sua.

Alexis telefonò a Blake, chiaramente nel pallone, non sapendo come rispondere.

Blake subito voleva rispondere "col cavolo", ma discusse la situazione coi suoi fratelli e poi richiamò Alexis.

"Cosa devo fare?" lei domandò.

"La decisione finale è tua, Lex. Io non vorrei che quella stronza e i suoi amici ti fossero vicini. Fosse per me, direi assolutamente di no, ma non dipende da me. So quanto ci tieni ad aiutare. Quanta pressione hai addosso. Tu non sei più una vittima, non sei più alle scuole superiori, hai fatto molta strada da allora. Qualunque sia la tua decisione, sappi che io e i miei fratelli ti sosterremo al cento per cento. Se vuoi dire di no, non ce la prenderemo. Se decidi di accettare, ti sosterremo in ogni modo... saremo con te per proteggerti sotto ogni aspetto, mentre vai in missione."

Sentì che lei respirava profondamente, prima di dire con

voce tranquilla: "Non che voglia particolarmente accettare, ma mi sembra di lasciare qualcosa in sospeso. Se non accetto, penso che sarò delusa da me stessa. Avrei la sensazione di aver scelto la soluzione più sicura, non quella più giusta... proprio come alle scuole superiori. So che non è la stessa cosa, per nulla, ma se tu mi sosterrai, se interverrai in caso di bisogno, parteciperò."

"Ma certo che ci sarò, tesoro."

"Ottimo. Pensi che... dovrò bere ancora così tanto?"

Il pensiero che Lex fosse vulnerabile e bevesse a casa di Kelly, alla presenza di chissà chi, dove poteva essere portata facilmente in camera da letto, fece venire il sangue alle tempie di Blake, che sapeva però quanto erano vicini a beccare Donovan e tutta la banda.

I tre fratelli avevano parlato dei pericoli che poteva correre Lex, specialmente in una festa privata, ma Logan aveva evidenziato i grossi vantaggi delle informazioni che poteva ottenere. A Blake non piaceva sentirselo dire, ma sapeva che i fratelli dovevano fare anche gli avvocati del diavolo... per riuscire a esaminare tutti gli aspetti del problema, quelli buoni e quelli cattivi, prima di decidere.

"Non penso che dovrai. Dato che sarai a casa sua, probabilmente dovrai sorbirti un drink. Di sicuro cercheranno di spillarti altri soldi, anche se non so che storia strappalacrime useranno stavolta per farti intenerire nei loro confronti."

"Questo me lo aspettavo, non mi importa tanto quello che dicono. Farò in modo di avere molti contanti a disposizione, per dar loro ciò che vogliono."

"Qualunque cosa succeda, io ci sarò, Lex. Sia io che Logan, stavolta. Abbiamo parlato con quelli della squadra anticrimine della polizia di Denver. Sanno quello che stiamo facendo. Non ne sono entusiasti, ma si sono dati una calmata, grazie al passato nell'esercito di Logan e al mio."

"Ma io non ho la stessa preparazione. A loro interessa?" gli chiese, tranquillamente.

"Ma certo che interessa. Però non sarai da sola. Abbiamo parlato molto di ciò che dovrai e non dovrai fare, di cosa aspettarci, quando sarai là. Ti sei comportata molto bene nel corso di autodifesa, la settimana scorsa. Io ho molta fiducia in te, Lex. Sei intelligente. Troppo furba per commettere fesserie."

"Grazie per il voto di fiducia," gli rispose seccata. "Non posso promettere che ricorderò tutto quello che voi ragazzi mi avete ficcato nella testa, ma di certo posso prometterti che non farò nulla di stupido e che me ne uscirò al volo, in un modo o nell'altro, se solo non mi sento al sicuro."

"Ottimo. Poi condivideremo le registrazioni con l'unità speciale. Se decidi di farlo, sapranno sempre dove sei e a che ora ci arrivi. Sarai al sicuro. Te lo garantisco."

"Va bene, Blake. Posso farcela. Ora le rispondo e poi ti mando i dettagli."

Riattaccò senza nemmeno chiedergli quando si sarebbero rivisti, del resto nemmeno Blake era andato sull'argomento. Lui stava impazzendo, perché non riusciva a vederla. Sapeva che Lex era spaventata, ma come al suo solito andava avanti tutta, cercando di non lasciar trapelare quanto fosse davvero nervosa.

La settimana seguente sarebbe stata fondamentale per Blake. Anche se gli mancava Alexis, evitò volutamente di passare del tempo con lei da solo, voleva che pensasse davvero a quanto le aveva detto, la settimana prima. Perdere la verginità era un momento importante, ancor più perché aveva aspettato così a lungo prima di fare sesso con qualcuno. Lui voleva che fosse completamente sicura di ciò che desiderava.

Non solo, dovevano anche affrontare Kelly e la situazione degli Inca Boyz.

Il "festino" che Kelly aveva in programma era quella sera, Alexis aveva ricevuto l'indirizzo. Si era scoperto che non era a casa sua, ma di Damian, il che non aveva fatto piacere né a Blake né a Logan.

Era mattina presto, Blake aveva intenzione di parlare con Lex prima della festa. Era stufo di aspettare che si decidesse, su loro due. Varie volte era stato sul punto di andare a Denver, tanto forte era il bisogno di vedere Alexis, ma era anche risoluto a lasciarle tutto lo spazio di cui aveva bisogno. Le aveva detto di non venire in ufficio, Nathan era in contatto con lei via email e con messaggi di chat, insieme monitoravano internet per trovare qualunque informazione sulla banda.

Blake però aveva parlato con Alexis quasi tutte le sere, al telefono, si erano scambiati tanti SMS negli ultimi sette giorni. Ma non l'aveva vista. Non l'aveva toccata. Non l'aveva baciata. Il giorno in cui le aveva promesso di aspettarla, pensava di riuscire a darle più tempo, ma quando avevano parlato, la sera prima, lei gli aveva chiesto perché tirasse indietro.

"Se ci stai ripensando, Blake, sii abbastanza uomo da dirmelo. Mi hai detto che ti piaceva corteggiare, ma non lo stai facendo, e non capisco il perché. Io ti ho già detto che volevo far l'amore con te. Non so quanto potrei essere più chiara di così. Se adesso sei indeciso perché sono vergine e la cosa non ti piace, allora dimmelo. Non è che mi taglierò le vene se ti accorgi che il tuo era soltanto istinto di protezione, sensazioni del momento. Ma sono stufa di aspettare. Mi hai detto che volevi portarmi fuori, per un appuntamento, ora voglio il mio appuntamento."

In superficie, le sue parole erano forti, ma lui sentiva anche il dolore che trapelava tra le righe. L'ultima cosa che voleva era che lei dubitasse, che non fosse sicura di lui. Inoltre, quelle ultime parole l'avevano fatto quasi ridere. "Ti voglio, Lex. Vengo da te domattina. Dobbiamo parlare prima che tu vada alla festa."

Lei rispose solo dicendo: "Ottimo. Era ora. Allora ci vediamo."

Ora lui era in piedi nell'atrio del suo edificio. Osman aveva chiamato Alexis per essere sicuro di poterlo far salire. Avrebbe dovuto essere irritato per questo, ma dato che il portiere l'aveva visto l'ultima volta che trascinava quasi a peso Alexis ubriaca, non gli dava fastidio il comportamento protettivo di Osman. Anzi, gli piaceva che si preoccupasse per lei.

Alexis rispose alla porta dopo due brevi colpi, Blake dovette ricordarsi che si era ripromesso di non fare l'amore con lei se non una volta terminata la faccenda con gli Inca Boyz. Ma era senz'altro più facile a dirsi che a farsi. Specialmente quando se la trovava di fronte, mozzafiato quanto era.

Indossava un paio di jeans attillati che le fasciavano le gambe grassocce. Era a piedi nudi, gli faceva venir voglia di prenderla in braccio per portarla in casa, anche solo perché non sentisse freddo ai piedi. La maglietta che indossava era di un violetto intenso, con un'ampia scollatura. La maglietta si apriva sia davanti che sulla schiena, non lasciava trapelare molto, ma era molto intrigante; lui immaginò che sarebbe bastato tirare un po' quella maglietta per farla scendere sotto le sue tette, mettendole perfettamente in mostra.

Quasi gli prudevano le mani, ma Blake se le mise nelle tasche anteriori dei jeans. Questo gli serviva a mantenere il controllo, oltre a spostare un po' il tessuto dei jeans, per lasciare un po' più spazio al suo membro.

"Ciao, Lex."

"Blake. Entra." Gli tenne la porta aperta, vide i muscoli della sua mascella contrarsi, mentre la maglietta le scendeva da una spalla. Aveva un reggiseno in tinta con la maglietta, Blake sentì che il membro stava reagendo, al solo pensiero di lei, in piedi davanti a lui, con indosso solo mutandine e reggiseno viola intenso.

"Grazie." Respirò profondamente ed entrò, passando davanti a lei, quasi inciampando. Aveva fatto la doccia da poco, qualunque fosse il balsamo che aveva usato, aveva un profumo assolutamente incredibile. Era un profumo floreale. Non era eccessivo, ma abbastanza intenso da farlo impazzire. Le parole gli uscirono di bocca prima ancora che potesse pensare a cosa dire. "Che profumo meraviglioso."

Alexis chiuse la porta e sorrise. "Grazie. È il mio balsamo. Caprifoglio. Non lo uso molto spesso, ho pensato che mi avrebbe tirata su, dandomi maggiore autostima, dato che stasera devo andare nella fossa dei leoni."

Quelle parole lo colpirono profondamente, si mosse prima ancora di pensare. Le mise le mani sulle spalle nude, adorava la sua pelle morbida, le accarezzò i lati del collo con i pollici. "Dato che siamo onesti tra noi, io preferirei che puzzassi come delle calze sporche, quando arrivi in quella casa."

Alexis incontrò i suoi occhi, condividendo la stessa espressione profondamente umoristica. "Non sono sicura che mi aiuterebbe, stasera."

"Forse no," concordò lui, poi le si avvicinò e affondò il naso nella curva del suo collo, inspirando profondamente, prima di tirarsi indietro e dire: "Ma non posso fare a meno di essere insieme arrabbiato, geloso, ansioso al pensiero del tuo profumo così irresistibile, con quegli stronzi attorno. Per la cronaca, puoi sempre fare tutto quello che vuoi per sentirti meglio, ma non devi fare assolutamente nulla per sembrare più bella ai miei occhi. Capito?"

Lei lo guardò con gli occhi spalancati, tremando. "Va bene, Blake."

Lui si costrinse a fare un passo indietro, non prima di notare la pelle d'oca che le era venuta sul braccio, sentendo le sue parole e il suo tocco. Cavolo, l'avrebbe fatto impazzire. Pensandola, quella settimana, si era masturbato così tanto da immaginare che sarebbe stato meglio in sua presenza, ma si era sbagliato. Se non altro, sembrava desiderarla ora più che mai.

"Parliamo di questa sera, di cosa succederà," disse all'improvviso Blake, cercando di distrarsi. Sapere che la camera da letto era in fondo al corridoio, che aveva tutto il tempo di portarcela e di insegnarle tutto ciò che valeva la pena conoscere del sesso, era una tortura. Ma voleva partire col piede giusto, nel loro rapporto. Voleva uscire con lei qualche volta, prima di buttarsi su di lei come un cane in calore.

"Ma certo. Hai fame? Vuoi mangiare qualcosa?"

"Mi va di mangiare. Ma possiamo uscire, se ti va. Non devi cucinare per me."

"Sono troppo nervosa per uscire...se per te va bene. Posso preparare un panino o qualcosa anche qui a casa."

"Ottima idea," le rispose Blake immediatamente. Se voleva rimanere a casa, sarebbero rimasti a casa. Per quanto desiderasse portarla fuori, almeno per allontanarsi dal suo letto, che sapeva essere così vicino, in fondo al corridoio, non voleva che fosse a disagio.

Prepararono insieme un pranzetto semplice, con panini al prosciutto e formaggio. Aveva delle patatine, che misero in entrambi i piatti, poi si portarono da mangiare nel salotto, sul divano. Parlarono della serata, mentre mangiavano.

"Kelly mi ha detto che la festa comincerà alle dieci," gli disse Alexis.

"Giusto. So che abbiamo già parlato di sicurezza, ma questa festa mi suona davvero male. Odio il fatto che ti metterai in pericolo... ancora... quando io non potrò essere al tuo fianco. Finora sei stata bravissima a rimanere calma e ad andartene, quando la situazione sfuggiva al tuo controllo. Ma ci sono tantissimi altri aspetti che possono andare storti, questa sera, in una festa privata, ci sono molti più rischi che in un bar, che è pur sempre un locale pubblico."

"Lo so," rispose Alexis. "Non intendo correre alcun rischio. Nel momento stesso in cui sento puzza di bruciato, me ne vado subito."

"Ottimo. Ecco a cosa dovrai fare più attenzione... se puoi notare degli sguardi furtivi tra gli uomini, se ti sembra che stiano discutendo, organizzando qualcosa. Se vedi che hanno delle armi, o se cominciano a insistere per farti bere troppo. Se anche solo provano a usare la forza per farti fare qualcosa che non vuoi, come bere, mangiare, sederti, andare con qualcuno in una stanza separata, baciare, toccare... *qualunque cosa*, Alexis, te ne vai subito, oppure ti basta dire la parola d'ordine, io e Logan creeremo una distrazione e ti tireremo fuori da là."

Lei annuì rapidamente. "Lo farò." Mise una mano sul braccio di Blake. "Possiamo parlare di qualcos'altro? Mi stai terrorizzando."

"Certo, tesoro. Tra un attimo. Era importante nel bar, ma è ancora più importante in una festa come questa, che tu non accetti bevande da nessuno, se non le puoi aprire tu stessa, o se non hai visto la bottiglia chiusa, prima che ti venga versato da bere. Sarebbe fin troppo facile per uno di quei bastardi drogarti e trascinarti in una camera separata. Forse dopo possiamo anche ripetere alcune delle mosse di autodifesa che ti abbiamo insegnato la settimana scorsa. Voglio che tu sappia come liberarti da qualcuno che cerca di strangolarti, o che cerca di afferrarti per un braccio, voglio che tu sappia come scappare rapidamente e facilmente, senza che parta una rissa."

"Sì, una rissa sarebbe l'ultima delle situazioni in cui vorrei trovarmi," concordò Alexis.

Blake chiuse gli occhi per un attimo, come se quel

pensiero lo spaventasse a morte e avesse bisogno di un momento per riprendersi. Poi la fissò dritto negli occhi e disse: "Logan e io pensiamo sarebbe meglio che ti presentassi un po' in anticipo... magari prima che arrivino troppi invitati. Quindi intorno alle nove e mezza o giù di lì. Puoi chiacchierare con Kelly, vedere cosa ti racconta quando non ci sono altri in circolazione. Poi potresti stare in compagnia, ascoltare il più conversazioni possibili, se ti sembra che l'atmosfera sia quella giusta, puoi provare a fare qualche domanda, per poi andartene intorno alle undici. A quell'ora, la festa non dovrebbe essere ancora troppo scatenata."

"Va bene. Un'ora e mezza... posso farcela," disse Alexis, più a se stessa che a lui, mentre esaminava il panino che aveva in mano.

Blake le si avvicinò e le mise una mano sul ginocchio. "Puoi fare come ti senti, tesoro. Ricordati, io e Logan saremo lì fuori, vicini. Se non altro, possiamo sempre causare un diversivo e tu ti puoi defilare."

"Me l'hai detto anche prima. Che tipo di diversivo?" domandò Alexis.

"Uno qualunque, che ti consenta di uscire," le disse Blake onestamente. "Se la situazione comincia ad andare per il verso sbagliato, il tuo unico obiettivo è uscire da quella casa e raggiungere il punto d'incontro definito. Però devi fare attenzione. Accertati di non essere seguita. Fai attenzione, se senti dei suoni di qualcuno che potrebbe seguirti: dei respiri, dei passi, degli oggetti calpestati. Se puoi, prendi delle scorciatoie tra le case, stai lontana dai cortili con dei cani."

"Già. Non potete certo accostare e venirmi a prendere direttamente fuori dalla casa," osservò Alexis, sempre parlando tra sé e sé. "Cammino tranquilla, controllo dietro, ascolto. Capito."

Blake appoggiò il suo piatto, ora vuoto, sul tavolino e prese quello di Alexis dalla sua mano, mettendolo insieme al suo. Poi si coricò nell'angolo del divano e le porse un braccio. "Vieni qui, Lex. Devo abbracciarti."

Con un sospiro di sollievo, lei si avvicinò per farsi abbracciare, si accomodò al suo fianco, sembrava aspettare questo momento. Tirò su le gambe e le piegò, mettendole sotto al corpo, poi si abbassò su Blake, appoggiandosi di peso mentre gli metteva un braccio intorno alla testa e l'altro sul petto, piegato.

Blake la baciò sulla testa e la tirò più vicina. Rimasero così per vari minuti, senza parlare, godendosi semplicemente la vicinanza reciproca.

Alexis interruppe il silenzio. "Mi piace stare così," commentò tranquillamente. "Non mi è mai capitato, in passato, di stare solo così, con un uomo. Mi conforti, mi fai sentire al sicuro. Stare vicino a te, mentre mi abbracci, mi fa soprattutto aumentare il desiderio."

"Quando faremo l'amore, Lex, voglio che tu sia rilassata e completamente concentrata su di me, senza preoccuparti di quel che succederà con gli Inca Boyz. Voglio prendermi tutto il tempo, venerarti dalla tua bella testa ai tuoi meravigliosi piedi, poi voglio che tu faccia lo stesso."

Lei lo guardò, ascoltandolo. Aveva gli occhi spalancati, era curiosa... piena di desiderio, così tanto che a lui sembrava gli dessero un pugno in pancia. "Vuoi che anche io ti tocchi?"

Santo cielo, era così innocente, da un lato, ma fin troppo tranquilla, dall'altro. "Sì, tesoro. Voglio sentire le tue mani su tutto il mio corpo. Ogni volta che mi sono masturbato, questa settimana, ho immaginato che fossero le tue mani sul mio uccello, non le mie."

"Ti sei... masturbato pensando a me?"

"Oh sì, certo," le rispose Blake, senza mai interrompere il contatto visivo, voleva che lei vedesse quanto la desiderava. "Ogni volta che chiudo gli occhi, posso pensare solo a te. Se penso che nessun uomo ha mai visto interamente la tua bellezza…io non ti merito, ma sono grato oltre misura di poter essere io, a farti conoscere questa passione."

"Ho già avuto degli orgasmi, Blake," gli disse lei, cercando di atteggiarsi. "So cos'è la passione."

"Ti sarai anche eccitata, Lex, ma c'è differenza tra gli orgasmi che ti fai venire da sola e quelli a cui ti porterò io." Non intendeva fare lo sbruffone, era solo sincero. "Proprio come sono sicuro che, quando il tuo corpo stringerà il mio uccello così forte da non riuscire più a trattenermi, raggiungerò l'orgasmo più bello e potente di tutta la mia vita."

Alexis si leccò le labbra, con sensualità, facendogli un sorrisetto malizioso.

"Ti eccita, tesoro? Ti piace sentirmi dire quanta voglia ho di stare tra le tue cosce?"

"Eh sì," gli rispose, quasi affannata dal desiderio. "Abbiamo un sacco di tempo, prima di dover andare da qualche parte. Lunghissime ore."

"Lo so, ma questa sarà la tua prima volta. Non voglio che ti passi nulla in quella testolina, tranne le mie mani, la mia lingua, le sensazioni che ti stimolo. Non voglio che tu pensi a dove dovrai essere tra qualche ora, a quello che dovrai fare. Quando ti prenderò, dovrai pensare solo a me, a quello che stiamo facendo."

"Vuoi sapere perché non ho mai fatto sesso prima?"

Non era quello che Blake si aspettava di sentirsi dire, ma fu felice di poter pensare per il momento a qualcos'altro, per togliersi di testa l'immagine di quanto sarebbe stata stretta e bagnata, quando l'avrebbe penetrata per la prima volta. "Voglio sapere tutto ciò che ti senti di raccontarmi," le rispose onestamente.

Poi Blake si mosse, da seduto si mise mezzo sdraiato, muovendo anche Alexis. Si ritrovarono sdraiati insieme, lui con la testa sul bracciolo del divano e col braccio sinistro intorno alla vita di lei, per tenerla stretta a sé, mentre con la mano destra le accarezzava lentamente i capelli, fino al collo, al fianco, al sedere, per poi risalire.

La testa di Lex riposava sulla spalla di lui, sentiva sul collo il calore del suo respiro, mentre con le gambe inforcava una gamba di lui, appoggiando il peso sul suo tronco. Lui non era mai stato così a suo agio in vita sua... a parte le poche ore in cui era stato abbracciato a lei, nel suo letto, quando si era aggrappata forte al suo braccio, mentre dormiva.

"Non stavo cercando di conservarmi per qualcuno. Ero disposta ad andare a letto con un ragazzo già alle scuole superiori. Quindi tutta questa importanza, mettiamola da parte," gli disse sottovoce, mentre le sue dita giocherellavano coi bottoni della sua camicia grigio scura. "Ma volevo farlo con un ragazzo che *almeno* mi apprezzasse. Solo che non riuscivo a trovarne uno. Poi ho pensato che, almeno al college, lontana dai ragazzi che sapevano che avevo dei genitori ricchi, sarei riuscita a frequentare un uomo che mi apprezzasse. Ma non sono riuscita a trovarne nemmeno uno che mi eccitasse nemmeno lontanamente."

Respirò profondamente e inclinò la testa, per poter vedere meglio la faccia di Blake. "Allora non sapevo cosa cercare. Sapevo solo che il pensiero di spogliarmi davanti a uno dei tipi con cui ero uscita mi innervosiva, invece che farmi eccitare. Nessuno di loro mi faceva bagnare solo guardandolo. Nessuno mi ha mai fatto immaginare la sensazione delle sue mani sulla mia pelle. Non ho mai fantasticato di prenderne uno in bocca, di far perdere il controllo a qualcuno, solo con le mie mani, con la mia lingua."

"Lex..."

Lei portò la mano sul viso di Blake, la appoggiò a palmo piatto sulla sua guancia e gli passò il pollice sull'angolo della bocca. "La prima volta che ti ho visto, ti ho voluto. Volevo conoscere la sensazione che avrei provato, con le tue mani sui miei seni, volevo sentire il tuo corpo mentre ti stringevo i fianchi con le gambe, volevo finalmente scoprire come fosse, avere un uomo, avere te, dentro di me. Non riuscivo a trattenere questi pensieri. C'era qualcosa in te che me li risvegliava. Tu sapevi che ero ricca, ma non te ne importava. Non volevi avere a che fare con me. Chissà perché, questo atteggiamento ti ha solo reso più desiderabile ai miei occhi."

"Santo cielo, Alexis, fermati," la pregò Blake, eccitato e commosso allo stesso tempo.

"No, non voglio fermarmi. Ti voglio dal primo momento che ti ho visto, Blake. Perché pensi mi sia offerta di lavorare con te? È stata una tortura, ma non potevo farne a meno. Ho passato più tempo possibile con te, tormentandomi, dicendomi da sola che non mi avresti mai guardata due volte. Una vergine, oltretutto. Cosa potevo avere, per attirare il tuo interesse? Ho pensato che avrei potuto scoprire che eri un cretino, così mi sarebbe passata. Ma non è andata così. Non lo *sei*. Siamo diventati amici. Sai come mi piace il caffè, che al mattino sono in letargo, se non bevo la mia dose di caffeina. Ti sei fidato di me sul lavoro, mi hai trattata come una persona normale."

"Ma tu *sei* una persona normale, Lex," intervenne Blake.

"Sai cosa intendo. Non te ne fregava una cippa dei soldi della mia famiglia. A un certo punto pensavo di poter ottenere solo la tua amicizia. A me dispiaceva, ma nel contempo mi piaceva... se capisci in che senso. Adesso... eccoci qua. Non so proprio come sia successo. Ma temo che se non andiamo subito nella mia camera, adesso, prima di quella dannata festa, questa magia ci possa sfuggire. Che stasera possa succedere qualcosa che ti faccia decidere che non mi vuoi più. Che ti svegli da questo sogno e che ti salti in mente che sono solo una tipa qualunque, neanche lontanamente adatta a stare con te; temo che ti passi la pazienza di insegnarmi a fare l'amore. Se aspettiamo, ho paura che tu decida di non voler avere più nulla a che fare con me. Con la mia famiglia. Con la mia verginità."

Invece di rispondere subito, Blake si mosse fino a mettersi sopra di lei. Lei aprì istintivamente le ginocchia, lui inserì i fianchi tra le gambe di lei, appoggiandosi, facendole così sentire quanto ce l'aveva duro.

Lei si mosse sotto di lui, spingendo in alto i fianchi, contro di lui, sentendo meglio il peso del suo corpo su di sé, fino a non riuscire più a muoversi. Lui prese tra le mani il volto di Alexis, si appoggiò di peso sui gomiti, vicino alle spalle di lei, fissandola.

Lex lo guardò, aveva gli occhi pieni di paura, lussuria, aspettativa, tanto che Blake aveva voglia di non aspettare più. Aveva voglia di strapparle di dosso i vestitini così sensuali che indossava, per assaggiare i suoi capezzoli fino a farla venire, solo con la bocca. Voleva sentire direttamente che sapore avesse, che odore avesse, perdendosi tra le sue gambe. Voleva anche soddisfare ognuna delle sue fantasie. Voleva ricompensarla per averlo aspettato. Starle lontano le aveva fatto male, le aveva fatto dubitare delle sue intenzioni, a lui questo non piaceva affatto. Rispettando la sua completa onestà, il fatto che si fosse aperta e confidata con lui, decise di ricambiare alla pari.

"Ti voglio, Alexis Grant. Me lo fai diventare così duro che potrei venire subito, basterebbe che mi toccassi l'uccello con una mano. Mi è servito un po' di tempo per capire che donna meravigliosa sei. Non dico di non credere all'amore a prima vista, adoro il fatto che ti sia bastata un'occhiata per volermi tutto per te. Ma ti dico questo, lavorare con te, vedere settimana dopo settimana quanto lavoravi sodo, l'intensità che mettevi in tutto, mi ha fatto venire voglia di te. Mi sei entrata nel cuore così, in punta di piedi, tanto che quando me ne sono accorto era troppo tardi, ero già perso.

"Ti voglio. Voglio te, Lex, la *vera* te, non quel guscio duro con cui ti circondi per proteggere il tuo cuore dal mondo crudele. Non ti lascerò andare. Non fraintendermi, prenderò la tua verginità e ne sarò fiero e orgoglioso. *Nulla* che possa succedere stasera mi farà cambiare idea. So che non siamo più nel Medio Evo, non appendiamo più fuori dal balcone le lenzuola sporche di sangue, ma non fraintendermi: sono super entusiasta che il mio sarà il primo uccello a entrare nella tua bella passerina."

"Wow, che fascino da cavernicolo," commentò Alexis, arricciando il naso verso di lui, ma sempre sorridendo, per fargli capire che la sua schiettezza e le parole osé non l'avevano affatto dirsturbata.

Blake si abbassò verso di lei e le baciò il naso, per poi tirarsi indietro. "Sì, un po' è così. Ma non ho intenzione di scusarmi per questo. Detto questo, non mi è mai capitato di farlo con una vergine, prima, sono nervoso. Anche se magari non hai più l'imene, comunque..."

"Che cosa? Come fai a dirlo?" intervenne Alexis sorpresa, con gli occhi spalancati dalla sorpresa e le guance chiazzate dal rossore.

Blake sorrise. "Ah sì, questa è un'altra cosa che mi hai detto la settimana scorsa, quando eri completamente fradicia. Mi hai parlato dei tuoi giocattolini e mi hai detto che secondo te non avresti sanguinato, facendo l'amore con me, perché ti divertivi già per conto tuo. Hai aggiunto che i tuoi vibratori ti facevano male e che gli uomini avrebbero dovuto avere un clitoride, per provare quanto è piacevole quando è tutto bagnato."

"Mamma mia, voglio morire," gemette Alexis, chiudendo gli occhi, per non guardarlo in faccia, mentre con una mano si copriva gli occhi perché anche lui non potesse vederla. "Voglio andare in convento così non dovrò mai più guardare in faccia un uomo, per tutta la vita."

Blake rise di quella reazione così melodrammatica e le

prese la mano per toglierla dagli occhi di lei. Le baciò il palmo della mano, poi la lasciò andare. Lei aprì gli occhi, sentendo le sue labbra sulla pelle sensibile della mano, poi afferrò subito il suo bicipite, mentre lui proseguiva.

"Non vorrei deluderti, ma non credo proprio che resisteresti un giorno, da suora. Non avrai barriere fisiche, ma sarà sempre un'esperienza nuova, per te. Voglio solo essere sicuro che la tua prima volta sia piena solo di eccitazione."

"Prendo l'anticoncezionale," sbottò Alexis, mordendosi poi un labbro per l'imbarazzo, poi aggiunse: "Quindi se tu sei pulito, non devi preoccuparti del profilattico. Voglio che sia una bella esperienza anche per te."

"Tesoro, per me sarà una bella esperienza a prescindere. Sognavo di prenderti da due settimane. Ma dovresti *sempre* insistere che il tuo uomo indossi un profilattico, specialmente quando una relazione diventa intima, le prima volte. Non è solo una questione di anticoncezionale. In fondo, non conosci il mio passato sessuale."

"Ma io mi fido di te," protestò Alexis.

"E per me questo significa moltissimo," le rispose Blake. Non aveva mai fatto l'amore con una donna senza un preservativo. Mai una sola volta. Il suo istinto egoista fu quello di prendere al volo la sua offerta, ma si sentiva in dovere di insistere, per la sua sicurezza. "Comunque, dovresti sempre insistere sul preservativo."

"Blake, se mi fido di te con tutta me stessa, perché non dovrei affidarti anche il mio corpo? Se dici che sei pulito, ci credo. Ora, se stai insistendo perché non lo sei, allora il discorso è diverso."

Blake inspirò rapidamente. Sapeva che lei si fidava, ma non ne era *sicuro*. Lei gli aveva chiarito quanto lo voleva. Le piaceva. Lo desiderava. Chissà, forse lo *amava*?

Il suo uccello era così duro e spingeva a tal punto sulla pancia di lei, che lui ci sentiva perfino i battiti del proprio cuore. Abbassò il tono di voce, la guardò dritta negli occhi, senza sbattere le palpebre. "Sono pulito, tesoro. Non ho avuto rapporti, da quando sono tornato a Castle Rock, e anche prima, i miei rapporti sono stati pochi e ben distanti tra loro. Inoltre, non ho mai fatto l'amore senza indossare un profilattico."

"Allora qual è il problema?" domandò Alexis, inclinano la testa con espressione dubbiosa.

Invece di rispondere, Blake la informò: "Faremo l'amore così bene, Lex, che non vorrai mai avere un altro uomo. Mai e poi mai. Le mie mani, il mio uccello, la mia lingua saranno le uniche cose che vorrai avere su questo bel corpicino delizioso. Te lo giuro sulla vita dei miei fratelli, la tua prima volta sarà un'esperienza indimenticabile, un ricordo che ti rimarrà per tutta la vita."

"Ottimo," replicò lei, soddisfatta. "Non vedo l'ora."

Non riuscendo più a tenere le mani, o le labbra, lontane dal corpo di lei, Blake mosse le mani dal suo collo e le portò al suo petto, fino a prenderle per la prima volta i seni nelle mani. Li strinse delicatamente attraverso la maglietta, mentre con la bocca si attaccò al suo collo. Lei alzò subito il mento, per lasciargli più spazio.

Le leccò e le succhiò il collo, mentre le accarezzava le tette con le mani. Sentì i suoi capezzoli che si indurivano nelle sue mani, mentre lei mostrava smorfie di piacere. Alexis inarcò la schiena, fece cadere la testa all'indietro ancora di più, lasciando la gola esposta al suo tocco, pregandolo di continuare a toccarle i seni. Blake spostò la bocca verso l'orecchio di Alexis, prendendole il lobo tra le labbra. Succhiò così tanto, passandole la lingua sulla pelle, che lei reagì gemendo, per poi portare una mano su quella di lui, sul proprio petto.

Dopo vari minuti di baci e succhiotti, tra collo e lobo dell'orecchio, Blake infine si tirò indietro. Lei aveva la faccia tutta rossa, ora per l'eccitazione, non per l'imbarazzo. Blake si tirò su e afferrò la scollatura della maglietta di lei, abbassandola sul petto; sorrise vedendo che la maglietta scendeva proprio come si era immaginato. Si fermò solo quando entrambe le tette furono ben visibili, in quel meraviglioso reggiseno viola.

"Santo Dio, Lex, sei bella da impazzire."

Non aveva pensato alla sua reazione, ma fu sorpreso nel vedere che inarcava ancora la schiena, spingendo il petto contro di lui.

"Toccami," lo pregò, con un tono di voce che non le aveva mai sentito usare prima. Era un suono ansimante e implorante allo stesso tempo. "Voglio sentire le tue mani sulla pelle."

Prolungando l'aspettativa, sapendo di non potersi spingere troppo oltre, senza poi voler andare fino in fondo, Blake passò lentamente i pollici sui suoi capezzoli sporgenti. Sapeva che la sensazione del tocco sarebbe stata attenuata dal tessuto del reggiseno, ma fu comunque compiaciuto nel sentirla respirare e ansimare con forza.

"Blake. Che bello," commentò lei, la sua voce si spezzava dal piacere; lui non rispose, ma continuò a toccarla. "Ancora," chiese lei, ansimando.

"Sarà sempre meglio."

"Non vedo l'ora," rispose lei, aprendo gli occhi e fissandolo.

Lui non sapeva bene cosa ci vedesse lei, nei suoi occhi, ma la vide sorridere, un sorriso ampio e spontaneo che avrebbe tanto voluto fissare sul viso di lei. Poi lei lanciò lo sguardo sulle sue braccia, mentre lui continuava a giocare coi suoi capezzoli.

"Cos'è che ti piace tanto delle mie braccia, Lex? Mi hai detto che ti sono piaciute fin dall'inizio, ma sono solo braccia. Non capisco."

Lei si leccò le labbra, prima di parlare, con voce profonda e roca: "Non lo so. Sono solo così diverse dalle mie, dalle braccia di chiunque abbia conosciuto finora. Sono così muscolose, posso vederci le vene. Ogni volta che fletti un braccio, mi immagino come sarebbe averti su di me, un po' come adesso." Lei alzò le spalle, imbarazzata. "Non riesco a spiegarlo, ma fidati, sono sexy da impazzire."

"Adoro che ti piaccia guardarmi. Eccitarti mi eccita."

"Ottimo. Perché ogni cosa che fai mi eccita. Ultimamente, non importa se sono con te o se stiamo solo parlando al telefono. In genere mi devo sfogare da sola prima di poter fare qualunque altra cosa... Poi devo cambiarmi le mutandine perché sono troppo bagnate."

Blake reagì alle sue parole gemendo. Santo cielo, era eccitatissimo. Gli piaceva molto il fatto che Alexis non avesse paura o vergogna di dirgli l'effetto che le faceva la sua presenza. Poi si abbassò e le baciò delicatamente il capezzolo sinistro, non avrebbe saputo trattenersi nemmeno in caso di incendio. Poi si spostò, facendo lo stesso sull'altro capezzolo. Voleva tanto andare oltre. Voleva pizzicarle i capezzoli con le dita, prenderli in bocca e succhiarli, scoprire cosa le piacesse (leccate gentili o succhiate più potenti) ma, come le aveva detto, non era quello né il momento né il luogo.

Lei emise un gridolino acuto di protesta e frustrazione, quando lui si allontanò, sistemandole la maglietta per ricoprirla. "Blake, ti prego, non puoi fermarti adesso."

"Penso che abbiamo bisogno di aria fresca, tesoro. Che ne dici se usciamo per prenderci un gelato? Possiamo fare una passeggiata in città. Potrai chiedermi tutto quello che vuoi, e io farò lo stesso. Così ci conosceremo meglio. Sarà il nostro primo appuntamento ufficioso. Dopo la missione di questa sera, ti porterò fuori per un appuntamento vero e proprio, ma intanto possiamo cominciare così. Poi ci troviamo qui con Logan e ripassiamo il piano per questa sera. Va bene?"

Alexis sbuffò frustrata. "Davvero vuoi fermarti adesso?"

"Tempo proprio di sì. Dicevo sul serio, quando ti ho detto che volevo aspettare."

"Dannazione. Sei molto più forte di me, di sicuro," gli rispose Alexis. "Ho sempre trovato molto sexy la tua cocciutaggine. Adesso sto cambiando idea."

Lui rise, poi si piegò per baciarle delicatamente la punta dei seni, ora coperti. "Pensi ancora che sia sensuale," commentò sarcastico, con gli occhi che brillavano di gioia. "Allora, che ne dici di un gelato?"

Lei scosse il capo giocosamente, poi annuì e alzò una mano, per mettergliela dietro la testa. "Ottima idea."

Blake fece per spostarsi, ma lei lo fermò.

"Blake?"

"Sì, tesoro?"

"Grazie."

"Perché?"

"Perché sei tu. Perché hai dato valore alla mia attesa."

La decisione di Blake di uscire dall'appartamento vacillò, per quelle parole, ma lui strinse i denti e si fece forza. "Ti prometto che la tua attesa varrà davvero la pena."

"So che sarà così. Senza dubbio. Quindi, grazie."

"Prego. Ora andiamo, smetti di cercare di sedurmi."

Lei sorrise, felice. "*Posso* davvero sedurti?"

"In un baleno, Lex. In uno stupido baleno." Poi si mosse, mettendosi in piedi vicino al divano e porgendole una mano per aiutarla ad alzarsi. Appena lei fu in piedi, la strinse in un lungo abbraccio, incamerando la sensazione del suo corpo minuto contro il proprio.

Infine, si fece indietro. "Andiamo."

"Va bene. Ma, Blake?"

"Sì?"

"Prima devo cambiarmi le mutandine."

Lo disse con una voce così ingenua e atona che lui ci

dovette pensare un momento, per capire. Quando capì, non poté far altro che chiudere gli occhi e mormorare: "Cazzo."

Quando riaprì gli occhi, lei lo guardava con una smorfia intrigante e maliziosa. Lui sperò in quel momento che, quando sarebbero stati anziani e coi capelli grigi, lei sarebbe riuscita comunque a sorprenderlo sempre.

CAPITOLO DIECI

ALEXIS FECE un respiro profondo e bussò alla porta di quella catapecchia mentre nella sua testa scorrevano le istruzioni e i suggerimenti di Blake per la sua sicurezza. La casa era proprio come se l'aspettava: fatiscente ed inquietante. Esattamente il tipo di luogo in cui poteva immaginare vivessero Damian e gli Inca Boyz. Quanto prima si fosse tolta di mezzo questa festa, tanto prima si sarebbe potuta portare a letto Blake Anderson. Era la sua ricompensa per aver superato un'altra straziante esperienza; o almeno lei la vedeva così.

Lei e Blake quel pomeriggio avevano ammazzato il tempo prendendo un gelato e passeggiando per il centro di Denver, tenendosi per mano e scambiandosi baci leggeri e romantici. Aveva imparato a conoscere molto di lui. Gli piaceva leggere libri di saggistica, soprattutto sulle navi militari, e odiava gli ortaggi a foglia verde. Lei gli aveva elencato tutti quelli che le venivano in mente, chiedendogli se gli piacessero uno per uno. Asparagi, fagiolini, piselli, broccoli, cavoletti di Bruxelles, spinaci, gombo, cavoli, fagioli di Lima. Lui si era messo a ridere ed aveva risposto no a ciascuno. Era così . . . strano. . . era carino.

Lei, a sua volta, gli aveva detto cose che non molte persone, a parte la sua famiglia, sapevano di lei. Che nonostante amasse il rosa, era un colore che non avrebbe mai indossato. Che era inoltre affascinata da tutto ciò che aveva a che fare con il Titanic e che sognava, un giorno, di scendere con un sommergibile verso il luogo in cui riposava il relitto di quella famigerata nave.

Dopo la loro passeggiata, erano tornati a casa, dove avevano incontrato Logan, che aveva ripetuto moltissime delle cose che le aveva già detto Blake per rimanere al sicuro, che tipo di segnali di allarme avrebbe dovuto individuare, per capire se la festa stava diventando pericolosa. Discussero anche del loro fine ultimo per quella serata: cioè raccogliere abbastanza informazioni dall'interno. Il succo del discorso era che Alexis avrebbe dovuto ascoltare, soprattutto, per scoprire quanti lavori avesse fatto la banda, per chi, come venivano contattati; se si fosse presentata l'opportunità, come tutti loro credevano, avrebbe dovuto offrire liberamente denaro per qualunque piano in cui cercassero di coinvolgerla.

Aveva duemila dollari nella sua borsetta, in banconote di vario taglio, più altri quattrocento nella tasca posteriore... come riserva, per gli imprevisti. Aveva tenuto i jeans attillati che indossava nel pomeriggio. Mai e poi mai avrebbe indossato una gonna; sarebbe stato troppo facile arrivare a toccarla dove lei non voleva, Chuck aveva mostrato questa intenzione più che chiaramente, al bar. Si era messa una maglia tutta piena di lustrini, con il microfono ben attaccato tra i seni e il pendente con la telecamera al collo.

Anche se c'erano Blake e Logan, che potevano intervenire, Alexis era comunque spaventata a morte.

Kelly aprì la porta di scatto, spaventando Alexis. Non sembrava molto contenta, si mise di fianco e disse con tono beffardo: "Sei in anticipo."

Alexis era senz'altro in anticipo, ma Kelly era ovviamente

già vestita e pronta per la festa. Indossava un'altra minigonna molto stretta, con una maglietta scollata annodata su un fianco. Alexis non la stava fissando, ma era comunque facile capire che non indossava un reggiseno. Le si vedevano chiaramente i capezzoli, sotto quella maglietta fine, oltretutto tirata, per farli vedere ancor più facilmente.

Alexis pensò che avrebbe potuto vincere una medaglia, se fosse riuscita a fissare negli occhi Kelly, perché le sue poppe catturavano davvero l'attenzione. Alexis ridacchiò: "Lo so. Mi dispiace! Ero così entusiasta di rivederti e passare un po' di tempo insieme. Pensavo che avremmo potuto chiacchierare un po' prima che arrivino gli altri." Sorrise ampiamente, inclinando la testa e spalancando gli occhi, in modo fin troppo amichevole.

"Fa lo stesso. Sei qui, entra pure," disse Kelly alzando gli occhi al cielo e togliendosi dall'uscio.

"Grazie!" Rispose Alexis, con voce allegra. Entrò nella casa pericolante, guardandosi intorno. C'era solo un uomo nei paraggi, il che era molto positivo. Alexis si sarebbe scoraggiata, se avesse trovato già tante persone presenti. Era gettato su un divano marrone che senz'altro aveva visto giorni migliori. Dalle cuciture uscivano dei ciuffi di imbottitura. Il tipo aveva i piedi appoggiati a un tavolino basso, anche questo sembrava ormai all'ultima spiaggia. Aveva la superficie tutta graffiata e macchiata di mille colori. Anche il tappeto rovinato della stanza era marrone, con tutta una serie di macchie che in qualche modo sembravano richiamarsi tra loro. C'era un televisore grosso, un vecchio modello, appoggiato su un mobile composto da assi di legno, con dei cartoni di latte, contornato da sedie scomode e disgustosamente sporche, probabilmente prelevate da qualche cantina o giardino, con esposto il cartello "gratis".

C'era un fetore strano nella stanza, molto probabilmente dovuto all'erba ora legalizzata (si poteva fumare in Colorado), al fumo di sigaretta, al liquore sparso, all'odore di sudore, e chissà a cos'altro. Alexis sapeva che ci si sarebbe abituata, ma le venne comunque quasi da vomitare sul posto, in quel momento. L'ultima cosa che voleva era uscire da quella casa con addosso la puzza che sentiva in quella camera. Decise di ricordarsi che si doveva fare una bella doccia lunga e calda, prima di avvicinarsi a Blake anche minimamente.

C'erano corridoi da entrambi i lati della camera, portavano chissà dove, c'era una porta scorrevole di vetro da cui si accedeva a un cortiletto sul retro, circondato da uno steccato alto in legno. Da quel che Alexis poteva vedere, le sterpaglie erano alte quasi quanto un bambino. Non era certamente lo spazio aperto più desiderabile, per sentirsi più freschi e a contatto con la natura. Lei e Blake avevano controllato la casa dal satellite, ma vederla di persona era molto diverso. Erano riusciti a guardare solo l'esterno; l'interno e gli odori non potevano essere percepiti tecnologicamente.

Dappertutto sembrava il posto più sporco, disgustoso e nauseante in cui Alexis avesse avuto la sfortuna di mettere piede, ma lei fece attenzione a non mostrare sul volto ciò che stava pensando.

"Vuoi una birra?" le chiese Kelly. "Non ho nulla di quella robetta che hai detto che ti piace."

"Una birra va benissimo," la rassicurò Alexis; sotto sotto era felice che Kelly non avesse cominciato subito a spingere perché bevesse della vodka, del whisky o, per carità, della tequila così presto, prima ancora che la festa cominciasse. I suoi ricordi di quando aveva vomitato a non finire, con Blake dietro di lei, erano ancora fin troppo freschi, non voleva ripetere un'esperienza simile... Mai più.

Alexis seguì Kelly, passarono vicino all'uomo sul divano, che non si degnò nemmeno di dirle una parola, pur avendo gli occhi fissi sulla sua schiena, come se potesse trafiggerla con lo sguardo. Le guardò mentre attraversavano la camera e percorrevano il corridoio, fino a raggiungere il cucinotto sulla destra. Il pavimento in linoleum era crepato in più punti, c'erano delle macchie di origine indefinibile. Alexis cercò di non pensare a cosa fossero quelle macchie color ruggine, sorrise a Kelly, che le porgeva una birra chiara leggera.

Sapendo dalle conversazioni che aveva avuto col fratello quanto fosse schifosa quella birra, Alexis si fece forza, aprì la lattina e bevve un sorso. Bleah, era orribile. "Ah, ci voleva proprio," disse a Kelly, controllando a malapena la sua reazione naturale di stringere le labbra e arricciare il naso, per quell'orribile saporaccio.

"Costa poco," le rispose Kelly, alzando le spalle, per poi aprire la sua lattina e scolarsi metà del suo contenuto.

"Allora, chi viene stasera? Ci saranno Damian e Chuck?" domandò Alexis, cercando di avviare la conversazione.

"Ma certo. Ti ho detto che questa è casa di Damian. Chuck ha sentito che c'eri anche tu stasera e ha detto che sarebbe arrivato, ma prima doveva occuparsi di qualche stronzata."

"Ottimo. E chi altro?" Alexis bevve un altro sorsetto di birra e trattenne il disgusto di dover rivedere Chuck. Non sapeva di che "stronzata" si dovesse occupare, ma di qualunque cosa si trattasse, non era niente di buono, se Chuck era coinvolto.

"Insomma, tutti. È sabato sera," rispose Kelly, come se Alexis fosse una scema. Si appoggiò al piano di lavoro crepato della cucina e squadrò Alexis da sopra la sua lattina di birra.

"Forte. Sono ansiosa di incontrare tutti," rispose Alexis, con voce stridula, come se non avesse sentito il tono da censura nella voce di Kelly. "Sono tutti nella tua banda?"

"Ma tu che cazzo ne sai?" esplose Kelly. "Tu vivi nel tuo appartamento di stralusso in centro, merda. Anche se ti piace frequentare i bar dei bassifondi, non sai un cazzo di cosa significa vivere davvero qua."

"Hai ragione," concordò subito Alexis, sapendo di camminare su un confine sottile, cercando di far capire che aveva inteso, senza voler eccedere. "Non ne so molto. Ma quel che *so* è che mi fa arrabbiare conoscere le difficoltà che qualcuno affronta per un minimo di benessere, mentre io non devo nemmeno lavorare, grazie ai miei genitori. Immagino che Damian si dia davvero da fare per stare in questa casa." Alexis indicò la stanza tutt'intorno. "Non so cosa fai tu, ma spero proprio che sia facile. Cioè... mi esprimo male, voglio dire, se puoi guadagnare facile, non dico spacciando droga, perché è difficile stare alla larga dagli sbirri e dai trafficanti violenti, ma se puoi fare delle stronzate in giro per la gente piena di soldi, allora va benissimo così."

"Ma che cazzo dici, brutta troia?" disse una voce nel corridoio.

Alexis credette di saltare per quasi tre metri al frastuono incazzoso di quella voce, si voltò e vide l'uomo che prima stava stravaccato sul divano, ora la fissava minaccioso.

"Oh, mi hai messo paura," disse Alexis, il più allegra possibile, cercando di non mostrare quanto si fosse spaventata, mettendosi una mano sul petto. "Non ci siamo presentati, mi chiamo Alexis." Gli porse una mano come se fossero a un evento di raccolta fondi da migliaia di dollari a coperto.

Lui non le prese la mano, ma si appoggiò allo stipite della porta e la riprese. "Non mi piace ripetermi, ma lo farò. Che... cazzo... ne sai... di quello che facciamo per guadagnare?"

"Alexis," disse Kelly, strascinando un po' le parole, con un sorriso da gatto dei fumetti, tutta contenta che quell'uomo non fosse molto ben impressionato dalla sua vecchia compagna di scuola. "Ti presento Dominic. È il fratello di Damian e di Donovan, vice capo della banda, intanto che Donovan sta dentro."

Porca vacca. Sapevano che c'era un altro fratello, ma non avevano trovato molte informazioni su di lui, così non ne conoscevano bene il coinvolgimento. Ovviamente, essere il secondo in comando era un incarico molto importante. Il cuore di Alexis cominciò a palpitare più forte, fece fatica a contenere la sorpresa, cercando di non manifestare sul volto il suo shock.

Si mise ben davanti a Dominic, perché la telecamera potesse inquadrare bene il suo volto. "Ciao, molto piacere," disse Alexis con voce acuta. Quando lo vide che la fissava sempre più imbronciato, stringendo i pugni; prima che a lui venisse in mente di mandarla al tappeto, si sbrigò a rispondere.

"Non intendevo niente di male, davvero. Solo che un giorno al lavoro stavo cazzeggiando su Facebook dalla noia, così ho trovato la vostra pagina. L'immagine che avete messo nel banner è davvero forte, comunque. Così ho visto un commento alla pagina, c'era una tipa che voleva assumervi. Non sapevo di cosa stesse parlando, il giorno dopo era sparito, così mi ha fatto pensare. Voi siete tutti tipi molto forti, conoscete tutti da queste parti. Mi sembra ovvio che vi offriate in giro."

Tirò su una mano, quando le sembrò che Dominic la stesse per picchiare a sangue, cercò di continuare a interpretare il suo personaggio spensierato, pur avendo una paura fuori di testa. Sperava che il battito del suo cuore non disturbasse il microfono, confondendo la conversazione. "So che mi conosci. Sai che sono la sorella del tipo che eravate stati assunti per fotografare con quella tipa, qualche mese fa. La storia è finita su tutti i giornali. Mio fratello è un gran pappamolle, non è che si sia fatto del male, non gli è capitato nulla, quindi chi se ne frega." Alexis alzò gli occhi al cielo come se suo fratello Bradford le desse fastidio, poi beve un altro sorso di birra, facendo sembrare che ne bevesse più del vero. "Sono così stufa, mi guarda dall'alto al basso, mi dice che non concluderò mai nulla, solo perché mi piace fare festa. Che stronzo sfigato. Comunque, ci ho pensato... è molto intelligente far pagare molto chi non vuole sporcarsi le mani."

Alexis parlava alla svelta, voleva concludere il prima possibile. Se Dominic era davvero legato a Donovan e a Damian, le sue parole sarebbero arrivate anche a loro in pochissimo tempo. Non aveva dubbi al riguardo. "Dico solo che fate bene. Libertà di impresa all'americana, ai massimi livelli. Offrite un servizio per una richiesta di mercato. È giusto che paghino il valore di mercato per il vostro servizio."

Dominic si spinse via dalla porta e si avviò verso di lei a grandi falcate. Alexis voleva essere coraggiosa, rimanendo al suo posto, ma i suoi piedi si mossero senza che lei se ne accorgesse. Fece un passo indietro, poi un altro, fino ad arrivare col sedere contro il bordo del tavolino traballante. *Merda*.

"Hai un lavoro da farci fare, troia? Per questo straparli? Un ragazzo che vuoi mettere a posto? Vuoi prendere un cazzo degli Inca Boyz in gola per vendicarti? Vuoi che lo mettiamo a nanna presto?"

Il cuore di Alexis batteva fin troppo forte, senza dubbio Blake e Logan potevano sentire dal microfono, adesso. Aveva capito che quel tipo le stava domandando se voleva ingaggiarlo per uccidere qualcuno. Lei *non* voleva arrivare a tanto. *No no*. Ridacchiò... sembrava impacciata e spaventata, ma andava bene, in quel contesto.

"No, no, niente del genere. Volevo solo che voi ragazzi sapeste che non ho alcun rancore per quello che avete fatto a mio fratello e all'altra tipa. Non mi interessa. Vi ammiro perché vivete come vi pare, perché fate quello che volete. Tutti hanno il diritto di guadagnare, voi venite pagati perché lavorate per gli altri, è fantastico. Tutto qua. Volevo solo che sapeste che per me va bene. Che non dovete mantenere il segreto quando ci sono io."

Dominic le si avvicinò, Alexis poté fiutare una combinazione dell'erba che aveva fumato da poco e dell'odore rancido del suo corpo che proveniva dal suo torace, insieme al fumo di sigaretta di cui erano impestati i suoi vestiti. Lei tenne la lattina di birra tra di loro, come fosse uno scudo, le sue dita sfioravano la maglietta nera di Domic, che si avvicinava a lei. Stava cercando di intimidirla... e funzionava, dannazione. La catena che pendeva dalla sua tasca posteriore, che attaccava il suo portafogli ai jeans a vita bassa, tintinnò mentre lui invadeva lo spazio personale di lei.

"Per la cronaca, A-lex-is" (sillabò il suo nome in modo sprezzante, proprio come aveva fatto suo fratello quando l'aveva incontrata, allo Snake's Bar) "non me ne frega se frequenti gli Inca Boyz, ma nessuno partecipa gratis. Se vuoi essere dei nostri, bere la nostra birra, prenderti il cazzo di qualcuno dei nostri, dovrai pagare."

"Oh, i soldi ce li ho," reagì a voce acuta Alexis, come se non le mancasse poco per vomitare o svenire. "Posso pagare la mia birra." Cercò di chiarire che voleva solo quella... non il cazzo di qualcuno, come l'aveva messa giù dura lui.

Dominic fece un passo indietro (per fortuna) e le porse una mano, col palmo aperto verso l'alto, muovendo le dita come a chiederle qualcosa, volgarmente.

Alexis mise quella birra disgustosa sul tavolo dietro di sé e cominciò a rovistare nella borsetta in pelle, piccola ma costosa, che aveva portato. Cercò all'interno ed estrasse il portafogli, lo aprì e tirò fuori una banconota da cento dollari, facendo in modo che Dominic vedesse nel frattempo anche le altre banconote, proprio come aveva fatto al bar, la volta precedente. Chiuse il portafogli e lo mise via, nello stesso momento posò la banconota da cento sulla mano tesa di Dominic.

"Ecco qua. Questa dovrebbe bastare per un po' di drink, per questa sera." Alexis fece un gran sorriso, sperando che lui si allontanasse di un altro passo da lei, ora che aveva ricevuto dei contanti. "Se ne servono altri, basta che me lo diciate!" Trattenne il fiato, mentre Dominic guardava la banconota nella sua mano, poi lei, poi di nuovo la banconota. Infine fece una smorfia soddisfatta e fece sparire i soldi nella sua tasca posteriore.

"Almeno è un inizio, principessa. A dopo." Così, si girò e tornò nel corridoio per andare in salotto.

Alexis lasciò andare un respiro di sollievo ben celato e tornò a rivolgersi a Kelly, che non aveva proferito parola in tutto il tempo dell'incontro con Dominic.

"Non sapevo che Donovan e Damian avessero un fratello." Fu la prima cosa che le venne in mente, Alexis trasalì subito dopo aver parlato. In un certo qual modo, stranamente, i tre fratelli le ricordavano Blake, Logan e Nathan. Era come se si trovasse in un universo parallelo, dove invece dei fratelli dalla parte giusta, c'erano quelli dalla parte sbagliata.

Kelly non sembrò aver notato nulla di strano, nel suo tono di voce. "Già. Sono sempre stati vicini."

"Forte." Alexis non sapeva bene che altro dire, quando si sentirono varie voci provenire dall'altra camera.

"Sembra che la festa stia per cominciare," disse Kelly, tracannando il resto della sua birra e gettando la lattina vuota nel lavandino che aveva davanti.

"Evviva," gridacchiò Alexis, prendendo la sua birra dal tavolo dietro di sé e seguendo Kelly nel corridoio per andare nell'altra stanza.

———

Due ore dopo, trenta minuti più a lungo di quanto avrebbe preferito soffermarsi, Alexis ancora non trovava il modo di liberarsi e svignarsela senza farsi notare. Era in piedi vicino a un muro, si guardava intorno mal celando il proprio disgusto. Adesso la festa era al massimo, non vedeva Kelly da almeno mezz'ora. In quell'ambiente c'erano circa quindici uomini, ovviamente facevano tutti parte degli Inca Boyz. Erano tutti vestiti nello stesso modo: jeans a vita bassa, stivali neri, maglietta nera, Alexis si era perfino accorta che le magliette erano tutte rovesciate. Non era sicura di che disegno ci fosse dall'altra parte, ma sembrava una specie di personaggio dei cartoni animati, con un cappello strano e con la mano alzata, con due dita che imitavano una pistola. Era strano, avrebbe voluto vedere chiaramente quell'immagine, per poterne riferire alla squadra speciale, ma non aveva certo intenzione di informarsi chiedendo in giro. Mai e poi mai. Avrebbero dovuto accontentarsi dei fermo immagine presi dal video, per ricostruirla.

Oltre agli uomini c'erano anche delle donne... o meglio delle ragazze. Molte sembravano giovanissime, in età da scuola superiore; indossavano tutte abiti molto succinti, come Kelly, nulla era lasciato all'immaginazione. Alexis era di gran lunga troppo elegante, ma dato che la usavano come Bancomat vivente, nessuno si lamentava.

Per tutto il tempo in cui era rimasta alla festa, vari membri della banda le si erano avvicinati per chiederle dei soldi. Ogni volta, anche se non era stata presentata quasi a nessuno, Alexis aveva acconsentito, sganciando banconote da venti o da cinquanta dollari senza lamentarsi, con un sorriso svampito, come se i soldi fossero caramelle e quei tipi fossero bambini che andavano a raccogliere i dolci, per Halloween.

Le ragazze nella stanza, circa sette, la ignoravano completamente. Dato che gli uomini erano circa il doppio, sembrava proprio che le donne fossero lì solo per pomiciare, oppure per sparire con chiunque lo pretendesse. Aveva visto una ragazza, che sembrava avere poco più di quattordici anni, andare in una camera nel retro con tre uomini diversi, fino a quel momento. Tutto nell'ora e mezza da cui era arrivata. La ragazza non si era mai lamentata, non era mai sembrata sorpresa o irritata, perché veniva usata come una puttana. Seguiva docilmente qualunque uomo le prendesse la mano e la trascinasse fuori dalla sala.

Un'altra ragazza fu portata via da quattro uomini insieme. Anche se Alexis non sentiva grida o pianti dal corridoio in cui si erano defilati, le vennero i brividi al solo pensiero di cosa stesse succedendo, di cosa stesse passando quella povera ragazza.

Kelly, molto stranamente, non era stata agganciata da nessuno, almeno per quanto potesse aver visto Alexis. Era rimasta vicino a lei per un po', a braccia conserte, con la faccia imbronciata, mentre alcuni della banda si avvicinavano per chiedere i soldi. Chuck era arrivato per ultimo, da circa mezz'ora.

Nel momento stesso in cui aveva visto Alexis, sul suo volto era comparso un sorriso ampio e lascivo, era andato dritto al punto in cui si trovava lei. Non aveva detto una sola parola per salutarla, le si era avvicinato, le aveva messo una mano dietro al collo, l'aveva tirata più vicina.

Alexis aveva reagito ansimando di sorpresa, lasciandogli l'apertura di labbra di cui aveva bisogno. La sua lingua si era fiondata nella bocca di Alexis, strofinandosi contro la sua. Dovette dar fondo a tutte le sue forze per non vomitare per il fiato rancido di Chuck, che la riempiva tutta di bava. Lei aveva alzato la lingua fino al palato, cercando di bloccargli l'accesso al resto della bocca. In tutta risposta, lui si era fatto indietro e aveva cominciato a morderle il labbro inferiore, senza nemmeno abbattersi perché lei aveva cercato di bloccarlo.

Alexis si allontanò, sapeva di poterlo fare solo perché Chuck glielo consentiva, fece un sorriso debole e gli disse: "Ciao di nuovo, Chuck."

"Alexis. Che cazzo è bello rivederti. Dopo la serata che ho passato sei proprio quella che ci vuole." Quando lei cercò di allontanarsi ancora, lui le strinse la mano dietro la nuca, tenendola ferma immobile davanti a lui. L'aveva afferrata stretta, facendole venire paura, nulla a che vedere col modo in cui la teneva stretta Blake.

Alexis mise una mano sulla maglietta di lui e la tirò subito indietro, sentendo quanto era bagnata. Guardando giù, la sua mano, vide una macchia rosso scuro sul palmo.

Chuck rise, mentre di nuovo Alexis dovette farsi forza per non rigurgitare tutto ciò che aveva nello stomaco. Quell'uomo aveva davvero bisogno di lavarsi i denti e sciacquarseli... Per bene.

"Scusa, bambolina. Lavoro. Devo cambiarmi e parlare con i miei per un poco." Chuck abbassò gli occhi sulla bottiglia di birra che Alexis portava con sé fin dall'inizio. "Vedo che ti serve un drink più forte." Si girò verso Kelly, senza mai lasciar andare la presa dalla nuca di Alexis. "Fai la brava, Kel, vai a prendere quella bottiglia di vodka che Damian nasconde nel freezer."

"Vaffanculo, Chuck. Tu non mi comandi," sbottò Kelly, che era appoggiata svogliatamente contro il muro da circa un'ora, ma ora si mise ben dritta in piedi.

Chuck si mosse più veloce di quanto Alexis avesse mai potuto immaginare, mise la mano libera alla gola di Kelly e strinse forte. Kelly portò le mani immediatamente sulle dita tatuate di Chuck, cercando senza successo di tirare per liberarsi.

"Pensa pure che sei figa, troia, ma Donovan non è qui, cazzo. Non può proteggerti, non lo farebbe neanche se *fosse* qua. Cazzo, donna, non ti vuole più. Lo sanno tutti che gli piace la sua ex. Ha scopato con te solo perché eri facile ed era disperato quando lei è scappata via. Quando uscirà, quando la troviamo, vedrai che non sei altro che la gnocca del giorno prima. Non sei *nulla* per lui. Hai capito? Nulla. L'unico motivo per cui sei ancora in giro è..." Chuck fece una pausa per un momento, portò gli occhi su Alexis, per poi tornare a guardare Kelly. "Lo sai il perché. Adesso, cazzo, vai a prendere quella merda di bottiglia di vodka e comincia a versare nei bicchieri. Quando torno qui voglio mostrare alla nostra nuova benefattrice un po' di riconoscenza degli Inca Boyz. Capito?"

Kelly annuì... almeno così credette Alexis (era difficile capirlo, perché Chuck la teneva molto stretta alla gola) e lui finalmente la lasciò andare. Lei cadde all'indietro contro il muro, poi senza dire una parola, senza nemmeno guardarsi indietro, si infilò nel corridoio di destra, verso la cucina.

Durante tutto quell'incontro breve e violento, Chuck non aveva tolto la mano da dietro la nuca di Alexis. Lei ridacchiò nervosamente e disse: "Wow, Chuck, sai proprio come ottenere quello che vuoi."

Lui le si avvicinò di nuovo, ruotandole la testa facendo pressione sulla nuca, poi la leccò da sotto la gola fino al lato del collo, sotto l'orecchio. Alexis tremò dal ribrezzo, che Chuck ovviamente interpretò come eccitazione. Le morse il labbro, abbastanza da farla sussultare per il dolore, poi disse: "Ferma qui, bambolina, mi devo occupare degli affari degli Inca, poi devo cambiarmi. Però poi torno così ti faccio divertire. Ho avuto una serata da pazzi, ho proprio bisogno di te per calmarmi. Fidati che nessuno mi mette sotto."

Mentre parlava, spinse i fianchi contro di lei, facendole sentire sulla pancia il suo uccello duro, per chiarirle al massimo le sue intenzioni. Poi la baciò di nuovo sulle labbra, stavolta Alexis fece attenzione a tenerle chiuse, poi lui si allontanò. "Torno subito. Ti trovo qui quando torno." Non era una domanda.

Alexis deglutì a fatica, avrebbe voluto grattarsi per togliersi di dosso la sensazione del corpo di Chuck, ma sapeva che non avrebbe dato una buona impressione alle tante persone sparse per la camera, che la fissavano sfrontatamente. Sapeva che Chuck intendeva essere gentile e affettuoso, ma lei si sentiva minacciata. Appena lui se ne andò, un altro uomo la raggiunse dicendo: "Kelly ha detto che ci serve altra roba. L'alcol scorre a fiumi. Ha detto che ti piacciono le schifezze che costano. Servono soldi."

Senza protestare minimamente, proprio come aveva fatto per tutta la sera, Alexis prese il suo portafogli per consegnare a quell'uomo gli ultimi duecento dollari che aveva. Le rimanevano i contanti nella tasca posteriore, ma intendeva usarli solo in caso di necessità. Se avesse finito i soldi, non sarebbe più servita... non voleva davvero trovarsi in quella condizione. Il momento in cui avrebbe dovuto andarsene era già passato da tempo.

Trenta minuti dopo, si aspettava che Chuck tornasse da un momento all'altro. Alexis aveva cercato di inquadrare con la telecamera più volte possibile, avvicinandosi quanto poteva ai gruppetti di uomini che parlavano. Doveva bastare. Non voleva farsi trovare, quando Chuck fosse tornato, dovunque si trovasse.

Si guardò di nuovo il palmo della mano, vide che il liquido rosso che le era rimasto attaccato alla mano dalla maglietta di quell'uomo era ancora lì appiccicato. Cercò di pulirsi di nascosto sui pantaloni, era inorridita vedendo che si era seccato e che non si staccava. Aveva bisogno di una doccia. Molto lunga. Alexis non sapeva se si sarebbe mai più sentita pulita in futuro.

Piegò la testa come se fosse stanca, poi con voce molto bassa, quasi con un sospiro, sussurrò: "Tiratemi fuori di qui."

Una delle ragazze aveva tirato giù la cerniera dei pantaloni di un tipo e gli stava facendo una pugnetta sul divano, non cercavano nemmeno di nascondersi, non avevano nemmeno pensato di andare in un'altra camera. Ignorando gli sguardi lascivi di un gruppo di uomini della banda, che la fissavano e ridevano, Alexis cominciò a respirare lentamente, cercando di non perdere il controllo. L'atmosfera si era ormai trasformata, da quella di una festa divertente, a quella di un ambiente più tetro, pericoloso. Gli uomini erano ubriachi, palesemente arrapati. Mentre lei osservava, un uomo si mise in ginocchio sul divano dietro la donna che masturbava l'altro uomo, la tirò dalle ginocchia, poi le tirò su la gonna fino al sedere e cominciò a slacciarsi i jeans.

Alexis distolse lo sguardo, indirizzandolo verso la porta scorrevole che dava sul cortile posteriore, presa dalla voglia di andarsene. Come ultima risorsa, sarebbe uscita da quella porta per sparire, facendo il giro per raggiungere il punto di ritrovo. Doveva solo resistere un po' più di tempo, poi avrebbe anche potuto uscire da quella casa schifosa, piena di gente orribile, per cercare di risentirsi pulita.

Pochi minuti dopo la richiesta di intervento che aveva sussurrato a Blake, fuori dalla casa si sentirono rumori di colpi di arma da fuoco e di motori ad alti giri. Tutte le persone presenti smisero di muoversi, poi gli uomini reagirono, diri- gendosi immediatamente verso la porta d'ingresso. Molti estrassero delle armi, che avevano tenuto nascoste addosso chissà dove. Le ragazze cominciarono a urlare e a correre per raggiungere uno dei due corridoi, per cercare riparo prima che cominciassero a volare dei proiettili.

Alexis sentì urlare dall'esterno, davanti alla casa, dove erano spariti gli uomini, così uscì subito dalla porta scorrevole di vetro. Corse verso il cancello che aveva visto prima e lo tirò. Non si mosse. Nemmeno di un centimetro. Tirò di nuovo. Stavolta con disperazione. Nulla. *Dannazione*. Non aveva nulla con sé per forzare la serratura.

Guardò freneticamente nella casa, in quel momento non c'era nessuno nella sala, ma presto gli uomini sarebbero tornati all'interno, oppure le donne si sarebbero fatte forza per cercare di scoprire cosa stesse succedendo. Se l'avessero trovata mentre cercava di filarsela, avrebbero certamente sospettato, proprio ciò che non voleva. Sfuggire alle avances amorose di Chuck sarebbe stata l'ultima delle sue preoccupazioni. Se qualcuno avesse cercato di svestirla, avrebbe scoperto il microfono, lei sarebbe stata finita. *Doveva* scappare da quel cortile. Subito.

Disperata, Alexis si guardò intorno in quel piccolo spazio esterno. Il cancello doveva essere chiuso da fuori, una follia. Chi chiudeva a chiave un cancello dall'esterno? Dei criminali diffidenti, ecco chi.

Vide una catasta di legna marcia, l'avevano già individuata nelle immagini dal satellite, Alexis si aspettava di sentire una mano sulla spalla da un momento all'altro. Poteva quasi sentire l'odore rancido del fiato d Chuck che le respirava sul collo. Blake aveva notato quella pila di legna quasi distrattamente, dicendole tra le altre cose che, in caso di necessità, avrebbe potuto usare un legno come arma, ma nessuno di loro aveva pensato di sfruttare quella legna per scappare dal cortile. Ma nel momento stesso in cui i suoi occhi si erano posati su quella catasta, Alexis aveva capito che poteva essere un punto di uscita, non un'arma.

Senza pensare che rischiava di cadere dalla padella nella brace, Alexis si arrampicò su quella catasta di legna instabile, piena di rifiuti dimenticati a marcire nel cortile posteriore, per raggiungere la parte alta del recinto. Approfittando dell'adrenalina che le scorreva nelle vene, fece un salto, riuscendo a spingersi fino ad appoggiare la pancia sulle stecche di legno. Non vide nessuno, ma soprattutto non trovò dei cani rabbiosi che abbaiavano sull'altro lato, quindi superò il recinto con una gamba, ignorò il dolore delle assi appuntite contro la pancia, alzò l'altra gamba e si lasciò cadere dall'altra parte.

Fu un salto abbastanza alto, Alexis cadde male. Le sue caviglie si piegarono, cade indietro sul sedere, sentì il colpo su tutta la schiena, sussultando. Poteva sentire ancora le urla che provenivano da davanti la casa, si allontanò più veloce che poteva dal recinto, quando sentì la voce di Kelly che la chiamava, con un filo di voce.

Alexis si girò e indietreggiò fino a un gruppo di cespugli ben cresciuti, tenendo gli occhi fissi sulla parte alta del recinto, nel timore di vedere in qualunque momento Kelly o un altro della banda affacciarsi. Probabilmente avrebbe potuto giustificarsi dicendo di essere spaventata per gli spari, ma l'ultima cosa che voleva era dover tornare in quella casa. Aveva un coltello legato alla caviglia, sotto ai jeans, ma il suo istinto le diceva che estraendolo avrebbe solo peggiorato la situazione. Blake poteva essere là fuori, pronto a fare qualunque cosa per tenerla al sicuro, ma anche insieme a Logan non era possibile sconfiggere una dozzina di malviventi

Alexis sentì la porta scorrevole che si apriva, poi qualcuno entrò nel cortile da cui lei era appena fuggita. Chiunque fosse, si trovava proprio dall'altra parte del recinto, Alexis era troppo impaurita per andare a nascondersi dietro i cespugli. Non voleva fare alcun rumore che potesse rivelare la sua presenza.

"Porca puttana, dov'è andata?" domandò Kelly a qualcuno.

"Non l'ho vista. Siamo scappate tutte. Si sarà spaventata, sarà uscita con i ragazzi," disse una delle ragazze presenti alla festa.

"Che troia deficiente," esclamò Kelly malignamente. "È sempre stata una deficiente stupida."

"Però ho sentito che le abbiamo spillato duemila dollari, stasera. Un bel colpo, vero?"

"Sono briciole, ecco cosa sono," rispose Kelly. "Quella troia ha a disposizione decine di migliaia di dollari. Donovan vuole quei soldi. Ne ha bisogno."

Alexis trattenne il fiato.

"Beh, puoi sempre scriverle più tardi e far finta che ti interessi. Puoi organizzare un altro incontro. So che Chuck si voleva infilare nelle sue mutandine. Così mentre lui se la fa, tu puoi prenderle i bancomat per prelevare altri contanti."

Alexis sentì il rumore di uno schiaffo, poi Kelly disse: "Sei stupida proprio come lei, stronza. Pensi che mi direbbe senza problemi il suo codice PIN? Ovvio che no. Le piace sentirsi importante tirando fuori i soldi un po' alla volta, così dobbiamo pregarla. Poi basta con queste stronzate. Io non sopporto più di averla vicina, anche Donovan è d'accordo. Stavolta faremo a *suo* modo. È pronto a uscirsene da quel cazzo di posto."

Alexis non aveva la più pallida idea di cosa significasse "a suo modo" per Donovan, ma era sicura di non volerlo scoprire.

"Chuck non sarà contento."

Alexis fu in realtà un po' impressionata di sentire che l'altra ragazza la difendeva, con Kelly.

"Non me ne frega un cazzo. Avrà anche lui la sua parte. Tanto Alexis probabilmente non sarà contenta quando lui la offrirà agli altri della banda."

Alexis rimase a terra immobile, inorridita.

L'altra ragazza si mise a ridere. "Meglio lei che io."

Il tono di Kelly cambiò all'improvviso. Sembrava quasi materna. "Verissimo. Tu continua a dare ai ragazzi quello che vogliono quando te lo chiedono, vedrai che andrà tutto bene. Succhiare dei cazzi e lasciare che ti si facciano non è poi così male. Vedrai che ti piacerà. L'ultima cosa che vuoi è trovarti contro gli Inca Boyz."

"Un cazzo," rispose la ragazza. "Un giorno sarò una donna degli Inca Boyz e tutti mi rispetteranno. Andiamo a vedere cos'è successo, vediamo se i nostri hanno ammazzato lo stronzo che sparava a casa nostra."

Alexis sentì la porta scorrevole che si chiudeva sbattendo, le due donne erano rientrate in casa. Lasciò andare il fiato che aveva trattenuto fino a quel momento, si mise carponi con le mani e le ginocchia a terra, ignorando il dolore alle caviglie e alla parte bassa della schiena. Doveva raggiungere il punto di ritrovo... e Blake. A costo di arrivarci gattonando. Voleva andar via da quel cortile, via da quel quartiere, via da quella zona di Denver. Avrebbe preferito non passarci mai più neanche in macchina. Aveva chiuso.

CAPITOLO UNDICI

BLAKE CONTINUAVA A GIOCHERELLARE con le dita, seduto in macchina vicino a Logan. "Dov'è?"

Era un po' una domanda retorica, infatti potevano vedere entrambi dalla telecamera che Alexis indossava che stava ancora cercando di raggiungere il punto di incontro. Potevano sentire il suo respiro affannato, le sue parole accennate, con cui li teneva aggiornati sul suo percorso.

"Mantieni il controllo, Blake," lo avvertì Logan a voce bassa.

"Se ci fosse Grace là fuori, tu come ti sentiresti?" Blake sapeva che la sua era una provocazione nel momento stesso in cui aveva finito di parlare, ma non si scusò.

"Mi sentirei esattamente come ti senti tu," gli rispose tranquillo il fratello. "E tu sai che ci *sono* passato. Alexis stasera è stata fantastica. Ha mantenuto il controllo, non è andata nel pallone quando la situazione si è fatta difficile, è riuscita a scoprire informazioni molto importanti, si è comportata esattamente come doveva, quando abbiamo messo in atto il diversivo. Arriverà tra poco."

"Quello stronzo di Chuck le ha messo le mani addosso," sbottò Blake a denti stretti.

"Proprio come Donovan aveva messo le mani su Grace," replicò Logan, ricordando l'accaduto al fratello, gentilmente. "Grace l'ha superato, Alexis farà altrettanto."

Blake non si curò di puntualizzare che quando Donovan aveva toccato Grace lei era priva di sensi e non sapeva cosa stava succedendo. Alexis sapeva benissimo cosa voleva Chuck da lei. "Io l'amo," disse Blake al fratello. Poi si girò per guardarlo. "Non potrei sopportarlo, se le succedesse qualcosa. Al solo pensiero, impazzisco. Tu come fai a sopportarlo?"

Logan fece una smorfia. "Ti fa venire i nervi. Aspetta solo che sia incinta, che abbiate dei figli in arrivo. Diventa mille volte peggio."

"Cazzo," si lamentò Blake, che con le labbra cambiò espressione, facendo quasi un mezzo sorriso. Alexis incinta. Se la poteva quasi immaginare, bella rotonda, con dentro loro figlio. Dannazione, non avevano nemmeno ancora fatto l'amore, ma la voleva già immaginare incinta di suo figlio. Di sicuro lui non le sarebbe bastato, eppure sentiva che sarebbe stata un'ottima madre. Era nella sua natura occuparsi degli altri, cercava sempre di accontentare non solo lui, ma anche i suoi fratelli. Non vedeva l'ora.

"Eccola qui," disse Logan sottovoce, indicando il piccolo schermo che avevano guardato per tutta la sera, la trasmissione dalla telecamera che Alexis indossava al collo.

Servì ancora qualche momento, poi finalmente Blake vide qualcosa muoversi all'estremità a nord est del parcheggio deserto. "Spegni le registrazioni," ordinò al fratello, non voleva registrare ciò che Alexis gli avrebbe detto, poi aprì la portiera e attraversò a grandi falcate il parcheggio. Avrebbe voluto correre, ma non voleva attirare l'attenzione.

Avvicinandosi, Blake vide che Alexis zoppicava. Fu davanti a lei in pochi secondi. Le portò un braccio intorno alla vita e la avvicinò al proprio corpo. Alzò l'altro braccio e glielo appoggiò alla guancia.

"Stai bene, Lex?"

"Sì," rispose lei immediatamente, con un tono di voce molto sommesso, nulla a che vedere con la donna decisa e pungente che aveva imparato a conoscere e ad amare.

Blake si sporse verso di lei per sfiorarle le labbra con le proprie, ma lei tirò indietro la testa di scatto, allontanandosi e girando la testa da una parte, impedendogli di baciarla.

"No," lo pregò, facendo cenno di no con la testa e spingendolo al petto. "Devo farmi una doccia. Devo togliermi di dosso il suo fetore. Non voglio macchiarti."

"Tesorino..." cominciò Blake, ma Alexis lo interruppe.

"Tirami fuori di qui, Blake. Per favore? Devo andare via da qui."

A lui dava fastidio il tono della sua voce, spaventato e a disagio. Stava già tornando verso la macchina di Logan, prima ancora che lei finisse di parlare.

Si voltò, sempre tenendole un braccio intorno alla vita, sostenendo gran parte del suo peso col proprio corpo, più grande, mentre arrivavano alla macchina. Non dissero altro, ma Blake per il momento era felice di rivederla tutta intera, relativamente incolume, tra le braccia.

Le aprì la portiera posteriore e l'aiutò a sedersi. "Fatti più in là, Lex, mi siedo qui dietro con te."

Lei non protestò, si spostò, lasciandogli lo spazio per entrare, lui si sedette vicino a lei e chiuse la portiera.

Logan era già partito, prima ancora che potessero allacciarsi le cinture di sicurezza. Blake si allacciò la cintura e si avvicinò ad Alexis. La abbracciò e la avvicinò a sé. Lei gli passò un braccio dietro la schiena, contro lo schienale, mentre appoggiò l'altro al suo petto, stringendosi forte alla sua spalla destra. Poi nascose la testa nel suo collo, tremando continuamente tra le sue braccia, come se in macchina ci fosse stato un grado sotto zero, invece dei ventiquattro gradi climatizzati.

"Dove vado?" domandò Logan dal sedile anteriore.

Il piano originario prevedeva che accompagnassero Alexis al suo appartamento in centro, per incontrarla di nuovo il giorno dopo nella sede della Ace Security, ma sia Logan che Blake videro che era molto meglio non lasciarla da sola.

Blake si girò verso Lex e la baciò sulla testa, poi mormorò: "Vorrei portarti da me, dolcezza. Se puoi aspettare un po' posso offrirti una doccia enorme o anche la vasca da bagno. Ti ci puoi immergere tutto il tempo che vuoi."

Lei non disse nulla per un attimo molto lungo, così Blake proseguì: "Se non puoi aspettare, va bene. Possiamo andare al tuo appartamento. Ma in ogni caso rimango con te."

"Casa tua," affermò Alexis, il suo fiato caldo arrivò fino alla pelle sotto l'orecchio di Blake.

Lui alzò una mano, prese la mano che lei gli aveva messo intorno al collo, ne baciò il palmo, poi la rimise dov'era e appoggiò la mano su quella di lei, tenendola stretta. "Grazie per aver accettato che io stia con te, stanotte, dolcezza."

Lei annuì contro di lui.

"Chiudi gli occhi, rilassati, arriveremo presto," le disse dolcemente. "Sono così fiero di te. Non conosco nessun'altra donna che avrebbe potuto fare quello che hai fatto tu stasera. Non dovrai rifarlo mai più, ma sono così orgoglioso di te!"

Gli sembrò di sentirla sbuffare, quasi schernendosi.

"Davvero, Alexis," intervenne Logan dal sedile di guida. "Sei stata capace di riprendere la faccia di tutti gli uomini presenti, non riesco a credere che si siano disinteressati della tua presenza, mentre parlavano dei lavori che dovevano fare. L'omicidio su commissione è un affare enorme. Penso che la tua presenza alla festa di questa sera riuscirà a prevenire almeno quattro crimini."

Le parole di Logan spinsero Alexis ad accoccolarsi meglio

nel fianco di Blake. Lui la strinse più forte e la tenne ben salda, mentre Logan continuava a parlare.

"Detto questo, il tuo ruolo nella caccia agli Inca Boyz è terminato. Stasera hai corso fin troppi pericoli. Non voglio rischiare la tua vita per sbaragliare le canaglie che hanno cercato di rovinare mia moglie. Capito?"

Alexis parlò per la prima volta da quando era entrata in macchina, sempre senza alzare la testa. "Sì. Capito. Anch'io non ho *alcuna* voglia di rivedere o di parlare di nuovo con quella gente." Tremò contro il corpo di Blake. "Sono contenta di averlo fatto, ma temo di non avere il carattere giusto per fare questo lavoro. È meglio così, la pensiamo allo stesso modo, altrimenti scriverei subito una lettera di dimissioni e la metterei sulla vostra scrivania domattina presto."

Logan sbuffò dal sedile davanti. "Spaventata ma sempre bella decisa. Mi piace, fratellino."

"Come se mi importasse," rispose Blake al fratello, rilassandosi un pelo quando sentì la risatina flebile di Alexis contro il corpo. A lui *importava* di quel che pensava suo fratello, ma era anche molto sollevato di sentire che Lex era "bella decisa", per usare le parole di Logan.

"Non significa che smetterò di aiutarvi nei lavori di sorveglianza, ai tribunali e compagnia bella," aggiunse Alexis, con la voce confusa, perché parlava nel petto di Blake. "Sono anche piuttosto brava con i social media... ammettetelo."

"È vero," le rispose Blake senza esitare. "In questo campo sei molto più brava di me. Io posso scrivere e programmare al computer, ma fare ricerche per parole chiave e passare il tempo su Facebook, per me è come una tortura." Gli piaceva il fatto che Alexis volesse comunque rimanere vicina. Aveva quasi avuto paura che non volesse avere più nulla a che fare con la Ace Security, o con lui, dopo la serata intensa che aveva appena passato.

Proseguirono per la statale verso Castle Rock per vari

minuti senza che nessuno parlasse. Blake pensò che Alexis si fosse addormentata, quando la sentì mormorare: "Non ho una borsa con il necessario per la notte."

"Faccio una tappa rapida al negozio notturno," disse semplicemente Logan, sentendo quanto aveva detto. "Possiamo prenderti tutto il necessario per la notte."

"E io ti darò una maglietta da indossare," le disse Blake. "Vedremo come fare."

"Ok," rispose Alexis. "Mi sembra giusto. Però vorrei avere le mie cose il prima possibile. Una ragazza non può indossare sempre i vestiti del suo ragazzo."

"Puoi sempre toglierti i miei vestiti e andare in giro nuda," la provocò Blake, cercando di distrarla da quanto era accaduto quella sera, da quanto avrebbe potuto accadere.

Proprio come sperava, lei rise, stavolta in modo più naturale... meno forzato. "Te lo sogni."

"Infatti," sussurrò Blake. "Sei la protagonista dei miei sogni ogni notte, da circa un mese."

Prima che la loro simpatica diatriba potesse andare avanti, Logan chiese: "Pensi che te la sentirai di trovarci con Nathan e con la squadra speciale domani pomeriggio?"

"È troppo presto," protestò subito Blake, ma Alexis scosse la testa contro di lui e allentò per la prima volta la presa su di lui.

"No, va bene, Blake. È meglio farla finita prima. Ci sarete entrambi, però... giusto?" Aggiunse Alexis, con un tono di disagio che riaffiorava nella sua voce.

Blake rispose anche per il fratello. "Poco ma sicuro."

"Allora va bene. Almeno i ricordi saranno freschi nella mia mente."

"Che ne dici di andare a cena dopo con Grace e Nathan?" Le domandò Logan. "Mia moglie sta insistendo parecchio perché organizzi qualcosa e ti inviti. Non vede l'ora di conoscerti meglio."

"Davvero? Pensavo che non mi sopportasse," disse distrattamente Alexis. "Dopo quanto successo tra lei e mio fratello, credevo di essere l'ultima persona al mondo che le facesse piacere frequentare, anche se uscivo con suo cognato."

"Non ha molti amici," disse Logan, pur non sembrando preoccupato, guardandola negli occhi di sfuggita dallo specchietto retrovisore, prima di tornare a concentrarsi sulla strada. "Felicity e Cole sono i proprietari del Rock Hard Gym, la palestra in città, tutto qui. I suoi genitori erano degli stronzi e non le hanno lasciato coltivare delle frequentazioni personali. È rimasta impressionata molto positivamente dalla tua tenacia, nel difendere tuo fratello. Quel tipo di fedeltà non passa inosservata."

"Allora mi farebbe piacere," rispose sommessamente Alexis. "Anche io non ho tanti amici. Sarei entusiasta di conoscerla meglio."

"Allora è deciso," dichiarò semplicemente Logan. "Organizzo tutto io."

"Hai fame?" le chiese Blake.

Alexis fece cenno di no con la testa, contro la spalla di lui. "No no, santo cielo. In questo momento penso proprio che non riuscirei a mangiare alcunché. Devo solo darmi una ripulita. Poi vedrò come sto."

"Va bene, dolcezza. Presto siamo a casa." Casa. Era passato tanto tempo da quando Blake era stato ansioso di tornare alla casetta in cui viveva e in cui era cresciuto. In quella casetta c'erano un sacco di ricordi terribili. Ricordi di sua madre che colpiva non solo lui e i suoi fratelli, ma anche suo padre. Ace Anderson era stato maltrattato dalla moglie per tutta la vita, sua madre in ultima analisi gli aveva rovinato la vita.

Ripensare alle violenze vissute a casa lo fece tornare presente, a quella sera. Alexis si era avvicinata troppo al pericolo. Lui aveva visto dalla telecamera gli altri uomini della banda che prendevano in quel modo le altre donne, portandole sul retro della casa. Aveva sentito il modo sprezzante in cui discutevano delle prestazioni sessuali, o delle carenze, delle donne che si erano appena fatti. Aveva ascoltato come Chuck si era espresso con Alexis, aveva sentito quel bacio... aveva baciato la *sua* Alexis. Non era riuscito a vedere esattamente quel che aveva fatto (quel bastardo si era avvicinato troppo e la telecamera non poteva inquadrare tutto ciò che faceva) ma senza dubbio aveva fatto qualcosa di male. Lex gli era sembrata a disagio, spaventata.

Doveva eliminare quelle sensazioni.

Doveva farla sentire di nuovo pulita.

E non poteva farlo, se non al sicuro, a casa sua.

Per questo voleva andare a casa. Subito.

Trenta minuti dopo, Logan finalmente accostava a casa. Lui e Nathan ci erano entrati solo due volte, dal loro ritorno a Castle Rock. Quelle pareti contenevano troppi fantasmi per loro, era impossibile che si sentissero a loro agio.

Blake sapeva che era strano, per lui, *desiderare* di vivere lì, ma in un certo senso era la sua catarsi. Così poteva dimostrare a sua madre che non controllava più le sue emozioni. Aveva gettato via tutti i vestiti della madre, tutte le sue cose, aveva esaminato scatolone dopo scatolone tutte le scartoffie rimaste nel piccolo ufficio.

Quella sera avrebbe fatto un altro passo in avanti, per eliminare l'aura negativa che Rose Anderson si era lasciata alle spalle. Alexis avrebbe dormito nel suo letto, nella stessa camera che sua madre aveva condiviso con suo padre. Solo che ora in quella casa si sarebbero scambiati solo tenerezza e amore. Non l'odio, non le aggressioni del passato.

"Alle tre va bene per domani?" chiese Logan, prima che Blake uscisse dall'auto.

Ci pensò per un momento, poi annuì. "Sì, così possiamo dormire più a lungo e rilassarci un poco prima di incontrarci.

Vuoi che arriviamo un'ora prima, per discutere come portare avanti l'incontro con i tipi della squadra speciale?"

"Ottima idea, sì. Dirò a Grace di unirsi a noi verso le cinque. Possiamo andare a cena appena finiamo."

"Vuoi che chiami io Nathan?" chiese Blake.

"No. Ci penso io. Tu occupati di Alexis," rispose Logan.

"Ragazzi, lo sapete che io sono qui seduta, vero? Posso sentirvi. Nessuno si deve occupare di me," protestò Alexis.

"Di solito è così, ma stasera è diverso," le disse Blake senza esitazione, "e cosa più importante, devo pensarci io." Aprì la portiera, senza lasciarle il tempo di ribattere con qualunque osservazione brillante avesse già pronta, uscì e le porse la mano per aiutarla a scendere dalla macchina.

"Ci vediamo domani," disse Logan ad alta voce al fratello. "Di nuovo, ottimo lavoro, stasera, Alexis. Sono fiero di te."

"Grazie," mormorò lei in risposta, tenendo stretta la mano di Blake, mentre si alzava in piedi, vicino all'auto.

Blake mise un braccio intorno a Lex e afferrò la borsa di plastica con i prodotti che Logan aveva comprato per lei in farmacia, mentre tornavano a casa. La sostenne di nuovo quasi di peso e si avviarono verso la porta d'ingresso. "Quanto ti fa male?" le chiese.

"Sto bene," gli rispose Alexis. "Sono caduta male quando ho scavalcato il recinto. Sento le caviglie che mi fanno male, anche la schiena, ma penso che starò meglio, dopo una bella doccia calda e magari un'aspirina."

"Mmmm," mormorò Blake sempre piuttosto preoccupato. "Ti procuro degli antidolorifici da prendere dopo la doccia. Così speriamo che i dolori ti siano passati entro domattina."

Lei accettò, lui fece scattare la serratura della porta e la spalancò, lasciando che Alexis entrasse, prima di lui. Lei si guardò attorno e fece un fischio basso. "Santa paletta. Che casa magnifica, Blake. Hai fatto un sacco di cambiamenti dall'ultima volta che sono venuta qui. Quasi non sembra la stessa casa in cui sono stata qualche mese fa."

Era stata in quella casa l'ultima volta quando Logan e Grace si erano rifugiati nel suo appartamento, dopo che Grace era stata rapita dagli Inca Boyz. Blake a quei tempi non pensava molto ad Alexis; era troppo sospettoso nei suoi confronti, per tutto quanto era successo, che coinvolgeva anche il fratello di lei. Poi era rimasto colpito dall'interesse di Alexis, che aveva chiesto di lavorare per la Ace Security, si era sorpreso ancor più scoprendo quanto era brava. Vedendo quanto lavorava sodo, quanto voleva aiutare gli altri, aveva cominciato a chiedersi in quali altri aspetti l'aveva giudicata male. Era stato quello il momento in cui aveva preso a considerarla più di una semplice collaboratrice, una donna bella che avrebbe desiderato conoscere meglio.

"Sì, come puoi vedere, ho tirato giù il muro tra il salotto e la cucina per aprire meglio lo spazio. Poi ho tolto tutta la moquette. I pavimenti in parquet possono essere un po' freddi, d'inverno, ma mi piacciono troppo."

"Anche i divani sono nuovi, vero?" gli chiese Alexis, che scrutava quell'ambiente così accogliente.

"Sì sì. Andiamo. Ci siamo quasi. Devi darti una rinfrescata. Penso che apprezzerai molto anche i cambiamenti che ho fatto al bagno." Blake la prese per mano e l'accompagnò nel breve corridoio fino alla camera da letto principale. In un'altra ala della casa c'erano altre due camere da letto, a una distanza che aveva fatto molto comodo ai tre fratelli, crescendo, perché più spazio c'era tra loro e la madre, più erano soddisfatti.

Non era la prima volta che teneva per mano Lex, ma provava le stesse sensazioni. L'aveva avuta tra le braccia, l'aveva baciata, ma gli dava quasi la stessa sensazione di intimità sfiorare la pelle della sua mano, intrecciare le dita. La sua mano era così piccola, minuta, purtroppo era anche fredda ghiacciata. A casa sua non faceva così freddo, Blake capì che quella mano fredda doveva essere causata dal suo stato d'animo.

Alexis aveva fatto ogni sforzo per sembrare impassibile, nonostante tutto quel che era successo quella sera, ma era più che ovvio che la sua *nonchalance* era soprattutto un atteggiamento. Era spaventata per tutto quel che era successo quella sera, e a lui questo dava molto fastidio. Gli dava fastidio che lei dovesse costruire un muro per isolarsi e non lasciargli vedere le sue vere sensazioni. Si era nascosta dietro una falsa sfrontatezza fin troppo a lungo.

Blake la accompagnò in camera sua, portandola dritto in bagno. All'inizio aveva consultato una interior designer, perché non era sicuro di cosa fare, ma quella donna aveva fatto un lavoro fantastico. Quella stanza era così luminosa e arieggiata. Il pavimento era finito con piastrelle marroncino, il riscaldamento a pavimento si attivava con un pulsante. Su una parete c'era un mobile lungo con due lavandini, gli era costato una fortuna. Erano in ottone, sembravano dei catini sollevati. Il top del mobile in calcestruzzo marrone si amalgamava bene col colore dei lavandini. Sulla parete opposta c'era una doccia enorme, abbastanza grande per due persone, con due soffioni e doppi rubinetti.

A Blake venne in mente l'immagine di lui e Lex che si facevano la doccia insieme, uno di fronte all'altra, mentre si insaponavano. Il suo uccello cominciò a indurirsi, lui si voltò perché Alexis non lo notasse. L'ultima cosa di cui lei aveva bisogno adesso era avere a che fare con la sua incapacità di controllare le reazioni del suo corpo. La voleva, senza dubbio, ma sapeva anche che aveva bisogno di un po' di spazio, per riprendersi; era disposto a fare tutto il necessario per aiutarla a ritrovare il suo equilibrio.

Nell'angolo del bagno c'era una grande vasca triangolare, con getti d'acqua posti strategicamente intorno ai bordi. Gli venne spontaneo pensare ad Alexis che si rilassava nella vasca. L'immagine di lei che si piegava, mentre lui la prendeva da dietro era chiarissima, come se fosse un ricordo del passato e non una fantasia. A completare il bagno, di fronte alla vasca, c'era una porta che conduceva a una cameretta, dove c'era la tazza.

Blake lasciò andare controvoglia la mano di Alexis e andò dritto all'armadietto. Tirò fuori uno degli asciugamani così costosi, che secondo la sua designer *doveva* avere, poi lo portò a Lex, che era ancora là, in piedi, mentre osservava la camera intorno a sé.

"Santo cielo, Blake. Ma è meraviglioso, è cambiato completamente rispetto a com'era prima. Sei passato da un motel qualunque all'hotel Ritz-Carlton."

Blake rise e minimizzò: "Eh sì, ho dovuto rinunciare a qualche metro quadro della camera da letto, ma ho immaginato che ne valesse la pena."

"Ne valeva *davvero* la pena," concordò lei. Le parole di Alexis erano di apprezzamento, ma lei era irrigidita, con le braccia incrociate all'altezza della vita, come se dovesse sostenersi per non crollare.

Blake appoggiò l'asciugamano sul mobiletto tra i lavandini e fece per prendere la collana che Lex indossava. Senza dire una parola, l'alzò e gliela sfilò dalla testa, appoggiandola attentamente vicino all'asciugamani.

Poi mosse lentamente le mani davanti ai jeans di lei. Sbottonò il bottone più alto, per avere un pò di spazio, poi infilò la punta delle dita sotto la maglietta. Lei reagì al tocco tremando, senza cambiare la sua postura, sulla difensiva.

"Ora ti devo togliere il microfono, dolcezza. Va tutto bene?"

Lei lo guardò con gli occhi spalancati. Nei suoi occhi si leggevano tantissime emozioni. Lasciarla in quello stato lo faceva sentire impotente, ma l'avrebbe fatto, se lei aveva bisogno di spazio. Blake sapeva che si poteva togliere anche da sola il microfono, ma doveva occuparsi di lei.

Infine, dopo un tempo che sembrò eterno, lei annuì leggermente.

Blake continuò a guardarla negli occhi, mentre con le mani saliva sul suo corpo per raggiungere il reggiseno. Lei lasciò cadere le braccia, togliendole dal ventre, liberandogli la via. Senza alzarle la maglietta, le dita di Blake puntarono al piccolo microfono nascosto nello spazio stretto e caldo tra i seni di lei. Il reggiseno che indossava spingeva i suoi seni così in alto e stretti, proprio dove era infilato il microfono, che il piccolo pezzo di nastro adesivo che lo teneva fissato era quasi inutile.

Lex tremava, Blake poteva sentire la pelle d'oca che le veniva sulle braccia, le capitava lo stesso ogni volta che lui la sfiorava. Lo fece star meglio accorgersi che lei reagiva ancora al suo tocco, per quanto fosse vulnerabile, ma non fece nulla per prolungare quel momento, si mosse rapidamente, ma con delicatezza, per staccare il nastro e toglierle il microfono di dosso. Blake passò le dita di una mano sulla pelle irritata tra i seni di lei, avrebbe tanto voluto passarci la lingua.

Blake sapeva che in quel momento per lei era molto più importante tornare a sentirsi pulita, rispetto alla loro attrazione fisica, così tolse le mani dal suo corpo.

Senza toglierle gli occhi di dosso, Blake posò il microfono vicino alla collana, poi appoggiò i palmi delle mani sul mobiletto, nel frattempo circondandola con le braccia. "Preferisci farti una doccia o un bagno?"

"La doccia," gli rispose immediatamente, con voce molto morbida.

"Va bene. Fai con calma. Intanto preparo qualcosa da mangiucchiare."

"Non ho fame," gli ricordò Alexis, sempre parlando a voce

molto bassa. Non aveva messo le braccia intorno a lui, le aveva incrociate intorno al proprio corpo.

"Lo so che non hai fame, ma magari ti verrà, dopo la doccia. Preparo comunque qualcosa, non si sa mai. Se poi non hai fame, non è un problema. Va bene?"

"Va bene, Blake."

Ricordandosi come si era allontanata nel parcheggio, Blake fece attenzione a farle capire bene le sue intenzioni, mentre le si avvicinava. Con le labbra le raggiunse la fronte, baciandola per un attimo senza tempo. Infine, si tirò indietro e sempre senza toccarla, tenendo le mani sul mobiletto dietro di lei, facendosi forza, le disse con dolcezza: "Non so cosa passi in quella tua testolina, adesso, ma sappi che per me sei meravigliosa. Non sono mai stato così fiero, spaventato e preoccupato tutto insieme quanto questa notte. Mi hai stupito. Sei la donna più altruista, più meravigliosa e più appassionata che abbia mai conosciuto. Nulla di ciò che è successo questa sera mi ha fatto cambiare idea su di noi, sulla voglia di fare l'amore, fino a farti dimenticare tutto tranne me...che ti sto intorno, che ti sto dentro." Le mise le mani intorno al volto e la baciò sulla testa. "Doccia, dolcezza. Ti preparo una maglietta e dei pantaloni comodi sul letto. Io ti aspetto in cucina, poi uscire quando sei pronta."

Lei annuì. Blake ignorò le lacrime che le stavano riempiendo gli occhi, immaginando che avesse bisogno di sfogarsi. Prese la collana e il microfono, prima di fare un passo indietro. Mantenne il contatto visivo fino ad arrivare alla porta. Poi allungò una mano, prese la maniglia, uscì e chiuse la porta, lasciando Alexis sola coi suoi pensieri.

CAPITOLO DODICI

ALEXIS SI TOLSE RAPIDAMENTE tutti i vestiti, mettendoli a mucchio sulle piastrelle del pavimento. Si tolse anche le mutandine e il reggiseno, poi entrò nella doccia per avviarla. Dopo qualche attimo, l'acqua calda cominciò a scorrere, Alexis portò la temperatura al massimo sopportabile, prima di entrare nel largo box doccia.

Quando il suo corpo si fu abituato alla temperatura, ruotò il pomello meno di un centimetro, fissando la temperatura dell'acqua a un livello appena sotto l'ustionante. Poi cominciò a sfregarsi. Se non fosse stata troppo impegnata a pulirsi, avrebbe potuto trovare divertente che Blake avesse, e a quanto pare usasse, una spugnetta per la doccia, su cui lei versò un'abbondante quantità di gel doccia, cercando di togliersi il più possibile di dosso la sensazione delle mani di Chuck, il senso di repulsione che l'aveva soffocata, dal momento in cui aveva visto in quella casa degli uomini portare sul retro delle ragazze per scoparsele.

Continuò a strofinarsi il corpo finché questo non cominciò a colorarsi, sia per l'acqua calda che per le robuste abrasioni. Sfregò la mano con cui aveva toccato la maglietta umida di Chuck, quasi fino a togliersi uno strato di pelle. Poi Alexis rimase semplicemente così, in piedi sotto l'acqua bollente, lasciandosi colpire in testa e sulla faccia, finché non fu costretta a fare un passo indietro per respirare.

Infine, le lacrime che aveva trattenuto per tutta la notte furono liberate, come acqua straripata da una diga. Non poteva trattenerle più a lungo, appoggiò la schiena alla parete piastrellata, si lasciò scivolare fino a toccare per terra col sedere. Avvolse le braccia intorno alle ginocchia e pianse, mentre l'acqua cadeva su di lei. Pianse per quanto era spaventata, pianse perché sicuramente l'avrebbero chiamata spia, perché avrebbero potuto rapirla e ucciderla brutalmente, pianse perché Chuck le aveva ficcato in bocca la sua lingua disgustosa.

Alexis pianse fino a non sentire più alcuna lacrima nel corpo. Poi si alzò, le sue gambe le tremavano, si sostenne appoggiando una mano al muro e si voltò, dando la schiena all'acqua, per lavarsi i capelli, poi la faccia, di nuovo. Quasi ondeggiava, ma non voleva uscire dalla doccia. Nonostante si fosse lavata a fondo, si sentiva comunque sporca.

Le sembrava di avere addosso appiccicati la malvagità e lo schifo degli Inca Boyz, come una peste mortale. Non riusciva a scrollarsi di dosso quella sensazione, per quanto forte si strofinasse, per quanto bollente fosse l'acqua. Sentendosi abbattuta, sconfitta, alla fine chiuse il rubinetto dell'acqua. Aprì la porta del box doccia e afferrò un asciugamani. Si asciugò con movimenti di riflesso, quasi come un automa, senza nemmeno curarsi di asciugarsi per bene, poi uscì dal bagno per andare nella camera di Blake.

Trovò sul suo letto una maglietta e un paio di pantaloncini, glieli aveva lasciati come aveva promesso. Si cambiò rapidamente, fermandosi solo un momento per inalare il profumo maschio di Blake, di cui era imbibita la maglietta, poi tornò in bagno per lavarsi i denti con lo spazzolino che Logan aveva preso per lei in farmacia.

Si lavò i denti tre volte, sciacquandosi con il colluttorio ben quattro volte, cercando invano di togliersi dalla bocca il fetore, il sapore disgustoso di Chuck. Quasi sul punto di cadere, esausta, finalmente uscì dal bagno per andare in cucina.

Ma Alexis smise di camminare appena fuori da quella stanza piena di vapore acqueo. Blake era in piedi vicino al suo letto, indossava solo un paio di pantaloni di flanella con delle immagini di orsi polari. Sembravano così strani, fuori posto. Lex non aveva idea di dove arrivassero, ma lui non le lasciò il tempo di commentare.

Le porse una mano e le disse dolcemente: "Vien qui, Lex."

Lei gli si avvicinò senza esitare e gli prese la mano, sospirando sollevata quando lui gliela strinse. Tenere la sua mano la faceva sentire così sicura, coi piedi per terra, Alexis non aveva idea del perché. Ma avrebbe dato qualunque cosa perché non la lasciasse mai andare.

Con la mano libera, Blake spostò le coperte. "Sali su, dolcezza."

"Pensavo che preparassi qualcosa da mangiare," gli disse, con la voce un po' roca, affannata dal pianto copioso.

"Hai bisogno del mio abbraccio più che del cibo."

La sua fu una risposta breve e diretta, e anche così vera. Alexis lasciò andare la mano di Blake con poca convinzione, per salire sul letto.

"Fatti più in là. Salgo anch'io."

Sembrava averle letto nel pensiero, così fece come le aveva chiesto, sollevata, spostandosi per farlo salire sul letto. Alexis continuò a fissare Blake mentre lui si appoggiava sul letto e spegneva la lampada da notte.

Poi Blake si voltò e la prese tra le braccia. Lei sospirò contenta, le sue gambe si strofinavano contro quelle di lui, ricoperte di flanella. Appoggiò la testa al suo petto nudo, il suo respiro si fermò per un attimo, quando lui le appoggiò le dita sul fianco, appena sotto l'elastico dei pantaloncini. Lui la tenne vicina, con le dita calde e forti la teneva semplicemente stretta, per farle sentire la sua presenza.

Lei credeva di aver pianto ogni lacrima, ma chissà come ne trovò delle altre. Cercò di non far vedere a Blake che non stava bene, ma evidentemente non ci riuscì del tutto.

"Sfogati, Lex. Ci sono io qui con te."

"Sto... sto...bene."

"No, non stai bene, non è certo colpa tua. Mi sono dovuto controllare al massimo per non fare irruzione nel bel mezzo di quella festa, per non tirarti fuori da là. Per non parlare di quanto è stato difficile non raggiungerti nella doccia, sentendoti piangere. Mi uccideva dentro, soprattutto perché so che non è da te."

"Non è... non è... io non piango mai."

"Lo so, tesoro. Sei la tipa più tosta che conosca. Ora piangi finché vuoi. Non lo dirò a nessuno."

Alexis sapeva che non lo avrebbe fatto. Quel suo capirla, quella sensibilità, fecero sì che smettesse di trattenersi. Si strinse a lui più forte che poté, mentre lui faceva altrettanto, poi smise di resistere stoicamente. Cominciò a piangere come una fontana. Sospiri e singhiozzi enormi di dolore, tanto da sentirsi imbarazzata, ma Blake non parlava, non faceva null'altro che tenerla stretta.

Dopo dieci minuti, quando finalmente smise di piangere, Blake le porse un fazzoletto che aveva tenuto da qualche parte e lo appoggiò al suo naso. "Soffia."

Lei fece come le aveva detto, senza esitare.

Quando lui si allontanò per rimettere il fazzoletto sul comodino, lei alzò una mano per asciugarsi le lacrime dal viso, poi si accoccolò di nuovo nel petto caldo di Blake.

"Va meglio?" le chiese dolcemente.

Alexis annuì. "Mi dispiace, ti ho riempito di lacrime e muco."

Lui rise, poi rispose: "Ma no, dai, ne avevi bisogno."

Lei annuì contro il suo corpo. "Sì, ne avevo bisogno. Grazie."

"Non mi devi ringraziare, Lex. Sarei un imbecille se ti dicessi di star buona, di non preoccuparti, perché è tutto finito. Voglio solo che tu sia te stessa, con me. Se ciò significa essere forte davanti a tutti, per poi piangere con me, sul nostro letto, va bene così."

Lei tremò, sentendolo dire "nostro letto." "Che bello," gli rispose.

"Non è solo bello," replicò lui, stringendola orgoglioso. "Significa prendersi cura della persona che ami. Esserci quando l'altro ha bisogno di te. Sarò sempre la tua ancora di salvezza, quando non ti senti abbastanza forte, sarò la tua roccia quando te ne serve una, ti sosterrò sempre, farò il tifo per te anche di nascosto. Quel che conta è che so che non hai davvero bisogno di me, Lex. Hai fatto un lavoro eccezionale, sei diventata indipendente, ti sei occupata di tutto. Mi sento davvero fortunato ad averti qui con me, adesso."

Era tutto meraviglioso. Anzi, fantastico. Ma c'era una parolina che Alexis sentiva riecheggiare nella sua mente. Aveva quasi paura di farglielo notare. Temeva l'avesse detto sulla scia dell'emozione del momento. Ma non poteva lasciar perdere. Doveva sapere.

Alzò la testa, lo guardò dritto negli occhi, nella luce soffusa della camera. Cercò di capire i suoi pensieri dall'espressione del viso, senza riuscirci.

"Prendersi cura della persona che ami?" gli chiese tranquillamente, con le sopracciglia alzate e lo sguardo dubbioso.

Blake non esitò. Non la lasciò dubitare nemmeno per un secondo della sincerità delle sue parole. "Sì. Ti amo, Lex. Mi sei entrata dentro, ho capito che volevo parlare con te ogni giorno di più. Volevo vederti. Sapevo già di amarti prima di questa sera, ma i pericoli che hai corso, il mio non essere in grado di fare nulla per proteggerti, ha reso il mio amore ancora più solido. Ti amo. Non perché mi darai il tuo corpo. Non perché sei l'unica donna che ho frequentato da quando sono tornato a Castle Rock. Non perché stai facendo un lavoro fantastico per la mia famiglia. Ti amo per quella che *sei*. Per la persona che mostri a tutti, all'esterno… la figlia di un miliardario, la donna forte che non si fa mettere sotto da nessuno, ma anche per la persona che ho il privilegio di conoscere, in privato. Ti amo per quando sei a disagio, o cocciuta all'inverosimile, per quando sei insicura e hai paura di mostrare chi sei a tutti gli altri, per paura di cosa potrebbero pensare."

Alexis non poté far altro che fissare Blake, meravigliata. Lui l'amava, e non aggiunse altro. Così lei chiuse gli occhi e fece un respiro profondo. Stentava a crederci. Non avrebbe mai creduto di arrivare al punto in cui era. A casa di Blake, tra le sue braccia, nel suo *letto*. Gli portò una mano sul lato del viso e la posò sulla barba non fatta, andando avanti e indietro col pollice sulla pelle ruvida. "Io ti amo da mesi. Praticamente dal primo momento che ti ho visto."

"Sei riuscita a lavarti via i demoni?" le chiese, con uno sguardo molto intenso.

"Come?" Non era certo quello che lei si aspettava di sentirsi dire.

"Prima non volevi che ti toccassi. Dovevi lavarti via la sensazione delle mani di quello stronzo. Io voglio baciarti, ho *bisogno* di baciarti, ma voglio che tu sia sicura."

"Sono sicura," gli rispose Alexis senza esitare. "Anch'io ho bisogno di te."

Blake abbassò la testa fino a posare le labbra su quelle di lei. "Sei mia," le sussurrò. "Non potrei nemmeno immaginare di sfiorare un'altra donna. Sei l'unica con cui voglio stare, l'unica che voglio baciare, che voglio amare. Non dovrai mai preoccuparti che ti possa tradire, Lex. Sei la mia anima gemella. Ne sono certo fino al midollo."

"Baciami. Ti prego."

Senza aggiungere altro, Blake abbassò la bocca su quella di lei, baciandola e assaporandola con grande passione. Prima la baciò a labbra unite, con delicatezza, poi le leccò le labbra; infine, sentendola ansimare di desiderio, lasciò andare la lingua nella sua bocca. Alexis ansimò di sollievo e assaporò il gusto della sua lingua nella propria bocca. Era circondata da Blake, dal suo tocco, dal suo odore. Non pensò più minimamente a Chuck. Tutto il tempo che aveva passato nella doccia e in bagno a lavarsi i denti non erano serviti a nulla, non avevano allontanato i suoi pensieri, ma era bastato il tocco delle labbra di Blake sulle sue e –puf!– tutto svanito, come se nulla fosse mai successo.

Alexis e Blake si alternarono negli attacchi amorosi; prima duellarono con le loro lingue nella bocca di lei, poi in quella di lui, scambiandosi l'iniziativa.

Quando le sembrò che i polmoni cominciassero a bruciarle, Alexis si staccò da Blake con riluttanza. Lui tirò subito la testa di lei sul proprio petto, tenendola stretta. Alexis poteva sentire il suo uccello duro e allungato contro il proprio corpo. Gli aveva messo le gambe intorno ai fianchi e si era strusciata su di lui, mentre si baciavano. Adesso la mano di Blake era sotto i pantaloncini che indossava Alexis, lei sentiva il suo palmo caldo premuto sul sedere.

Rimase lì per un attimo, ansimante, aspettando che facesse lui la prima mossa per fare l'amore. Ma Blake non fece nulla e si sdraiò sotto di lei, così Alexis sentì il suo cuore che gli batteva a mille, sotto al palmo appoggiato al suo petto nudo muscoloso e leggermente peloso. Alexis tirò indietro la testa e lo guardò.

"Mi dovrai aiutare un po', Blake. Per me è la prima volta."

Lei sorrise, sapendo di avergli detto qualcosa che lui già conosceva bene.

"È l'una e mezza della notte, Lex. Abbiamo avuto una serataccia. Io sono stanco e tu sei esausta. Per non parlare della pressione emotiva che hai dovuto superare. Dormiamo. Non c'è fretta. Faremo l'amore... di questo non dubitare. Ma non deve succedere proprio adesso."

Per un attimo, Alexis ebbe paura che lui non la desiderasse più, ma poi si accorse della realtà, era la sua mancanza di fiducia che riaffiorava. Aveva ragione lui, *era* esausta. Tra la paura folle e il disgusto di sentirsi toccata da Chuck, poi lo sfogo emotivo e il pianto, infine l'euforia di sentirsi dire da Blake che l'amava... era completamente sfinita. Al solo pensiero di dormire, i suoi occhi si fecero estremamente pesanti.

"Va bene," gli rispose sussurrando, per poi affondare di nuovo il naso nel suo petto e chiudere gli occhi lentamente. "Ma tornerò a essere me stessa, dopo aver dormito. Tanto per dire."

"Capito," rispose Blake, con tutto il senso della leggerezza in una sola parola.

Lei poté quasi sentire l'ampio sorriso che sicuramente aveva lui in volto.

"Sei comoda? Vuoi che cambiamo posizione?" le chiese dopo un po'.

"Mi sposterei," gli rispose Alexis, riaprendo gli occhi a fatica e sollevando la testa.

"Girati di fianco, guarda dall'altra parte," le consigliò Blake con gentilezza.

Lei si girò, poi gli chiese: "Così?"

"Proprio così," le rispose, avvicinandosi alla schiena di lei e mettendosi col corpo a cucchiaio dietro ad Alexis. La avvolse con le braccia, appoggiando l'avambraccio ai suoi seni e mettendole la mano sotto la guancia. Blake spinse un braccio sotto al cuscino, circondandola col suo calore, poi affondò il naso nella curvatura del suo collo. Alexis poteva sentire il calore del suo fiato sulla pelle.

"Hai il mio stesso profumo," le sussurrò quasi all'improvviso.

"Ho usato il tuo gel doccia," gli rispose Alexis, assonnata.

"Per quanto amassi il tuo profumo da gattina sensuale, penso che questo mi piaccia di più," affermò Blake con sicurezza. "Ti fa sensuale da morire, mi sento ancor più vicino a te."

Alexis cercò di ripromettersi che avrebbe usato ogni tanto quello stesso gel. Probabilmente non l'avrebbe usato al mattino, perché non era un profumo molto femminile, ma doveva ammettere che le piaceva avere lo stesso profumo, probabilmente tanto quanto piaceva a lui.

Rimasero così, sdraiati e abbracciati, senza dire una parola per un po'. Alexis si sentiva come a casa, in famiglia, come se avesse già dormito con Blake nello stesso modo, in passato... il che era impossibile. *Vero?*

Lui rispose a quella domanda inespressa, come conoscendo esattamente i pensieri di lei. "Abbiamo dormito così quel giorno che eri ubriaca. Ti sei addormentata sul mio braccio e non lo lasciavi andare. Anch'io ho dormito bene, meglio di sempre. Ti dispiace? Sei comoda?"

"Sì, sono comoda. Mi sento bene, mi sembra di essere fatta su misura per le tue braccia."

"Ottimo. Perché amo questa posizione. Mi sembra di proteggerti da tutto il mondo... e non vorrei essere in altro posto."

"Ti amo, Blake."

"Anch'io ti amo, Lex. Ora dormi. Ci sono qua io."

"Mmmm." Alexis chiuse gli occhi, si aspettava di continuare a pensare freneticamente a tutto quanto le era successo, invece si addormentò profondamente appena chiuse gli occhi.

Non poteva sapere che Blake era rimasto sveglio per oltre un'ora, semplicemente inalando il suo profumo e godendosi la sensazione sulla pelle del braccio appoggiato ai suoi seni, sembrava aggrappata e pronta a difendersi da chiunque avesse cercato di portarlo via da lei.

CAPITOLO TREDICI

Blake stava sognando di essere in vacanza con Alexis ai Caraibi. Non aveva idea su *quale* isola, sapeva solo che faceva caldo e che la sabbia era finissima. Erano entrambi nudi, l'erezione che sentiva nel sogno era così forte e dolorosa, come mai ne aveva avute in passato.

I suoi occhi si aprirono di scatto quando capì che *non era* un sogno. In camera faceva caldo, sudava, Lex era in ginocchio sul letto, di fianco a lui, nuda come mamma l'aveva fatta, con gli occhi puntati sulla sua erezione, che teneva in una mano.

Blake non sapeva che ore fossero, sapeva solo che era mattina. La luce del sole trapelava dalle fessure degli scuri. Ogni sensazione del tempo gli uscì di mente, quando Alexis lentamente si abbassò, per leccargli la punta dell'uccello. Blake non riuscì a trattenere un gemito dal profondo della gola, alla vista della lingua di Alexis che si leccava le labbra, mentre lo guardava.

"Ha un sapore salato e amaro allo stesso tempo."

"Cazzo, Lex. Mi farai morire," le disse tutto d'un fiato. Le mise una mano dietro al collo per tirarla più vicina. "Buongiorno, dolcezza. Vieni qui. Baciami."

Senza esitare, senza staccare le mani dalla sua erezione, si appoggiò con la mano che aveva libera per raggiungerlo con la testa.

Blake la baciò lentamente, sentendo il gusto lontano del suo uccello sulla lingua di lei, che trovava eccitante. Esplorò con calma la sua bocca, resistendo alla tentazione di girarla e di scoparla con una forza tale da impedirle di muoversi per le ore a venire.

Ma la sua verginità gli impedì di scattare. Avrebbe avuto tutto il tempo di prenderla in quel modo, in seguito, ma quel mattino era per lei... era la *sua* prima volta. Non avrebbero mai avuto un'altra prima volta, voleva che fosse un ricordo indimenticabile... per entrambi.

Lei gli accarezzava l'uccello con leggerezza incerta, con la sua manina morbida, era un contatto incredibilmente erotico. Alexis alzò la testa e gli chiese sottovoce, piena di amore e di desiderio, ma anche con un po' di incertezza negli occhi grandi e marroni: "Fai l'amore con me?"

"Con piacere, dolcezza," le rispose Blake, allungando una mano per togliersi la mano di lei dall'uccello. Poi si girò, mettendosi sopra di lei. Spinse i pantaloni di flanella, togliendoseli completamente.

Poi si appoggiò sui gomiti, vicino alle spalle di lei, prendendole i capelli con le mani e tenendole ferma la testa. Il corpo di Alexis era caldo e morbido sotto di lui, Blake poteva sentire i suoi capezzoli turgidi che si strofinavano sul suo petto. Sentiva sulla pancia anche i peli pubici ben curati, mentre lei si muoveva sinuosamente sotto di lui, quasi senza accorgersi. Alexis alzò una gamba e gliela mise dietro i lombi, facendogli sentire sul fianco di essere già bagnata, poi lo tirò giù, per fargli appoggiare il peso sul suo corpo, affondando le unghie delle mani nei suoi bicipiti.

Alexis si leccò le labbra, Blake la sentì muovere il fianco sotto di lui, come se il solo pensiero di cosa stavano per fare la eccitasse.

"So che sembrerò scemo, davvero," mormorò Blake, giocherellando con i capelli di Alexis mentre parlava, "ma non posso fare a meno di gioire, perché sono il tuo primo uomo, Lex. Sarò il primo a vederti crollare, il primo a succhiare di gusto le tue tette e la tua passera. Sarò il primo a toccarti il clitoride e poi il primo a infilarti dentro le dita, a sentire quanto sarai calda e bagnata, mentre godi con dentro le mie dita." Blake abbassò il tono di voce, si abbassò ulteriormente, appoggiandosi a lei, strofinandole col petto i capezzoli, duri come rocce. "Sarò il primo a essere dentro di te. Non sai che dono sia, ti giuro che non te ne pentirai."

"Non sei affatto uno scemo," gli rispose Alexis, stringendogli debolmente le braccia con le mani, per cercare di rassicurarlo. "Magari un po' all'antica, ma penso che vada bene così. Ora... pensi di riuscire a smettere di *parlare* di tutte le cose che mi vuoi fare, per cominciare a farle?"

Blake rise e sorrise. Era davvero unica, Lex, fare l'amore con lei sarebbe stato divertente ed eccitante. "Sì, tesoro, posso smettere di parlare. Ma dovresti sapere che... dobbiamo agire tutti e due. Non avere paura di toccarmi come vuoi. Sono felice se anche tu esplori."

Gli occhi di Alexis si accesero, pieni di interesse. "Davvero?"

"Davvero. Voglio trovare tutti i punti dove ti ecciti, se ti tocco, voglio che anche tu faccia lo stesso. Sarò felice di farti da cavia. Cominciamo da qui," le disse, spostandosi in modo da strofinarle i capezzoli col pollice. "I capezzoli possono essere molto sensibili, oppure no. Dipende dalla persona. Ora, penso che i tuoi siano più del tipo sensibile. Poi vedremo se puoi o meno venire anche solo quando te li succhio e quando ci gioco."

Blake fece scorrere le unghie sui suoi capezzoli minuti, sorridendo mentre lei inarcava la schiena, avvicinandosi alle sue mani e affondando ancor più le unghie nei suoi bicipiti. Non aveva dei seni enormi, erano della misura giusta per le grandi mani di lui. Glieli prese, glieli strinse, facendo attenzione a non esagerare con la forza. Li fece gonfiare, accarezzandoli nel frattempo coi polpastrelli.

Alexis gemette a quel tocco.

"Ti piace?"

"Oh santo cielo, sì. Come mai non è lo stesso quando me li stringo io?" gli chiese.

Blake sentì l'uccello che fremeva. "Te li sei toccata da sola?"

"Sì, un paio di volte," rispose lei con un filo di voce. "A volte, prima di venire, se mi pizzico un capezzolo il mio orgasmo arriva prima."

"Forte," replicò Blake. "Sei così eccitante. Non vedo l'ora di guardare, mentre ti tocchi."

Alexis spalancò gli occhi per osservarlo. "Ti piacerebbe?"

"Eh sì, certo. Agli uomini piace guardare. Il pensiero di guardarti esplodere, mentre sono sdraiato al tuo fianco, è senza dubbio tra le mie fantasie."

Lei non rispose, ma lo fissò e si mise ad ansimare, con un sorrisetto malizioso.

"Vediamo se ti piace anche farteli succhiare." Blake si abbassò su di lei, spingendo col suo membro indurito contro il letto, tra le gambe di lei, sperando di cuore di riuscire a mantenere il controllo, andandoci piano, per scoprire tutti i modi in cui poterle dare piacere, senza perdere il controllo. Era una benedizione, ma anche una tortura, che le donne potessero venire più volte in così poco tempo. Una benedizione, perché così avrebbe potuto farla esplodere più volte, una tortura, perché il suo istinto gli diceva che vedendola raggiungere l'orgasmo anche lui sarebbe arrivato al limite.

Le mani di Alexis fremettero sui fianchi di Blake, quasi come se non sapesse dove metterle. "Alza le mani e attaccati alla testiera del letto," le suggerì lui. "Sarà più comodo che cercare di attaccarti alle lenzuola."

Il picco di piacere che sentì, vedendola obbedire immediatamente, fece respirare Blake con forza. Non era abituato a dare ordini alle donne, specialmente non a letto, ma c'era qualcosa di estremamente eccitante nel vedere Alexis, una donna che non si faceva mettere sotto da nessuno, fare ciò che le chiedeva, appena glielo chiedeva.

Blake si abbassò subito per prendere in bocca uno dei suoi capezzoli. Lo spinse più volte con la lingua, gli piaceva il suono che faceva, quando gli usciva dalla bocca. Lei inarcò la schiena e si spinse più vicina a lui, pregandolo in silenzio di continuare a toccarla.

Mentre si impegnava con le labbra e con la lingua su uno dei capezzoli, pizzicò leggermente l'altro con il pollice e l'indice di una mano, giocherellando mentre continuava a mordicchiare, facendo attenzione a non mordere troppo forte.

Lex sollevò i fianchi più che poteva, facendo in modo di strusciare il clitoride contro di lui. "Hai bisogno di qualcosa, Lex?" la stuzzicò Blake, andando con la mano libera a proseguire ciò che aveva appena interrotto con la bocca, sul suo capezzolo. Continuò a stimolarle entrambi i capezzoli, mentre nel frattempo si leccava le labbra. Lei era una meraviglia.

"Ti prego, Blake," lo pregò.

"Ti prego cosa, dolcezza?" le chiese.

"Che bello," gemette Alexis, con gli occhi stretti, mentre lui continuava a tormentarla con le dita.

"Vuoi vedere se riesci a venire solo con le mie labbra e con le mie mani sulle tette, Lex?" le domandò Blake, usando parole un po' spinte per scoprire se le piacesse andare un po' sullo sconcio.

Lei aprì gli occhi, poi abbassò la mani da sopra la testa e le usò per spingere i propri seni più verso di lui, dai lati. I loro sguardi si incontrarono, poi lei disse: "Non penso sarà un problema, Blake. Ti prego, torna qua con la bocca. Mi piacciono molto i tuoi denti. Non aver paura, dacci dentro. Penso che mi piacerà."

"Porca troia, Lex," imprecò Blake, per poi leccarsi le labbra e asserire fermamente: "Se faccio qualcosa che non ti piace, che *non* ti fa star bene, non avere timore di dirmelo. Starei malissimo, se mi accorgessi di averti fatto male."

"Lo farò," sussurrò Alexis. "Ti prego... fammi venire. Ne ho un bisogno disperato."

Senza aggiungere altro, sempre fissandola negli occhi, Blake tornò giù, sui suoi seni. Tornò a stimolarla con le mani, stringendoli e spingendoli ancor più di quanto non avesse fatto lei, poi prese in bocca capezzolo e areola e succhiò... forte.

Lei chiuse gli occhi e si lasciò sfuggire un gemito acuto, spingendo il proprio corpo contro di lui con maggior forza. Alexis cercò istintivamente di chiudere le gambe, ma Blake si mosse coi fianchi tra le sue cosce, costringendola a tenere la gambe aperte... aumentando la sua eccitazione.

Lui continuò a succhiare, stringendole i seni carnosi, poi portò l'altra mano sull'altro capezzolo e cominciò a tirarlo, fino a sollevarle il seno. Lei si agitava e continuava a gemere il suo nome.

Poi lui si spostò sull'altro seno, con la bocca sul capezzolo che aveva fino a quel momento stimolato con la mano, andando con le dita a tirare, girare e stringere l'altro. Blake andò avanti e indietro, cambiando i tempi e i modi in cui solleticava e stimolava i capezzoli.

Infine, lasciò andare con la bocca e andò avanti con le sole mani, usando le dita su entrambi i capezzoli allo stesso tempo.

"Sei sexy da impazzire, Lex. Guardati, stai gocciolando. Non ho mai visto così tanta rugiada prima. Le lenzuola sono piene, hai un profumo così buono, un misto di sapone e di sesso. Non vedo l'ora di affondare la mia lingua dentro di te, di leccare tutto quel nettare. Il tuo corpo mi vuole, mi sta invitando a spingere il mio uccello dentro di te. E le tue tette... mamma mia, dolcezza. Incredibile, quanto sono sensibili, è meraviglioso. Hai i capezzoli duri come diamanti. Ti piace quello che faccio?" Blake tirò entrambi i capezzoli fino al limite e la vide girare la testa all'indietro, mentre lei si stringeva i seni così forte che le sue nocche stavano sbiancando.

Blake aggiunse un pizzicotto a ciascun capezzolo, continuando a tirare verso l'alto. Prima insieme, poi uno alla volta, cambiando l'ordine, senza mai lasciarli andare. Guardò giù, vide che la pancia di Alexis ansimava, le sue gambe tremavano. "Stai per venire, Lex? Mi fai vedere quanto ti piace? Ti piace come torturo queste belle tette, non è vero? Penso che dovremo provare qualche giochetto. Mi piacerebbe andar fuori a mangiare mentre hai dei morsetti attaccati ai capezzoli... così ogni volta che ti muovi te li senti tirare..." Intanto le faceva sentire con dei pizzicotti, tirando brevemente varie volte i suoi seni, ora ipersensibili. "E scommetto che potrei metterti la mano sotto la gonna là sul posto, al tavolo, per farti venire con una sola carezza sul clitoride."

"Blake, ti prego... santo cielo... ci sono quasi."

Lui avrebbe voluto schiantarsi nella sua stretta guaina, che pulsava ritmicamente verso l'alto, verso di lui. Ma voleva provocarle l'orgasmo senza nemmeno toccarle il clitoride o la passera. E sapeva come farlo.

"Guarda giù, Lex. Guarda le mie braccia che giocano con le tue tette. Guardami."

Lei aprì gli occhi e girò di scatto il mento verso il basso, andando con gli occhi a guardare il suo braccio destro. Blake fece in modo di flettere i muscoli di quel braccio, mentre tirava e girava il suo capezzolo. Le pupille di Alexis si dilatarono, il suo respiro si fece più affannoso.

Blake continuò a pizzicare e tormentare i suoi seni, sempre flettendo i muscoli delle braccia. "Ecco, Lex. Aspetta di vedere cosa succede appena di tocco con le dita. Puoi guardare mentre ti faccio venire, non riuscirai mai più a guardare le mie braccia senza pensare a com'era avere le mie dita nella tua passera."

Fu lo stimolo che serviva. Blake poté quasi sentire l'orgasmo partirle dai seni, scendere allo stomaco e attraversare i nevi tra le sue gambe. Ogni muscolo del corpo di Alexis si tese, spinse i fianchi verso l'alto, le sue natiche si strinsero, mentre la testa slanciata all'indietro gemeva nel picco del piacere. L'orgasmo le fece scuotere i fianchi, Alexis spostò le mani dai propri seni alle braccia di Blake.

Lui provò piacere per il graffio leggero delle unghie di lei, che affondavano nella sua carne. Non tanto da rompere l'epidermide, ma di sicuro abbastanza da lasciare i segni delle mezzelune delle unghie per un bel po' di tempo.

Alexis non emise alcun suono, aprì la bocca come in una grande *O* mentre si dimenava sotto di lui, persa nell'euforia del suo orgasmo. Blake tenne stretti i seni per un po', poi allentò lentamente la presa fino a trasformarla in una carezza delicata su tutto il suo petto. Le passò le mani sul collo, poi sui seni, fino alla pancia, per poi tornare verso il collo. Continuò ad andare su e giù con le mani, accarezzandola mentre lei si calmava dopo l'orgasmo.

Quando Alexis rilassò i glutei appoggiandoli al letto, era tutta coperta di sudore e ansimava ancora.

Sentendosi estremamente fiero di se stesso, fiero di *lei*, Blake si spostò sopra di lei fino ad appoggiare il suo uccello duro sulle sue pieghe bagnate, poi le chiese con voce morbida:

"Che ne pensi del tuo primo orgasmo, provocato da un uomo, dolcezza?"

Alexis aprì leggermente gli occhi, portando le mani sulle braccia di lui, poi nei suoi capelli, stringendoli leggermente. Lasciò andare un sospiro tremante e rispose domandando: "Ma cosa vuoi che *pensi*, in questo momento?"

Blake fece un gran sorriso. "Sei meravigliosa, Lex. Volevo solo fartelo sapere."

"Ti dico sempre anch'io la stessa cosa," lo provocò scherzando, con un sorriso pieno di amore.

"Vuoi godere ancora, o va bene così?" Pur potendone soffrire, si sarebbe fermato per lasciarle gustare quell'orgasmo, fosse stato quello che voleva. Per quanto lei credesse fosse *lui* a portare avanti il rapporto, per la prima volta lui comprese che era proprio il contrario. Avrebbe potuto comandarlo come e quando voleva... e lui non avrebbe cambiato per nulla al mondo.

"Ancora," fu la sua risposta immediata. Orientò i fianchi verso l'alto, strofinandosi ancora contro il suo pene eretto. "Ti voglio dentro di me. Adesso."

"Con te voglio fare molto di più. Voglio esplorare tantissimo," le disse Blake, senza riuscire a fermare il suo uccello, che lentamente andava su e giù tra le gambe di lei, lubrificandosi con i suoi succhi, gustando il calore e il bagnato di quel contatto. Faceva sempre in modo di sfiorare con la punta del pene il clitoride, ogni volta che si muoveva tra le sue gambe.

"Più avanti. Hai detto che anch'io posso giocare, senz'altro lo farò. Ma per ora ho bisogno di te, Blake. Sarò anche venuta, ma mi sento vuota. È come se il mio corpo sapesse quello che vuole, cioè te. Dentro. Ti prego. Ho aspettato abbastanza a lungo."

Blake sentì il pene tremare, sapeva che il liquido seminale era pronto a uscire dalla punta del suo uccello, per andare a bagnare la pancia e i peli pubici di Alexis. Non era mai stato così eccitato in tutta la vita. "Vuoi che mi metta un profilattico?" le chiese, a denti stretti. Ne avevano già parlato, ma voleva che lei fosse sicura. Si abbassò su di lei, con i pugni chiusi appoggiati al letto, vicino al petto di Alexis. Anche mentre le parlava, non riusciva a fermare i suoi fianchi, che continuavano a muoversi avanti e indietro sulla sua passera bagnata. Scivolava facilmente, l'orgasmo e l'eccitazione di lei gli fornivano lubrificazione più che sufficiente.

"No," gli rispose Alexis, guardandolo direttamente negli occhi. "Ne abbiamo già parlato. Io sono protetta e mi fido di te. Voglio te, *solo* te. Ti prego, Blake. Scopami."

"Dannazione," sussurrò Blake. "Non riesco più a resistere. Non sono mai stato così eccitato. Mai. Fidati di me, dolcezza."

Alexis non rispose a parole, ma allargò le gambe più che poteva, appoggiando la pianta dei piedi al letto, all'esterno del corpo di lui. Lasciò che le ginocchia si separassero naturalmente, fino a esporsi completamente a lui. Non nascondeva nulla, era come se gli offrisse la sua verginità su un piatto d'argento.

Blake guardò giù, tra i loro corpi, e gemette. Era completamente divaricata, con i fianchi alzati e la passera bagnata. Poteva vedere le tracce della sua eccitazione non solo sul proprio uccello, ma anche tra le cosce di lei. Si allungò per prendere un cuscino, glielo spinse sotto i fianchi, per aiutarla a tenere quella posizione. Poi tornò a prendersi la base dell'uccello, strofinando la cappella su e giù sul clitoride, ora con più forza, premendo sul clitoride ogni volta che si spostava in su. Ad ogni colpo, lei sussultava sotto di lui.

Alexis si aggrappò dietro le proprie ginocchia, alzandole ulteriormente, per aprirsi ancora di più, per lui. "Fallo, Blake," gli ordinò, con voce bassa e roca. "Fammi tua."

Non riuscendo più a trattenersi, spinto oltre il punto di non ritorno da quelle parole eccitanti, Blake inserì la punta del suo pene nell'apertura di lei. Lei lo stava tirando dentro con i muscoli, mentre lui respirava estasiato da quella visione così erotica. "Sei tremendamente sensuale," sbottò, spingendosi in lei e mettendole le mani sotto al sedere, per sollevarla di più.

I muscoli interni di Alexis si contraevano intorno a lui, quasi come a spingerlo più in dentro. Blake tirò indietro i fianchi di pochi millimetri, poi si spinse in dentro poco più di prima. Cominciò a sudare, non voleva fare altro che spingere il suo uccello tutto dentro, nella sua accogliente e calda guaina. Ma non voleva farle male. Si spostò fino a tenerle le natiche con una sola mano, poi portò l'altra mano tra le gambe di lei, tornando a massaggiarle il clitoride col pollice. Dopo un solo tocco, entrambi gemettero e lei scattò di eccitazione.

Lex si abbassò di scatto, facendolo entrare un altro po'. Blake poteva vedere vere e proprie gocce di eccitazione uscire da Alexis, mentre la penetrava.

"Di più, Blake. Di più," lo pregava Alexis, guardando in basso, dove si stavano unendo.

Blake si tirò indietro, poi spinse di nuovo dentro di lei. Fece lo stesso movimento varie volte, sempre accarezzandole delicatamente il clitoride, per tenere alta la sua eccitazione, senza però volerla ancora spingere all'estremo.

"Ti fa male, Lex? Per nulla?"

Lei fece freneticamente di no con la testa, liberandosi i capelli tutt'intorno. "No, mi sento riempita, ma non fa male. Mi piace. Continua."

Alexis alzò le dita dei piedi, dietro la vita di lui, mentre Blake affondava di più, penetrandola più di prima. Una goccia di sudore gli scendeva dalla tempia. Lei gli piaceva tantissimo. Era stretta, bagnata, calda. Non si era mai sentito così.

"Sìììì," gemette Alexis, cercando di spingere più in alto i fianchi per sentirlo tutto.

Blake si mosse, agganciando con un braccio una delle gambe di lei, poi fece lo stesso con l'altra gamba. Si tirò più vicino ai fianchi di lei, liberandosi così le mani, ma, più importante, facendole ruotare completamente i fianchi per avere il controllo totale della velocità e della profondità delle sue spinte.

"Continua a guardare, tesoro," le ordinò, lei non aveva tolto gli occhi dal suo pene, nel punto in cui si stavano unendo carnalmente. "Metti una mano giù tra di noi, sentimi. Prendimi le palle."

Lei si spostò rapidamente, piegandosi per portarsi una mano tra le gambe, Blake sentì uno spruzzo di liquido uscirgli dall'uccello, proprio quando lei gli massaggiava con esitazione i testicoli; sentendolo gemere dal piacere, lei si fece più decisa. Passò con le dita sulla parte di pene che non era dentro di lei. "Non posso credere che tu non sia già tutto dentro."

"Sei pronta per me, Lex? Per avermi tutto?"

"Oddio, sì." Lei lo guardò dritto negli occhi, lui quasi perse il controllo, vedendo tutta la tenerezza e l'amore che brillavano in quegli occhi. "Fammi tua, Blake."

Lui non riuscì più a controllarsi; si mosse senza pensare, non si fermò fino a sentire i suoi testicoli sbattere contro il sedere di lei, con l'uccello che cercava di rifugiarsi nel suo ventre.

Gemettero entrambi, mentre lui la penetrava completamente, flettendosi dentro di lei. Blake rimase fermo immobile, con la testa piegata, a guardare i loro peli pubici mescolati insieme.

"Tu, questo..." balbettò Blake. Le parole non gli uscivano di bocca. Era una sensazione perfetta. Non voleva muoversi, voleva imprimersi quel ricordo nella memoria. La sensazione di averla tutt'intorno, il modo in cui gli accarezzava le palle con le dita, come ansimava ogni volta che lui muoveva i fianchi contro i suoi. Santo cielo. Avrebbe anche potuto morire l'indomani, sapendo di avere toccato la perfezione."

"Ti amo, Blake," sussurrò Alexis. "Ti amo tantissimo."

"Lex," gemette Blake, sentendo il bisogno di muoversi. Aveva quasi paura di muoversi anche solo di un centimetro, temeva di esplodere prematuramente.

Poi lei si mosse sotto di lui, facendogli così perdere il controllo. Lui si tirò indietro fino a uscire quasi completamente, poi spinse di nuovo dentro, con forza. Lo fece ancora, di nuovo, gemendo nel profondo della gola ad ogni spinta. Era vicino, incredibilmente pronto. Il pensiero di riempirla con il suo seme gli spingeva l'orgasmo più alla svelta.

"Toccati, Lex. Strofinati il clitoride e fatti venire."

Senza alcuna esitazione, senza pudore, lei portò la mano che aveva libera tra le sue gambe, facendo scivolare le dita lungo il suo uccello, quando lo tirava fuori, ricoprendole con i loro succhi, combinati, prima di portarle sul proprio clitoride per strofinarlo. Si muoveva veloce e con forza.

Non partì lentamente, cominciò subito a masturbarsi rapidamente, sapendo esattamente cosa le piaceva in quel momento.

Blake la sentiva agitarsi sotto di lui, così la sua eccitazione raggiunse un picco estremo. "Cazzo, Lex. Ci sono. Vieni anche tu." Lei cominciò a muovere i fianchi sotto quelli di lui. "Scopa il mio cazzo, tesoro. Prendi quello che vuoi."

"Santo cielo, Blake. Che... ehm... bello. I miei giocattoli non sono così. Nemmeno lontanamente. Oddio, sono così piena di te, sei così dentro... adesso vengo..." E senza aggiungere altro chiuse gli occhi e raggiunse l'orgasmo per la seconda volta, quel mattino.

Facendolo, strinse così forte l'uccello di Blake, che lui per un momento non riuscì a muoversi, sentendo le pulsazioni interne e ogni scatto dei suoi muscoli, mentre lei raggiungeva il picco del piacere intorno a lui.

La mano di Alexis cadde dal clitoride, in preda all'estasi, così Blake si spostò, lasciandole abbassare una gamba per portare una mano tra le gambe di lei. Continuò a premere contro il suo clitoride indurito, ora ben esposto, per prolungarle l'orgasmo. Lei urlò, alzò le mani per afferrargli i bicipiti, lasciandogli sulle braccia altri segni di mezzelune con le unghie, simili a quelli che gli aveva lasciato prima.

Mentre Alexis veniva, Blake spinse forte dentro di lei. I suoi testicoli le colpivano il sedere ad ogni spinta, mentre lui continuava a gemere dalla gola. Non pensava ad altro che a provocarsi l'euforia dell'orgasmo. Sapeva che quella volta sarebbe stato più forte e più intenso di sempre... semplicemente grazie a Lex.

Alla sesta spinta, Blake rimase il più possibile dentro ad Alexis, venendo. Continuò ad eiaculare copiosamente. Le liberò dentro più seme di quanto potesse ricordarne in tutta la vita. Sentì che il suo sperma tracimava all'esterno, dove la penetrava, ma non poteva interessargli minimamente.

Avevano fatto sesso in modo caotico, sporco, l'esperienza più incredibile della sua vita. Se era stato così bello con Alexis da vergine, Blake si sentiva condannato, o forse benedetto, perché sarebbe stato un uomo distrutto ogni volta che avrebbero fatto l'amore.

Dopo essersi svuotato, Blake lasciò cadere attentamente l'altra gamba di Lex, che lei prontamente portò intorno ai fianchi di lui; poi Blake si abbassò fino a trovarsi sospeso su di lei. Erano entrambi sudati, appiccicaticci, ma a lui non interessava. Facendo attenzione a non uscire da lei, fece girare entrambi fino a trovarsi di nuovo sotto di lei.

Alexis piegò di più le gambe, fino ad avere le ginocchia vicine ai fianchi di lui, per poi affondare la testa nel suo collo. Aveva le braccia appoggiate al suo petto, con i palmi delle mani ben distesi sulla sua pelle.

Blake poteva sentire il suo respiro caldo sulla pelle,

sentiva il cuore batterle forte nel petto. Sentì anche il suo sperma che gocciolava fuori, dove erano ancora uniti, bagnandogli i testicoli e le lenzuola sotto i loro corpi, ma a lui non interessava. Era così sazio dell'amore per la donna che era sdraiata su di lui, che non poteva muoversi minimamente.

Blake fece andare le dita della mano su e giù sulla spina dorsale di Alexis, una carezza delicata, poi le fece girare la testa e le baciò la fronte sussurrando: "Senza alcun dubbio il migliore orgasmo in assoluto della mia vita. Grazie, dolcezza. Non dimenticherò questo momento per tutta la vita."

Lei alzò di poco la testa, guardandolo in faccia. Aveva gli occhi pieni di lacrime, per un secondo Blake temette di averle fatto male.

"Sono così contenta che sia stato tu. Ti amo, Blake Anderson."

"Anch'io ti amo, Alexis." Alzò il mento e portò le labbra su quelle di lei. Si baciarono con leggerezza, mentre il picco della loro euforia andava scemando.

Quando il suo uccello afflosciato finì per scivolare fuori dalla sua vulva bagnata, Alexis si imbronciò: "Mi piace averti dentro."

"Anche a me piace starti dentro, tesoro, ma dovrai darmi un attimo per riprendermi. Mi hai completamente stravolto."

Lei ridacchiò, poi arricciò il naso. "Ehm... siamo tutti sudati... e..." Poi si mosse su di lui, sentendo il suo sperma che le usciva.

"Doccia?" domandò Blake.

Lei annuì rapidamente. "Sì, non vedo l'ora di provare la tua doccia doppia. Da sola è molto bella, ma ho la sensazione che sarà tutta un'altra cosa, con te."

Blake reagì con una smorfia maliziosa, sentendo con grande sorpresa il suo uccello che reagiva scattando a quelle parole. Dette un'occhiata all'orologio vicino al letto. Si accorse soddisfatto che avevano molto tempo per giocare, prima di dover tornare a Castle Rock.

Si mise seduto alla svelta, ignorando il gridolino di sorpresa di Alexis. Le prese i fianchi e la avvicinò, mentre si spostava verso il bordo del letto. Si alzò in piedi, Alexis stava ridendo, avvinghiata a lui, che la portò in bagno.

"Una doccia per due, in arrivo," scherzò, mentre Lex si teneva stretta, avvolgendo le braccia alle sue spalle.

CAPITOLO QUATTORDICI

QUEL MATTINO, nella doccia, Alexis aveva detto a Blake di non aver mai osservato da vicino l'uccello di un uomo. Così era partita una lezione di anatomia, con tanto di dimostrazione pratica, Blake le aveva fatto vedere esattamente come gli piaceva farsi toccare, cosa gli faceva perdere la testa... con le mani e con la bocca.

E *così* anche Blake aveva finito per inginocchiarsi davanti a lei, per mostrarle quanto fosse bello, quando un uomo ricambiava quelle attenzioni. Le aveva procurato un altro orgasmo molto forte, solo con la bocca e con le dita, fino a farla quasi cadere in ginocchio, se non l'avesse tenuta su lui, dai fianchi.

Alexis sorrise, ripensando a quanto era stato tutto naturale, quella mattina. Aveva temuto di sentirsi strana, nei confronti di Blake, dopo aver fatto l'amore; invece era ancora più a suo agio, con lui vicino. Era lo stesso uomo di sempre: premuroso, gentile, sempre e comunque scherzoso.

Si erano seduti sul divano dopo aver mangiato qualcosa, avevano riso e scherzato, mentre aspettavano che i suoi jeans si asciugassero. Nel frattempo, Alexis aveva indossato un paio di boxer e una maglietta di Blake. Avevano anche parlato della notte precedente. Lei gli aveva raccontato le sue paure, per la banda degli Inca Boyz, avevano parlato dei genitori di Blake, dei suoi fratelli, perfino di Grace e di quanto le era accaduto qualche mese prima.

Era stato tutto molto rilassante, normale... una mattinata positiva.

"Stai bene stamattina?" le chiese Blake, andando avanti e indietro con la mano sulla coscia di Alexis. "Troppo gonfia?"

Alexis si accorse che stava diventando rossa, ma fece cenno di no con la testa. "No. Stanotte non mi hai fatto male, per nulla. Forse un po' sensibile... sei più grande del mio vibratore, ma niente di che. So di avertelo già detto, ma sono contenta di avere aspettato. Hai reso la mia prima volta un'occasione davvero speciale, Blake. Ti ringrazio."

Lui le prese la mano e se la portò alla bocca, sorridendo in modo complice e malizioso. "No, grazie a *te*, Lex. Non ho mai fatto l'amore con una vergine, prima, ero nervoso. Non avevo capito prima quanto significasse per me. Quanto sarebbe stato importante, intenso."

"Davvero *intenso*, vero?" gli domandò Alexis. "Pensi che sia stato così perché era la nostra prima volta?"

"Forse. Ma ho la sensazione che con te ogni volta sarà così," le rispose Blake, con gli occhi che esprimevano chiaramente l'amore e la tenerezza che provava per lei, mentre le sistemava una ciocca di capelli dietro l'orecchio.

"Lo spero," replicò Alexis spontaneamente, girando la testa e intrappolandogli per gioco la mano sulla spalla.

Sentirono suonare la campanella dell'asciugatrice, che li avvisava che il ciclo era finito, i vestiti di Alexis erano pronti. "Hai tutto pronto?" le chiese Blake. "Se no possiamo fermarci a quella boutique in città, prima della riunione, così se vuoi ti puoi prendere una maglia nuova. A me non interessa un fico secco di cosa indossi (sei bella in ogni caso), ma so che magari ti sentiresti più a tuo agio a cena indossando qualcosa che ti sta meglio della mia maglietta."

Quel suggerimento era stato molto premuroso da parte di Blake, Alexis fu molto felice di accettare quella offerta. Non voleva presentarsi alla riunione coi fratelli Anderson e con gli ispettori della squadra speciale, per poi andare fuori anche con Grace, indossando la maglietta della sera prima, stile militare, di due taglie più grande, che praticamente diceva "ho passato la notte con Blake Anderson e non avevo niente da mettermi il giorno dopo."

Mentre andavano in ufficio, si fermarono nella boutique, così Alexis poté comprarsi una maglietta color blu abbottonata sul davanti con le maniche a tre quarti. Aveva uno scollo a V e si stringeva leggermente verso la vita.

Arrivarono alla Ace Security verso le due del pomeriggio.

Nathan e Logan aspettavano Blake e Alexis nel salone sul retro. Quando entrarono, Logan salutò: "Ciao, Alexis."

"Ciao," gli rispose lei, sorpresa che Nathan non avesse nemmeno alzato lo sguardo dallo schermo del computer, quando erano entrati. Non era un tipo di molte parole, soprattutto se non aveva nulla di particolare da dire. Quando Alexis aveva cominciato a lavorare con Blake, agli inizi, pensava che Nathan non la potesse sopportare, ma aveva poi capito che era solo fatto così.

"Ragazzi, siete riusciti a riguardare i nastri?" domandò Blake.

"Sì, abbiamo finito giusto un'ora fa," rispose Logan.

"Mi dispiace non essere stato presente ieri sera," disse Nathan ad Alexis. "Hai gestito tutta la situazione in modo veramente ottimo. Sei rimasta lucida, non hai vomitato su quello stronzo di Chuck."

Alexis non poté trattenere una risata esplosiva. Se glielo avessero chiesto prima, mai e poi mai avrebbe creduto di poter ridere sul bacio di Chuck, con quel fiato schifoso, ma chissà come Nathan era riuscito a dire le parole giuste per farla ridere. "Ah, grazie. Credo."

Anche gli altri risero, mentre si incamminavano intorno a un grande tavolo, usato di solito per le riunioni con i clienti e con gli avvocati, a volte anche alla presenza della polizia. Blake estrasse una sedia da sotto al tavolo per Alexis, che si accomodò, notando che poi lui si preparava una sedia vicino a lei, per poi sedervisi.

"Vuoi venire anche tu, Nathan?" domandò impaziente Logan.

"Cominciate pure senza di me," rispose lui, sempre senza distogliere l'attenzione da ciò che stava seguendo al computer, qualunque cosa fosse ad affascinarlo così tanto.

Logan e Blake reagirono con un minimo cenno del capo, erano abituati all'originalità di Nathan. Quando aveva in mente qualcosa, non si arrendeva e arrivava fino in fondo.

"Ho cominciato a stilare un elenco degli appartenenti alla banda che erano presenti ieri sera, anche delle donne. Ho cercato di far combinare le descrizioni fisiche registrate nel video, aggiungendo accenti, tatuaggi, segni particolari. Ho avuto tempo solo di controllare un paio di volte, prima che arrivaste, però, poi Nathan è stato distratto da altro, quindi se poteste aiutare, lo apprezzerei," disse Logan, sia ad Alexis che a Blake.

Alexis sentì la mano di Blake sulla propria, appoggiata alle gambe. Senza accorgersi, aveva stretto le mani così forte che le dita stavano diventando bianche.

"Perché non vai a sederti con Nathan, magari ha bisogno di una mano. Qua posso bastare io, con Logan," suggerì Blake ad Alexis, con uno sguardo un po' preoccupato.

Alexis avrebbe voluto in realtà protestare e dirgli che avrebbe ascoltato e guardato volentieri i nastri e le registrazioni della sera precedente, ma non riuscì. Non aveva *alcuna* voglia di vedere di nuovo Chuck o Kelly, o gli altri della banda, mai più.

"Va bene, grazie. Sei d'accordo, Logan?" chiese, alzando le sopracciglia mentre parlava.

Logan era sempre il più duro tra i tre fratelli, ma quando le rispose non aveva negli occhi altro che comprensione: "Nessun problema. Anzi, vedi se riesci a capire da Nathan che cosa sta combinando, ti va? Poi ti chiamo quando abbiamo finito, così possiamo rivedere insieme i nostri appunti e potrai aggiungere altro, se vuoi."

Alexis annuì, sollevata, fece per alzarsi, quando Blake le appoggiò una mano sul braccio e le si avvicinò. Lei fece altrettanto senza pensarci, ruotando la testa all'indietro per porgergli le labbra, mentre lui la baciava.

Nessuno disse una parola, Alexis seguì il loro esempio, ridendo di sottecchi mentre si avviava verso Nathan. Prese una sedia e si accomodò vicino a lui.

"Posso esserti utile?" Alexis non era certa di sentirsi rispondere, ma sorprendentemente così fu.

"Sì. Dimmi cosa ti ricordi di Kelly e degli altri, cosa dicevano dell'ex ragazza di Donovan?" le chiese Nathan, togliendo lo sguardo dalla tastiera e appoggiando un gomito sul tavolo, davanti a sé. La fissava dritto negli occhi molto intensamente, con una forza che Alexis non gli aveva mai visto esercitare prima. Nathan era un tipo tranquillo. Quello a cui sembrava non interessare troppo, non sembrava coinvolto quanto i suoi fratelli. Ovviamente si era fatta un'idea completamente sbagliata su di lui. Forse alcune cose non gli interessavano, ma quando faceva eccezione, mamma mia, che intensità.

"Vediamo... ho avuto l'impressione che Kelly uscisse con lui, ma uno degli altri tipi, ho dimenticato chi fosse, ha detto qualcosa, che Donovan frequentava ancora la sua ex e che quando sarebbe uscito dal carcere avrebbe cercato di riconquistarla. Mi sbaglierò, ma mi è sembrato che a nessuno facesse piacere che se n'era andata. Sembra che sia sfuggita, scappata dalla banda, qualcosa del genere."

"Qualcuno ti ha detto il suo nome?"

Alexis ci pensò un momento, poi fece cenno di no col capo. "No, non credo proprio. Kelly non era affatto contenta. Era evidente che voleva stare con Donovan, era irritata per l'ossessione di lui per quell'altra."

"Kelly è più grande delle altre donne presenti ieri sera, vero?" le domandò Nathan, sempre fissandola con uno sguardo penetrante.

Alexis si concentrò per non mettersi a giocherellare con le dita mentre Nathan la fissava. "Beh, sì. Ovviamente, non ho chiesto a nessuno di vedere dei documenti d'identità, ma sembravano tutte ragazzine in età da scuole superiori. Quando mi stavo nascondendo dall'altra parte dello steccato, Kelly stava dando a una di loro un consiglio, le diceva di lasciar fare a quei tipi quello che volevano, sessualmente, per poter far carriera nella banda."

Nathan annuì e infine tornò a guardare lo schermo del suo computer. "Proprio come pensavo. Non trovo alcun cenno a una ex ragazza, da nessuna parte. Sto facendo varie ricerche, spero che salti fuori, ma è curioso che qualcuna, che è uscita con il capo della banda, possa sparire senza lasciare traccia."

"Ora che me lo fai notare, devo dire che è *davvero* strano," concordò Alexis. "Cioè, se esci col boss dei boss, poi non rimarresti comunque nei paraggi? Anche non stando più insieme al capo, avrebbe comunque del potere sulle altre ragazze. Pensi che le sia successo qualcosa?"

Nathan annuì. "Esatto, altrimenti perché Donovan la rivorrebbe indietro?"

"Vero," rifletté Alexis, che poi rimase in silenzio a guardare le dita di Nathan che volavano sulla tastiera. Poi gli chiese: "Vuoi che ti aiuti?"

"Sì. Prova a fare qualche ricerca su Facebook (io odio quel

postaccio), sarebbe utile," rispose Nathan, sempre concentrato sul suo computer.

Lieta di poter fare qualcosa, Alexis spinse indietro la sedia e andò a mettersi alla sua scrivania. Accese il computer e si perse felicemente nel suo incarico di rintracciare la misteriosa ex ragazza di Donovan.

Dopo trentacinque minuti non era riuscita a trovare ancora nulla, quando Blake la chiamò dall'altra parte della stanza. Incredula del tempo passato, Alexis si avviò verso gli altri, stavolta accompagnata da Nathan.

"Va bene," disse Logan, porgendole un iPad con un elenco di nomi e caratteristiche personali. "Abbiamo esaminato i nastri e abbiamo fatto tutto il possibile. Se c'è altro che vuoi aggiungere, o se hai delle domande, sentiti libera di farlo notare. Consegneremo una copia di questo file a Ross, l'ispettore capo della squadra speciale, appena arriva, ma ne terremo una anche nei nostri archivi, non si sa mai. Ah, per la cronaca, Alexis?"

Alexis guardò Logan.

"Hai fatto un lavoro eccezionale. Ieri sera c'erano una quindicina di appartenenti alla banda, abbiamo tutte le descrizioni, le immagini dei loro tatuaggi, abbiamo anche i loro nomi. Siamo riusciti a ricostruire anche quello stupido cartone animato che hanno sulle magliette. Anche se non capisco perché indossino le magliette al rovescio. Che idioti. Comunque, non sono certo che la squadra speciale possa fare molto sulle ragazze presenti, ma abbiamo anche su di loro tutte le informazioni utili. Tutto sommato, è una quantità enorme di informazioni, spero proprio che questo sia un passo in avanti verso la chiusura di tutti i loro affari di crimini su commissione. Quello che hai fatto eviterà che tantissime persone innocenti, come la mia Grace, possano ritrovarsi coinvolte nei crimini di quegli imbecilli, in futuro. Grazie davvero."

Sapere che quanto aveva fatto non sarebbe stato invano la fece star bene, sapere che Logan, Blake e Nathan erano soddisfatti del suo operato contribuì moltissimo a farla star meglio. "Non vi dispiace che non voglia farlo mai più?" chiese, tentennando.

"Ma proprio per niente," sbottò Blake, mentre Logan rispose con tono più calmo: "Niente affatto."

Nathan le si sedette vicino e mise le mani su quelle di lei, prima di parlare. "Non permetteremmo mai che tu li incontrassi di nuovo, Alexis. Non saresti al sicuro, hai fatto già molto di più di quanto avremmo dovuto e potuto chiederti."

"Non me l'avete chiesto," gli rispose Alexis. "Mi sono offerta io."

"In ogni caso. Ora è fatta," disse deciso Nathan, chiudendo così l'argomento.

Alexis annuì e si avvicinò il tablet che aveva davanti, cominciando a rileggere gli appunti. Era tutto molto dettagliato, Alexis scoprì di non poter aggiungere altro. Il fatto che il fiato di Chuck puzzasse di fogna e sapesse di rancido probabilmente non era un elemento utile da comunicare alla squadra speciale.

Fece alcune annotazione ogni tanto, ma per lo più non cambiò nulla.

Arrivò Ross Peterson, il loro ufficiale di collegamento con la squadra speciale contro la criminalità organizzata di Denver, passarono circa un'ora e mezza a rivedere gli appunti e a discutere di quanto la polizia di Denver potesse fare, per interrompere quelle attività criminose. Ross era una brava persona, si impegnava al massimo per rendere Denver una città più sicura per i cittadini, sembrò molto contento di ricevere una copia dei file, sia audio che video. Promise di mantenere la Ace aggiornata, di farsi risentire per ogni domanda o preoccupazione. Blake e gli altri fratelli chiarirono che Alexis non sarebbe più andata sotto copertura con la banda e che non li avrebbe mai più incontrati, a prescindere dalle even-tuali richieste della polizia.

Mentre Ross se ne stava andando, entrò in ufficio Grace Anderson.

Alexis non l'aveva frequentata molto, anche se ormai lavo-rava alla Ace Security da mesi, così era molto emozionata di poterla finalmente conoscere meglio.

"Grace," mormorò Logan, prendendola tra le braccia. "Come ti va oggi?"

Lei gli rispose con un sorriso e con un cenno del capo. "Ho passato il pomeriggio con Felicity, abbiamo parlato delle opzioni di marketing della palestra Rock Hard. Penso che abbiamo trovato un ottimo piano, lei e Cole dovrebbero riscontrare un aumento dei profitti, si spera in un mesetto circa."

"Meraviglioso," rispose Logan, era sinceramente felice per la moglie, lo si capiva chiaramente dal suo tono di voce e dal modo in cui l'abbracciava. Le si avvicinò per baciarla, fu un bacio intenso e pieno di passione, proprio come Blake aveva baciato Alexis, tempo prima.

"Piacere di rivederti," disse Alexis a Grace, quando Logan finalmente la lasciò andare libera.

Grace aveva una mano appoggiata sulla pancia, legger-mente arrotondata, proprio come fanno sempre le donne in gravidanza, poi le sorrise. "Piacere mio. Sono felicissima che finalmente ci conosceremo meglio. Avremmo dovuto pensarci prima."

"Proprio vero. So di averlo già detto, ma sento di dovermi ripetere... sono così contenta che tu stia bene, dopo quanto è successo a inizio anno."

Grace fece un cenno per minimizzare. "Sai, non è stata mica colpa tua, quindi non preoccuparti. Come sta Bradford? Non lo sento da un bel po'."

"A dire il vero, è un po' fuori di melone," rispose Alexis.

"Dopo tutto quel che è successo, ha deciso di dare una svolta alla sua vita. Si è licenziato, non lavora più nell'azienda di famiglia, ha fatto richiesta di andare a lavorare su una nave da crociera."

"Cosa? Davvero?" domandò Grace a bocca aperta.

"Già."

"Ma era uno dei migliori architetti in tutto il Colorado... forse tra i migliori degli Stati Uniti," commentò Grace.

"Lo so. Ma ha detto che non amava più quel lavoro, che voleva fare qualcosa di diverso. Il suo fine ultimo è arrivare a direttore di crociera, adesso è molto entusiasta di questa nuova opportunità," disse Alexis a Grace e agli altri.

"Santo cielo, quasi quasi mi sento in colpa," disse Grace, agitando le mani in aria.

"Ma no! Ti prego," le rispose Alexis, quasi dispiacendosi di aver detto tutto. "Non lo vedevo così contento da tantissimo tempo. Gli farà bene, fare qualcosa di nuovo... e poi mi ha detto che ha già conosciuto qualcuno... uno dei ballerini della nave. Denver è una città così tradizionalista; penso abbia rinunciato a trovare il tipo giusto per lui da queste parti, perché tutti lo volevano solo per i soldi. In questo lo capisco completamente."

"Mi puoi girare la sua email così posso scrivergli?" domandò Grace.

"Ma certo," le rispose Alexis, annuendo con entusiasmo. "Ne sarà contento."

"Invece *io* sarei contento se andassimo a mangiare," intervenne Nathan. "Non ci vedo dalla fame."

Risero tutti. "Tu hai sempre fame," lo provocò Blake, dando un colpetto sul braccio del fratello.

"Penso che dovremmo provare quel nuovo locale che ha appena aperto al posto dell'azienda dei miei genitori," disse decisa Grace, alzando una mano per fermare la protesta in arrivo da Logan. "Lo so che pensi che sia troppo presto, che magari potrei avere dei brutti ricordi, tornando in quel posto, ma va bene. Davvero, Logan. Ci voglio andare con mio marito, coi suoi fratelli e con la mia nuova amica. Non può succedere nulla di male." Dalle sue parole, era evidente che ne aveva già parlato con Logan di recente.

Logan abbracciò la moglie quasi stringendola all'altezza della vita, con un braccio sulla sua pancia. "Va bene, ma se ti senti a disagio, dimmelo, che ce ne andiamo."

Grace alzò gli occhi al cielo e mise la mano su quella che Logan teneva appoggiata alla sua pancia. "Andrà tutto bene. Andiamo, diamo da mangiare a tuo fratello, prima che cominci a mangiarsi il braccio da solo."

Risero tutti di nuovo, poi si diressero fuori dall'ufficio e si avviarono sul marciapiede verso il ristorante inaugurato di recente. Era un ristorante italiano che aveva già ricevuto delle recensioni splendide sul *Denver Chronicle*, si chiamava *Scarpetti's*.

Dato che era un giorno feriale, il locale non era affollato, così presero posto subito. La serata passò, piena di scherzi e di provocazioni, con una tranquillità che Alexis non sentiva da tantissimo tempo. Finalmente sentiva di avere un gruppo di amici che stavano con lei per la persona che era, non per i suoi genitori o per i soldi che aveva sul conto in banca.

La cena andò a meraviglia, fino a dopo il dolce, rimasero seduti al tavolo a chiacchierare, a ridere, a bersi un'ultima tazza di caffè.

Un gruppo misto di uomini e donne seduti dall'altra parte del salone, a un paio di tavoli di distanza, si stava godendo la cena con qualche bicchiere di vino di troppo. Avevano alzato la voce e si potevano sentire facilmente, nel ristorante mezzo vuoto.

"Non riesco a credere che abbia il coraggio di mangiare qui, specialmente dopo quello che ha fatto la sua famiglia."

"Chissà perché sta con Alexis Grant, dopo quelle foto con suo fratello."

"Vero? Non ha alcun senso. Verrebbe da pensare che non voglia avere nulla a che vedere con lei."

"Invece sembra che piaccia a entrambe frequentare gentaglia. I fratelli Anderson devono proprio essere bravi a letto; se no perché mai vorrebbero frequentare quei ragazzacci?"

"Non importa quanto le donne siano belle o brutte; chiunque se le farebbe, potendo mettere le mani sui loro soldi."

Alexis stava per girarsi, per dire a quei tipi che Logan, Blake e Nathan Anderson erano uomini di gran lunga superiori a loro, ma vide sorpresa che Nathan la anticipò, spingendo la sedia indietro da sotto al tavolo così forte che quasi cadeva, per poi dirigersi all'altro tavolo.

Alexis notò che Blake si stava allarmando. Alexis non aveva mai visto il più giovane dei fratelli Anderson così arrabbiato.

"Forse dovresti..."

Blake interruppe Alexis prima che potesse terminare di esprimere il suo pensiero. "Non preoccuparti. Ci pensa Nathan. Quasi mi dispiace per quelli là." Blake si appoggiò alla sedia completamente rilassato e appoggiò un braccio allo schienale della sedia di Alexis, senza nemmeno curarsi di voltarsi a guardare suo fratello che dava una strigliata ai clienti dell'altro tavolo.

"Pensate che Grace Anderson non dovrebbe mettere piede nell'edificio in cui i suoi genitori la costringevano a lavorare?" la voce di Nathan rimbombò in tutto il ristorante. La sua voce trasmetteva indignazione, evidente anche nella sua postura rigida. "Grace e Alexis hanno più dignità e bontà nel mignolo del piede di quante ne abbiate voi quattro messi insieme. Per voi sono solo delle persone coi soldi, invece sono donne belle, vorrei tanto che avessero incontrato i miei fratelli anni prima. E sapete che c'è? Se proprio volete saperlo, siamo *davvero* bravi a letto."

"Senti, amico, non penso che..." uno degli uomini cominciò a parlare, ma Nathan lo interruppe.

"Esatto, non pensi. Sei in un ristorante aperto al pubblico e chiacchieri a voce alta di persone che non conosci. Se non pensate che siamo uomini abbastanza da difendere le nostre donne, vi sbagliate. Sappiamo bene cosa pensano le persone di noi, da queste parti, ma siamo tornati comunque in questa città per aiutare la comunità. Ora se volete scusarmi, l'atmosfera è diventata abbastanza nauseante." Con quelle ultime parole, Nathan si avviò verso l'uscita del ristorante, aprendo la porta e scomparendo nel buio della sera.

"Andiamo," disse Blake, aiutando Alexis ad alzarsi, sostenendola sotto un gomito.

Logan fece altrettanto con Grace, dopo aver estratto un paio di banconote da cento dollari e averle lasciate sul tavolo, prima di andarsene.

Alexis lanciò un'occhiataccia ai quattro dell'altro tavolo, mentre passava vicino a loro, sicura che Grace avrebbe fatto lo stesso. Logan parlò col proprietario, che annuì convinto e prese il biglietto da visita che Logan gli porgeva.

Uscendo dal ristorante, Alexis fu sorpresa dalla risatina leggera di Grace.

"Ma dai, Logan, voglio bene a Nathan. Vorrei tanto aver registrato la reazione di quei tipi, quando si è sfogato con loro."

Si avviarono a piedi lentamente verso la Ace Security. "Gli capita spesso?" domandò Alexis, senza rivolgersi a nessuno in particolare.

"Devi capire com'è fatto mio fratello," le rispose Logan. "Non gli importa se qualcuno parla male di lui. Puoi anche provocarlo tutto il giorno. Insultalo, prendilo in giro, quello che vuoi. Non farebbe una piega. Quando eravamo ragazzi, io e Blake eravamo meravigliati dal modo in cui ignorava le tirate che nostra madre gli faceva. Sembrava non sentirle nemmeno. Ma appena qualcuno dice qualcosa di male a una persona che lui ritiene più vulnerabile, diventa un uomo completamente diverso."

Logan proseguì. "Mi ricordo un giorno a scuola, Nathan ha affrontato tre ragazzi che andavano in quinta, lui era solo in seconda. Stavano tormentando una ragazzina di terza, le dicevano che era stupida, che era brutta, le avevano fatto cadere per terra i libri che aveva in mano. Lei piangeva, cercava di aggirarli, ma l'avevano circondata e la stavano spintonando. Nathan non ci ha pensato un attimo. Si è incamminato con calma, senza esitazione, li ha raggiunti e ha cominciato a prenderli a calci e pugni."

"Porca vacca, poi cos'è successo?" domandò Alexis, con gli occhi spalancati.

Rispose Blake, alla sua destra. "La ragazzina è scappata, perfettamente incolume. Nathan le ha prese di brutto... almeno finché non ci siamo uniti anche noi alla zuffa."

Logan rise. "Sì, eravamo più piccoli di tre anni rispetto agli altri ragazzini, eravamo anche più minuti, ma eravamo anche già molto allenati a evitare i pugni di nostra madre, quindi abbiamo tenuto testa."

"Vi siete messi nei guai?" domandò Grace, che non aveva mai sentito prima quella storia.

"No. Quei tipi si vergognavano troppo di averle prese da noi di seconda."

"E la ragazzina?" chiese Alexis.

Blake alzò le spalle. "Era innamorata di Nathan, la cotta le è durata fino alle superiori, penso, ma lui non la considerava. Non era intervenuto perché gli piaceva, era intervenuto perché era la cosa giusta da fare." Poi riportò l'argomento della conversazione a quanto era appena successo al ristorante. "Sarebbe stato tranquillo tutta sera ad ascoltare quegli imbecilli che parlavano male di noi tre. Non gli sarebbe interessato, ma nel momento stesso in cui hanno cominciato a parlare di voi due, è scattato."

Erano arrivati alla porta della Ace Security, all'interno le luci erano accese. "Vediamo come sta?" domandò Alexis.

Logan fece di no con la testa. "Ma no, sta bene, te lo garantisco. Se gliene parli, lo metti solo in imbarazzo. E poi, probabilmente sarà già immerso fino al collo in quello che stava facendo prima di cena."

"Sta cercando di trovare l'ex ragazza di Donovan," disse Alexis a Logan e a Blake. "Mi ha chiesto aiuto, perché è più bravo coi numeri che con le ricerche online."

"Preparerò un avviso su Google nei prossimi giorni, così magari posso aiutarlo," disse Blake agli altri. "Lo conosco; starà impazzendo, perché non sa bene come trovarla." Poi si avvicinò ad Alexis, accarezzandole i capelli dietro l'orecchio. "Sei pronta a tornare a casa?"

Lei si voltò verso di lui e si appoggiò con la pancia ai suoi fianchi, sentendo il contatto del suo membro. "Sì." Alexis guardò Grace e Logan, che erano troppo indaffarati a parlare, passeggiando abbracciati nel parcheggio. Così si alzò in punta di piedi, guardò Blake negli occhi e sussurrò: "Voglio fare l'amore con te nel mio letto."

Il volto di Blake fu invaso da un enorme sorriso, Alexis sentì col corpo l'erezione in corso, mentre lui le chiedeva: "Hai ancora quel vibratore che ti piaceva usare?"

Alexis arrossì e annuì timidamente.

"Ottimo. Voglio guardarti mentre ti ecciti da sola, poi ti farò vedere quanto è meglio il mio uccello."

"Lo so già che è meglio," replicò Alexis. "Non c'è paragone."

"Proprio così," insisté Blake, facendola girare verso il parcheggio. "Prima ce ne andiamo di qui, prima arriviamo nel tuo letto."

Sentendosi già bagnata tra le gambe, Alexis capì che il viaggio di ritorno a Denver sarebbe stato lungo, ma almeno non era da sola, con lei c'era Blake.

Quando arrivarono alle loro auto, Alexis si girò verso Grace per salutarla; fu sorpresa di vedere che lei alzava le braccia e si avvicinava per abbracciarla. Fu un abbraccio un po' diverso, con in mezzo la pancia di Grace, incinta, ma era passato molto tempo da quando Alexis aveva sentito una reazione, un'emozione così onesta da parte di un'altra donna.

"Dobbiamo ritrovarci presto," le disse Grace. "Senti, ti andrebbe di uscire con me e con Felicity, qualche volta?" Grace indicò con la mano verso la zona del centro città. "Sono certa che farebbe piacere anche a lei."

"Ma certo, ottima idea," le rispose Alexis, sorridendo.

"Ottimo. Allora ti mando un messaggio."

"Non vedo l'ora."

Si abbracciarono di nuovo brevemente, poi Logan aiutò Grace a sistemarsi nel sedile del passeggero della sua macchina e fece un cenno di saluto al fratello e ad Alexis, mentre si accomodava nel sedile di guida e avviava la macchina.

"Sei pronta? Andiamo?" chiese Blake.

Alexis annuì. Si accomodarono nella Mustang di Blake, Alexis gli disse: "Stasera sono stata davvero bene. Grazie."

"Grazie a te. Per quel che vale, adoro vederti uscire con la mia famiglia. Mi fa stare... bene."

Alexis sapeva esattamente cosa intendeva Blake. "Proprio bene."

"Detto questo, è passato troppo tempo dall'ultima volta che ti ho vista nuda."

Alexis scoppiò a ridere. "Blake, sono passate solo cinque ore."

"Appunto, proprio come dicevo, troppo tempo."

Lei strabuzzò gli occhi. "Pensavo che l'attesa facesse bene allo spirito."

"No. Per nulla. Chi si è inventato quella massima non desiderava una donna più del suo stesso respiro," ribatté Blake sorridendo.

Ad Alexis piacevano quei battibecchi simpatici. Non aveva affatto inquadrato Blake come il tipo di uomo che l'avrebbe fatta ridere così facilmente, specialmente a giudicare da quanto era stato serio, nei mesi di lavoro insieme; ma quel lato di lui le piaceva senz'altro.

"Come stai?" le chiese, con tono serio. "Stai bene, dopo tutto quello che abbiamo rivisitato oggi?"

"Sto bene, Blake. Non li rivedrò mai più, quindi tutto bene."

Sul viso di Blake tornò un sorriso ammiccante e sensuale. "E la tua passerina? Sempre irritata?"

"Blake!" protestò Alexis, tirandogli un pugnetto sul braccio.

"Allora?" replicò lui, con una scintilla di lussuria facilmente visibile negli occhi. "Devo sapere come faremo l'amore stanotte. Se sei ancora irritata, sarò dolce e ci andrò piano, come ho fatto ieri sera. Ma se ti è passato il rossore, magari potremmo fare prima una scopata dura e svelta, per poi fare l'amore lentamente, teneramente."

Le parole di Blake fecero sussultare Alexis sul sedile. Buon cielo, che perfido. "Non sono irritata," gli disse, sapendo che le sue guance stavano diventando rosse; voleva disperatamente farle perdere il controllo.

"Ottimo. Allora vada per una scopata dura prima di fare l'amore."

Lei si leccò le labbra e guardò giù, tra le gambe di Blake. Mamma cara, sembrava eccitato tanto quanto lei da quella conversazione.

"Se continui a leccarti le labbra, andrà a finire che non

arriveremo nemmeno al tuo appartamento," le disse Blake. "In fondo, c'è un sacco di tempo in ascensore."

Alexis reagì ridacchiando. "Non avevo idea di quanto potesse essere divertente il sesso," gli disse, quasi con tono serio, ma sempre col sorriso sul volto. "Mi piace."

"Anche a me, tesoro. Ho la sensazione che passerà un sacco di tempo prima che averti tra le mie braccia diventi noioso."

"Lo spero bene."

"Ne sono certo," confermò lui. "Ora, che ne dici di cambiare argomento, così il mio uccello si può dare una calmata, prima di dovermi presentare al portiere del tuo stabile?"

Alexis non era sicura di voler cambiare argomento, ma ebbe pietà di Blake. Lei doveva preoccuparsi solo delle sue mutandine bagnate, la sua eccitazione non era così evidente, non la poteva vedere nessuno.

Così Alexis cambiò argomento, parlò del nuovo lavoro del fratello, di cosa aveva scoperto sulla ex di Donovan (cioè nulla) e dei suoi cibi preferiti.

Quando Blake accostò davanti all'appartamento di Alexis, lei si era quasi dimenticata dei programmi che avevano fatto per la nottata... quasi.

Molte ore dopo, dopo essersi masturbata col vibratore davanti a Blake, dopo che lui le aveva mostrato la differenza tra fare l'amore e farsi una scopata, Alexis giaceva sfinita e rilassata tra le braccia di Blake, ascoltando il suo respiro profondo. Aveva quasi paura di pensarci, ma la sua vita sembrava assolutamente perfetta.

CAPITOLO QUINDICI

LE TRE SETTIMANE successive furono le tre settimane più belle della vita di Alexis. Passò quasi ogni ora del giorno con Blake, stettero insieme tutte le notti. Non fecero l'amore ogni notte, ma farsi le coccole con Blake che la teneva stretta al petto era piacevole quasi quanto fare l'amore. Quasi.

Passarono gran parte del tempo a Castle Rock, a casa di lui, oppure al lavoro. Alexis andò con Blake a Colorado Springs qualche volta per degli incarichi di lavoro, per proteggere delle persone da ex partner molesti, Alexis stava fuori dal tribunale di vedetta, mentre Blake era all'interno con i clienti.

Alexis continuò a fare ricerche per la Ace Security. Riuscì anche a fare un salto alla Rock Hard Gym per incontrare sia Cole che Felicity. Le piacquero immediatamente. Felicity era molto estroversa, era piena di tatuaggi, ovviamente era una sostenitrice sfegatata di Grace. Cole era più alto di Blake, ma le sorrideva in modo molto familiare, tanto da farla star bene da subito.

Alexis si era scambiata spesso messaggi con Grace. Le piaceva avere un'amica a cui mandare un appunto, su nulla di particolare, senza avere la sensazione che Grace le rispondesse solo perché voleva qualcosa.

Alexis non era così felice da tantissimo tempo. Aveva trovato un gruppo di persone a cui piaceva stare con lei, persone che non volevano sempre farle pagare tutto. Per quanto le desse fastidio che Blake e i suoi fratelli rifiutassero categoricamente di farle pagare, come le veniva quasi istintivo fare, sotto sotto le faceva piacere.

Un giorno, Alexis stava tornando al suo appartamento. Blake l'avrebbe raggiunta più tardi, dopo aver scortato un uomo nell'ufficio dell'avvocato per una mediazione civile obbligatoria. La moglie, da cui il cliente stava divorziando, non stava rendendo la separazione un affare semplice, l'aveva minacciato in più d'una occasione.

Alexis era stata più che contenta di lasciare che Blake svolgesse quell'incarico da solo. Gli uomini incavolati le sembravano meno pericolosi delle donne fuori controllo. Forse perché aveva visto un lato di Kelly che la spaventava terribilmente, oppure per le storie che le aveva raccontato Blake sulla madre, che lo picchiava sempre, quando era piccolo. Qualunque fosse il motivo, Blake evidentemente aveva capito le sue paure e non le aveva nemmeno chiesto di rimanere nei paraggi.

Alexis doveva fare delle lavatrici e andare a prendere altri vestiti. Non si era trasferita del tutto a casa di Blake, ma quasi. Gli aveva lasciato in bagno un secondo spazzolino da denti con tutto il necessario per fermarsi la notte, gli aveva riempito la cucina delle cose che lei amava mangiare, Blake aveva liberato una parte degli armadi e dei cassetti per farle sistemare dei vestiti. Anche lui aveva lasciato qualcosa all'appartamento di Alexis, ma dato che passavano moltissimo tempo a Castle Rock, era logico che stesse lei da lui.

L'indomani, sarebbero rientrati a Castle Rock il mattino presto. Blake aveva un appuntamento con un giardiniere.

Voleva sostituire il suo prato, pieno di sterpaglie ed erbacce, che non era riuscito a resuscitare mettendo delle zolle fresche, con un prato tutto nuovo. I suoi genitori non si erano mai presi cura del prato del giardino, ma lui aveva ammesso ad Alexis di volere che i suoi figli potessero giocare fuori casa, senza doversi preoccupare di sterpaglie pericolose.

Alexis era molto fiera di se stessa, perché non aveva battuto ciglio quando lui aveva parlato di figli, anche se lo sguardo voglioso negli occhi di Blake rivelava più la voglia di *concepire* quei bambini... con lei. Grace era rimasta incinta quasi subito, ma Alexis non era affatto pronta per quel passo. Un giorno avrebbe pensato ai figli, ma ora voleva essere un po' egoista, voleva tenersi Blake tutto per sé, almeno per un po' di tempo. Per qualche anno, si sarebbe dovuto accontentare di fare lo zio.

Alexis condusse la sua Mercedes fino all'ingresso dell'edificio dove viveva, poi con un sorriso lasciò le chiavi all'addetto al parcheggio. Si diresse verso la porta girevole dell'ingresso, salutando sempre col sorriso Osman l'usciere, ma si fermò all'improvviso, vedendo Kelly in piedi, lì vicino. Aveva un aspetto terribile. Aveva un enorme occhio nero, i capelli biondi erano tutti disordinati e malconci. Indossava un paio di pantaloni neri della tuta, con una maglietta. La maglietta era stretta, Alexis poté vedere che Kelly non indossava un reggiseno, ma quel completo era davvero insolito anche per lei.

Il dettaglio più allarmante del suo aspetto, oltre al fatto che stava lì in piedi, vicina alla casa di Alexis, quando lei non le aveva mai detto dove abitava, erano i lividi che aveva su tutto il braccio, che teneva appeso a una fascia. Kelly trasalì, vedendo Alexis che le si avvicinava.

"Oh santo cielo, Kelly, ma stai bene?" le chiese Alexis. Non aveva idea di cosa ci facesse Kelly, da lei. Avrebbe preferito ignorarla completamente, ma non poteva. I ricordi della sua amica d'infanzia, il suo lavoro in soccorso di donne picchiate alla Ace Security, non le consentirono di voltarsi dall'altra parte.

"Sto bene," rispose Kelly con voce roca, aveva un tono di voce ancor più secco di prima, per quanto fosse possibile. "Devo parlarti."

"Va bene, parla," le rispose Alexis, con lo sguardo aperto e preoccupato.

"Non qui," insisté Kelly, guardandosi intorno intimorita. "Non è sicuro."

Alexis imitò il comportamento di Kelly, perlustrò con gli occhi le immediate vicinanze, non vedendo nulla fuori dall'ordinario. "Vuoi entrare?" Probabilmente non era la scelta più sicura, ma Kelly si muoveva a fatica e sembrava molto dolorante. Avrebbero potuto soffermarsi nell'atrio, Alexis avrebbe potuto scoprire cos'era successo.

Kelly scosse la testa. "No, non voglio che mi vedano entrare nel tuo edificio. Damian e Dominic ti stanno tenendo d'occhio. Si sono incazzati perché non ti sei più fatta vedere, così hanno telefonato in ufficio ai tuoi genitori, hanno chiacchierato abilmente con qualcuno per farsi dire dove vivi. Hanno voluto che spifferassi tutto ciò che so di te, ma io mi rifiutavo, così mi hanno picchiata. Lo so che a scuola non sono stata il massimo nei tuoi confronti, ma adesso sei in pericolo. C'è un posto che loro non conoscono. Là potremo parlare." Poi portò in avanti la mano sana e la appoggiò all'avambraccio di Alexis.

"Mi dispiace per quanto è successo quando eravamo ragazzine. Mi dispiace anche averti coinvolta coi miei amici. Ti stavo spremendo dei soldi perché Dominic e Damian mi costringevano. Odiavo essere costretta a farti questo, speravo potessimo tornare amiche... volevo riparare le cose orribili che ti ho fatto... invece ti ho gettata altra merda addosso. Mi sento malissimo, non voglio che tu finisca come me." Kelly indicò il braccio appeso alla fascia. "Voglio solo dirti tutto ciò che so degli altri così potrai stare al sicuro."

Alexis fu affranta. Era evidente che Kelly era stata picchiata, i lividi che aveva sul volto, sulle braccia, per non parlare del braccio ferito, erano un segnale forte e chiaro. Ma farsi di nuovo coinvolgere da Kelly, qualunque fosse il motivo, non era certo uno dei punti che aveva in agenda. Anche perché non era affatto una mossa intelligente.

D'altro canto, Kelly sembrava contrita. Sembrava veramente dispiaciuta per quanto era successo in passato, per il modo in cui aveva trattato Alexis. Kelly le ricordava le tante donne disperate e impaurite che la Ace Security aiutava ogni settimana. Alexis non sapeva che fare.

"Quando Chuck mi ha messo la mano sulla gola, alla festa, ho avuto paura," le disse Kelly a bassa voce, tremando per le forti emozioni. "Non riuscivo a respirare, l'aria non mi arrivava ai polmoni, ho pensato che mi avrebbe uccisa sul posto. Non voglio che succeda anche a te."

Ad Alexis era *già* successo. Quando aveva quattordici anni e i ragazzi a scuola la picchiavano, a un certo punto aveva pensato davvero di stare per morire. Per la prima volta, sentì una certa somiglianza con Kelly.

"Gli spari mi hanno spaventata," disse Alexis a Kelly. "Qualche emozione forte nella vita mi sta bene, ma penso che d'ora in poi mi limiterò a persone che sono solo un *poco* scatenate. Gli Inca Boyz sono un po' troppo, per i miei gusti." Era quasi tutto vero.

"Non mi sorprende," le rispose Kelly, con un tono solo leggermente ostile, privo del disgusto che Alexis si aspettava. "Non pensavo fossi la tipa che voleva diventare una puttana in una banda. Ma davvero, non sei al sicuro. Ascoltami bene. Ti dirò tutto, così saprai da cosa guardarti. Un tempo eravamo amiche, giusto?"

Alexis era sempre più indecisa. Un tempo *erano* state

amiche. Grandi amiche. Il fatto che Kelly si fosse allontanata e l'avesse fatta picchiare le aveva fatto male. Molto male. Ma ora anche lei era una vittima, tanto quanto le altre donne che la Ace Security aiutava... forse anche di più. Così cedette. "Va bene, ma ho poco tempo."

"Non servirà molto. Davvero," disse Kelly, con un sorriso un po' sbilenco.

Alexis fece un cenno di saluto all'usciere, che era fuori dall'edificio, in piedi, con le braccia incrociate, che guardava male Kelly. "Torno presto, Osman," gli gridò, facendogli sapere che andava tutto bene.

Lui non rispose e continuò a guardare, preoccupato, mentre lei girava l'angolo con Kelly.

Kelly non disse molto, ma si affrettò per la strada, come se avesse avuto alle calcagna dei mastini. Alexis pensò che fosse strano che Kelly indossasse scarpe da ginnastica. Non che i tacchi alti si abbinassero a ciò che indossava in quel momento, ma non ricordava un sol giorno alle scuole superiori, in cui Kelly avesse calzato qualcosa di diverso dai suoi amati tacchi alti.

Camminarono per tre isolati, quando Alexis disse: "Siamo abbastanza lontane."

"Ci siamo quasi," la rassicurò Kelly. "Volevo solo andare abbastanza lontano dal tuo indirizzo. Farci vedere da quelle parti non sarebbe saggio per nessuna di noi due."

Alexis era d'accordo, ma rimase in silenzio. Stava ripensando a tutti i servizi di cui voleva parlare a Kelly, per aiutarla a uscire dalla banda e cominciare una nuova vita.

Svoltarono un angolo e Alexis si bloccò all'improvviso. Di fronte a lei c'erano Chuck, Damian e Dominic. Porca troia.

Alexis afferrò immediatamente il braccio buono di Kelly e cercò di arretrare, tornando da dove erano arrivate, sussurrando "scappa!"

Ma Kelly non si mosse, tirò il braccio per toglierlo dalla

presa di Alexis, fece un passo indietro allontanandosi da lei e sorrise malignamente.

Prima che Alexis potesse scappare, Chuck la prese per un braccio e la spinse verso un vicolo tra due edifici molto alti. Alexis cercò di resistere e di liberarsi. Stava quasi per riuscire, ma Dominic accorse per prenderle l'altro braccio. Così, circondata da due uomini più grandi di lei, fu trascinata nel vicolo, coi piedi che a malapena toccavano terra.

"Lasciatemi andare!" esclamò. "Kelly, cosa succede?"

"Faccio solo il mio lavoro, *amica*," le rispose irridendola.

"Ma hai detto un sacco di cose, che avevi paura, che ti dispiaceva di come ti eri comportata con me. Sei piena di lividi. Non capisco. Hai *lasciato* che te li facessero?" domandò Alexis, maledicendo di essere così bassa.

"Sì, A-le-xis. Si chiama lealtà. Qualcosa di cui tu non sai un cazzo. Sei sparita. Noi non avevamo finito con te, con i tuoi soldi. Non sei stata per niente furba," disse Kelly, a occhi socchiusi e a denti stretti. L'odio nel suo volto era più che evidente.

Alexis non riusciva a pensare lucidamente. Non voleva dire nulla che gli Inca Boyz già non sapessero, ma era sotto shock. Era difficile resistere a tutta quella baraonda di emozioni, dalla compassione per Kelly, alla volontà di aiutarla, per poi capire che l'aveva solo fatta cadere in trappola. Una trappola che poteva ucciderla. "Non avevate finito con me? Non capisco."

Ovviamente stanco di quei battibecchi, Dominic la strappò dalla presa di Chuck e la spinse contro la parete di mattoni lì vicino. Alexis sentì la testa rimbalzare contro quella parete impietosa e gemette dal dolore. Vide dei punti neri davanti agli occhi, ma si sforzò di non svenire. Chissà cosa le sarebbe successo, se avesse perso i sensi. Specialmente con Chuck, che stava in piedi dietro a Dominic e si leccava le labbra, incazzato ed eccitato allo stesso tempo.

"I soldi, stronza," ringhiò Dominic, avvicinandosi a lei. "Mio fratello è stato dentro già fin troppo. Adesso ha preso un nuovo avvocato che ha convinto un giudice che non è un pericolo per la società. Potrà uscire su cauzione, ma prima gli dobbiamo trovare i soldi. Ecco, qui entri in gioco tu."

"Posso procurarvi i soldi che volete," disse subito Alexis, *più* che felice di dare a quegli stronzi quello che volevano, purché la lasciassero andare. Per una volta, nella vita, era contenta di avere tanti soldi. Li avrebbe ceduti tutti agli Inca Boyz, se ciò significava rivedere di nuovo Blake.

"Certo che lo farai," confermò Dominic, con tono aggressivo." Ma purtroppo per te non finirà lì."

Alexis non riuscì a trattenere il pianto acuto che le salì dalla gola.

Dominic portò le mani dalle braccia al collo di Alexis. Aveva una mano intorno alla gola, proprio come Chuck aveva fatto con Kelly alla festa, Dominic la spinse verso l'alto fino a costringerla in punta di piedi, per allontanarsi dalla presa e riuscire a respirare, invano. Dominic portò l'altra mano sotto la sua maglietta e le strinse un seno con una forza enorme. Alexis capì che quella presa così stretta le avrebbe lasciato dei lividi. Il suo pianto divenne un grido soffocato.

"Non so che cazzo pensavi di fare con gli Inca Boyz, ma lo scoprirò prima di farla finita con te. Ho la netta sensazione che tu sia venuta con delle scuse, zuccherino. Avrei bisogno di sapere quali sono i motivi veri, prima di concludere questa faccenda. A noi non piacciono le spie. Oh, e Chuck dice che sei una provocatrice. Quindi lui sarà il primo a spaccarti quella passera piena di soldi, prima che ci facciamo tutti un giro. Poi forse, se saremo soddisfatti, vedremo se lasciarti andare per la tua strada felice e contenta. Forse."

Alexis cercò di tirare fiato, ma dalla sua gola stretta passò solo un filo d'aria. Sentì che qualcuno le stava tagliando la borsetta che indossava a tracolla. Guardò negli occhi spietati, lividi e rabbiosi di Dominic e capì che avrebbe desiderato morire, prima che lui la lasciasse andare.

Cercando di decidere cosa fare in quel momento, per rimanere in vita, Alexis si lasciò cadere inerme, facendo sembrare di perdere i sensi. Aveva imparato molto, nel suo addestramento alla Ace Security. Avrebbe fatto attenzione, avrebbe raccolto informazioni da poter condividere con Blake e Logan, si sarebbe protetta, per quanto possibile.

Alexis cadde quando Dominic lasciò andare la presa dalla gola, per poi trascinarla con un braccio dietro la schiena verso una Cadillac parcheggiata vicino, nel vicolo. Sentiva il braccio sinistro come dislocato, non poteva fare altro che andare a sbattere contro l'uomo che aveva la sua vita tra le mani, pregando di trovare un modo di uscire da quel casino.

Damian aprì il baule della macchina, Chuck prese Alexis da Dominic e la gettò in quello spazio angusto, come un sacco di patate. Alexis cadde su qualcosa di rigido e urlò per il dolore che sentì al fianco, giù fino alla gamba. Prima che potesse fare qualcosa, vide Damian chiudere il baule sbattendolo, facendola rimanere al buio.

Alexis rimase immobile per un momento, cercando di riprendere fiato, ascoltando attentamente cosa succedeva fuori dalla macchina. Fu felice di non essere più tra le grinfie di Chuck o di Damian, di trovarsi al buio, da sola, nel baule. Così avrebbe potuto riprendere fiato e pensare a un piano. Per farsi salvare era fondamentale inviare delle informazioni.

Sentì le portiere della macchina che si aprivano e si chiudevano, riusciva quasi a sentire Kelly parlare con gli altri due. Le loro voci erano chiare, stavano decidendo a quale Bancomat portarla e quanti soldi dovevano prelevare.

Senza esitare, Alexis cercò nella tasca il cellulare. Aveva cominciato a tenerlo in tasca per non perdersi un messaggio o una telefonata di Blake. Grazie al cielo, non aveva tenuto il telefonino nella borsetta.

Sapendo di non poter dire una parola, perché i tre della banda l'avrebbero sentita con la stessa facilità con cui lei sentiva loro, pregò di ricevere il segnale di linea da dentro il bagagliaio e aprì l'app dei messaggi. Il suo pollice si spostava rapidamente sui tasti, non sapeva quanto tempo avrebbe avuto. Ignorò qualunque errore di battitura, sapeva che era più importante trasmettere informazioni a Blake. Cercò di inviare quanti più messaggi potè, sperando che le tante notifiche dei messaggi in arrivo gli avrebbero fatto capire prima che c'era qualcosa che non andava, costringendolo a rispondere.

Alexis: sn nei guai

Alexis: banda m ha trovato

Alexis: nn poss parlare

Alexis: penso mi voglno uccidr

Alexis: vogliono $ cauzione Donovan

Alexis: kelly mi ha convinta a seguirla

Alexis: **stupida**

Alexis: **scusa**

Alexis: sn in baule cadillac nera

Alexis: portano bancomat

Blake: Dove sei?

Alexis: non so partita da 3 isolati vicino casa mia

Blake: Arrivo, ti troverò.

Alexis: ho paura

Blake: Vengo a prenderti.

Alexis: Dominic ha detto mi tortura

Alexis: vuole sapere perke ero alla festa

Alexis: devo parlare o no?

Blake: Segui il tuo istinto. Se pensi che servirà, parla. Se pensi che farebbe di peggio, menti o resisti.

Alexis respirò profondamente e cercò di trattenere le lacrime. Oddio, non era tagliata per situazioni come quella. La macchina rallentò.

Alexis: auto rallenta
Alexis: nascondo cellulare in baule
Alexis: non rispond ho paura che sentano
Blake: ok. TI AMO

Gli occhi di Alexis si riempirono di lacrime leggendo l'ultimo messaggio di Blake. Usò la lucina del telefonino per guardarsi intorno nel bagagliaio, poi ficcò il cellulare in una tasca laterale, in cui c'era il cric, oltre a della sporcizia.

Le lacrime cominciarono a scorrere proprio quando si aprì il baule. Si trovavano in un altro vicolo. Damian la tirò fuori e le tirò un braccio dietro la schiena, con una forza tale da farle sentire dolore in ogni muscolo e in ogni tendine.

"Ecco cosa succederà. Adesso andiamo dietro l'angolo fino al Bancomat. Preleverai cinquecento dollari senza fare una piega. Niente segni alla telecamera, non fare nulla, prendi solo i soldi. Hai capito?"

Alexis annuì rapidamente. Sperava che collaborando il più possibile l'avrebbero trattata meglio. Più fermate facevano, più informazioni poteva dare a Blake, sperando che la trovasse.

"Dico davvero, puttana. Non fare cazzate altrimenti ti pianto una pallottola nella testa proprio qui. Capito?"

"Sì. Non farò nulla. Lo giuro," singhiozzò Alexis in lacrime.

"Andiamo." Damian la spinse e lei inciampò, cercando di non cadere. Lui le passò la carta della banca che le aveva preso dal portafogli, poi le fece cenno di camminare davanti a lui. Damian le stette dietro, a due passi di distanza, mentre lei si affrettava a fare il prelievo. Lui si fermò fuori dalla portata della telecamera di sicurezza, tenendo una mano nella tasca anteriore e l'altra dietro la schiena. Alexis immaginava avesse una pistola in mano, pronto a spararle in testa se avesse fatto qualche mossa sbagliata. Non gli interessava che fossero in una strada cittadina affollata.

Con tutta la calma possibile, Alexis infilò la carta nel lettore e digitò il PIN. Non sapeva perché non le avessero preso direttamente la carta e il PIN per prelevare senza di lei, ma non avrebbe certo guardato in bocca a caval donato. Più le consentivano di uscire dal bagagliaio, più facile sarebbe stato per Blake e i suoi fratelli trovarla. *Non discutere con loro. Fai quel che ti dicono, basta che non ti facciano altro male.* Le parole di Logan le risuonavano in testa. *Ogni situazione è diversa. A volte è meglio combattere, altre volte è meglio eseguire gli ordini. Dipende da te leggere la situazione e capire qual è il comportamento migliore.*

La transazione fu rapida e indolore, dopo pochi attimi ritirò i suoi cinquecento dollari in contanti. Si girò e camminò dritta verso Damian, consegnandogli il denaro e la carta. Lui gli strappò soldi e carta, la prese di nuovo per il bicipite e la spintonò verso la macchina, dove li aspettavano gli altri due. Poi la spinse di nuovo nel bagagliaio e chiuse il baule sbattendolo. In poco tempo, furono di nuovo in viaggio.

Alexis riprese il cellulare dalla tasca in cui l'aveva nascosto e cliccò di nuovo sull'app di messaggi.

Alexis: bancomat 5a e main

Blake: Brava.

Blake: Stiamo localizzando il tuo telefono. Come va la batteria?

Alexis: **metà**

Blake: Ottimo. Dovrebbe durare abbastanza. Resisti.

La macchina si fermò di nuovo, Alexis rimise il cellulare nel punto in cui l'aveva già nascosto. Stavolta fu Chuck ad aprire il baule. Le si avvicinò e lei cercò istintivamente di allontanarsi. Preferiva senz'altro gli altri fratelli. Chuck la prese per la maglietta, affondando le unghie fino a lasciarle il segno sulla pelle. Alexis emise un gridolino, mentre Chuck la tirava fuori e la spingeva a terra. Alexis cadde sulle ginocchia e sulle mani, il cemento le escoriò la pelle e lei trasalì per il dolore. Tutto il corpo le doleva per quei maltrattamenti, ma riuscì a non abbattersi, per l'adrenalina che le scorreva in corpo.

"Alzati, puttana. Se pensi che questo sia dolore, ci divertiremo un sacco di più, dopo." Chuck sghignazzò, Mettendole le mani intorno alla vita e tirandola su di peso, con una pressione tale da farle tremare le ossa.

Le ripeté le stesse minacce che le aveva rivolto Damian in precedenza, poi la spinse verso un altro Bancomat. Ancora una volta, agendo in autonomia, prelevò cinquecento dollari e li consegnò appena fuori dal campo di ripresa della telecamera.

Chuck la spinse di nuovo nel bagagliaio, poi entrò nel suo spazio personale, quando già era inerme, davanti a lui. Le prese il mento con la mano e glielo strinse con forza, tanto che le lacrime quasi le uscirono dagli occhi, come spremute. "Non si scherza con un Inca Boy, cara Alexis. Non ti credere, sarò dentro questo bel corpicino in ogni modo possibile entro sera. Ti prenderò la figa, il culo, e poi mi prenderai in gola. Non c'è niente di più bello del panico negli occhi di una troia, mentre la soffoco con il mio cazzo. Non me ne frega cosa ha ordinato Donovan di fare con te. Tornerò quando gli altri se ne saranno andati e prenderò ciò che mi devi. Mi *pregherai* di ucciderti, prima che finisca, ma non succederà, ti piacerebbe... Brutta stronza di una ricca." E poi la schiaffeggiò e sbatté il baule.

Alexis sospirò e si morse il labbro, per evitare di cominciare a piangere. Tanto per cominciare, non credeva sarebbe riuscita a smettere, se avesse cominciato, e poi non voleva dare a Chuck e agli altri la soddisfazione di vederla disperata. Appena sentì la macchina muoversi di nuovo, riprese il cellulare.

Alexis: banca davanti scultura enorme
Blake: La conosco. Stai bene?

Alexis non rispose. Non stava bene. Nemmeno lontanamente. Ma dirlo a Blake non sarebbe servito a nulla. Respirò profondamente più volte, cercando di mantenere il controllo sulle sue emozioni.

Mise di nuovo il telefono nel nascondiglio e attese la fermata successiva. Rimpianse di avere con sé entrambe le carte Bancomat, più le carte di credito. La banda avrebbe potuto portarla da un prelievo all'altro per un bel po', prima che raggiungesse il limite massimo giornaliero consentito.

Alexis si rifiutava di pensare che non sarebbe riuscita a sfuggire. Blake stava per rintracciare il suo telefono, poi lei gli stava dicendo dov'era. Doveva concentrarsi su quei pensieri, invece di lasciarsi abbattere da ciò che l'aspettava. Anche se Blake e i suoi fratelli l'avessero trovata, cosa potevano fare contro tre banditi armati? Gli Anderson sarebbero stati uccisi sul posto.

Quella trafila proseguì, con altre quattro fermate. Come previsto, quando raggiunse il limite quotidiano di prelievi di contante su una carta, non fecero altro che passare a un'altra. Tra le varie fermate, Alexis riferiva la sua posizione meglio che poteva a Blake, ma le zone in cui la stavano portando diventavano sempre meno note, finché non ebbe più idea di dove fossero. Quando estrasse il telefonino dopo l'ultima fermata fu affranta, nel vedere che aveva solo una tacca di segnale.

Alexis: una tacca ti perdo

Alexis: altra fermata

Alexis: non so dove sono

Blake: Resisti, Lex. Capito?

Alexis: Ti amo

Blake: Non farlo. Non arrenderti.

Blake: Dico davvero. Non ti ho trovata per perderti.

**Blake: Logan sta arrivando. Stiamo seguendo la

pista e ti troveremo, tutta la polizia di Denver ti sta cercando.

Blake: **Lex?**

Alexis: **ok**

Blake: Qualunque cosa succeda, ti amo. Niente che quegli stronzi possono fare mi importa. Tieni duro.

Blake: Arrivo a prenderti, dolcezza.

Quella fu l'ultimo messaggio. Il cellulare di Alexis perse il segnale, lei scrisse un ultimo messaggio, sapendo che non sarebbe partito se non una volta raggiunta un'altra zona coperta dal segnale. Ma le sembrava si stessero dirigendo verso le montagne, quindi non aveva idea di quando sarebbe partito quel messaggio.

Ancora una volta spinse il cellulare nella tasca laterale, si mise su un fianco, cercò di respirare lentamente. Qualunque trattamente le riservassero Dominic e Chuck, non era nulla di buono. Cercò di leggere tra le righe del messaggio di Blake. Le aveva detto che, se l'avessero violentata, a lui non sarebbe importato. Ma a *lei* sì. Se l'avessero violentata, non sarebbe stata più la stessa. L'unica cosa di cui era grata era che Blake le aveva mostrato quanto potesse essere bello fare l'amore. Lo stupro non sarebbe stata la sua prima esperienza sessuale.

Arrivata a quel punto, però, avrebbe combattuto con tutte le forze. Non avrebbe consentito a quegli imbecilli di fare di lei ciò che volevano. Era più forte, potevano anche costringerla, ma lei non li avrebbe di certo aiutati.

CAPITOLO SEDICI

BLAKE IMPRECÒ, mentre perlustrava la zona in cui era stata Lex di recente. Sembrava la stessero portando verso le montagne, dato che il penultimo prelievo era stato effettuato al Bancomat di Golden. Alexis non aveva riconosciuto l'ultima banca, quindi non aveva saputo dire esattamente dov'era, una vera sfortuna. Blake girovagava senza meta, imprecando perché non vedeva nemmeno una cadillac nera.

Il pensiero che Alexis fosse alla mercé degli Inca Boyz, specialmente di Chuck, lo divorava nell'anima. Aveva capito che era impaurita e fuori di testa, Blake non poteva certo biasimarla. Ma nel frattempo resisteva. Era forte, come sempre.

Il telefono gli squillò, spaventandolo a morte, così cliccò per rispondere e sentì la voce di Nathan dagli speaker dell'auto.

"Trovata."

"Cazzo, meno male," sussurrò Blake. "Dov'è?"

"Hai ragione, stanno andando verso la montagna. Hanno preso la Route Six verso Clear Creek Canyon Park. Sei lontano?"

Blake fece una rapida inversione e si diresse a ovest, per trovare uno svincolo. "Quanto dista?"

"All'incirca trenta miglia," gli rispose Nathan con voce tranquilla. "Sono fermi. Il segnale è immobile."

"Dannazione," imprecò Blake. "Ci metterò troppo tempo per raggiungerli. Dov'è Logan?"

"Circa venti minuti più lontano, credo."

"La polizia?" domandò Blake, sempre più disperato.

"Ho chiamato Ross, sta organizzando una squadra di SWAT[1], ma potrebbe passare anche un'ora, prima che arrivino."

"Nathan," disse Blake quasi strozzandosi, per poi schiarirsi la voce e riprovare. "Nathan, Non posso perderla."

"Non accadrà."

"Hanno mezz'ora per torturarla," disse Blake a denti stretti.

"Lei sa che stai arrivando," rispose Nathan rimanendo calmo. "Cercherà di tenere duro, per te, Blake. Senti, non voglio far finta di sapere cosa sia l'amore, ma prima Grace e poi Alexis mi sono fatto un'idea. Seguo la vostra relazione da mesi in prima fila, ormai. Lei ti guarda di nascosto, quando lavorate insieme, fa tutto ciò che le chiedi. Non solo per dovere, ma perché glielo chiedi *tu*. Perché ti ama. Adesso che ricambi il suo sentimento? Quella donna *non* si arrenderà proprio adesso che finalmente sta con te. Alexis è una dura, so che non si arrenderà, quindi non arrenderti proprio *tu* e non *la* deludere. Non darla per persa. Hai capito?"

La ramanzina di Nathan era proprio ciò di cui Blake aveva bisogno. La sua voce si fece ferma, riprese il controllo, e disse: "Sì, ho capito. Ci sono delle scorciatoie per arrivare alle coordinate del suo cellulare?"

"No, ma dirò alla polizia di Denver che se qualcuno cerca di fermarti, ti dovrà inseguire fino alle montagne, per farlo."

"Grazie, fratello. Sei un mito."

"Esatto. Però tienimi informato. Fammi sapere quando la mia futura cognata sarà tratta in salvo."

Blake non fece una piega alle parole del fratello. Sapeva nel profondo dell'anima di voler passare il resto della vita con Alexis. A prescindere da quel che potevano farle quegli imbecilli, su in montagna. Voleva che portasse al dito il suo anello, voleva che fosse sua moglie. Con ritrovata decisione, determinato a trovarla, rispose: "Lo farò." Poi chiuse la conversazione e respirò profondamente, concentrandosi sulla strada per raggiungere Alexis. Nathan avrebbe pensato a tenere aperta la comunicazione con la polizia e con Logan. *Lui* doveva solo arrivare dalla sua donna.

Dopo ventiquattro minuti, dopo aver sfrecciato come un puma indemoniato, Blake usciva dalla Route 6 percorrendo una strada sterrata. Aveva lo stomaco sottosopra, non gli piaceva quel posto, praticamente in mezzo al nulla. Guardando il suo cellulare, si accorse di non avere campo. Non poteva nemmeno chiamare Nathan per fargli sapere di essere arrivato.

Sapendo che ogni secondo poteva fare la differenza, Blake parcheggiò la macchina in mezzo a quella stradina, sperando di rallentare quelli della banda, qualora avessero cercato di fuggire da quel punto. Poi afferrò la sua semiautomatica Glock dal sedile vicino, controllando che fosse carica, prese anche i due caricatori extra che si era portato, infine uscì dal veicolo. Chiuse la portiera senza fare rumore, poi si incamminò rapidamente verso la zona da cui Nathan aveva ricevuto l'ultimo segnale dal cellulare di Alexis.

Dopo otto minuti, Blake stava guardando tra gli alberi. Non voleva rischiare di avvicinarsi troppo al gruppo, facendo sì che qualcuno si accorgesse della sua presenza. C'erano quattro persone: Dominic, Damian, Chuck e Kelly, fissavano qualcosa per terra.

Stavano parlando, ma Blake non riusciva a capire cose

dicessero. Si guardò attorno freneticamente, cercando di trovare Alexis. Non vedendola, quasi gli si fermò il cuore. Era ancora nel baule? L'avevano uccisa per poi seppellirla da qualche parte? Era illogico, perché mai dovevano trovarsi ancora in montagna, se l'avevano già uccisa?

Cercò di avvicinarsi, per sentire cosa dicessero i quattro della banda. Sembravano frasi di scherno.

"Allora cercavi di ottenere informazioni sugli Inca Boyz per fare la spia a quegli stronzi della polizia di Denver?" affermò Damian. "Non mi convince."

"Sanno già che Margaret Mason ci ha assunti per scattare quelle foto di sua figlia e di tuo fratello. Le loro prove contro Donovan erano insufficienti. Per questo sta per uscire," aggiunse Chuck.

Dominic si inginocchiò e fissò quella strana forma piccola e scura, per terra davanti a lui. Si spostò, bloccando la visuale di Blake, che così non riuscì a vedere cosa ci fosse in quel punto, poi rovesciò la bottiglia che aveva in mano, tenendola così per vari secondi. "Continua a bere, troia," ordinò. "Più ti ubriachi e più ti verrà voglia di parlare... almeno se ci tieni alla pelle.

"Ecco cosa succede alle spie, stronza," continuò a bassa voce, con tono controllato, una calma davvero spaventosa. "Rimarrai qua tutta sola, preferirai essere morta. So che Chuck muore dalla voglia di scoparti, ma dovrà aspettare un paio di giorni. Poi, quando torna, lo pregherai di mettere il suo cazzo dove vuole lui, anche solo per bere un goccio d'acqua. Poi seppelliremo di nuovo il tuo culo grasso, e magari, se lo tratti davvero bene, dirà agli altri dove sei, così potranno venire quassù anche loro a fottere la tua faccia."

Damian si mise in ginocchio con le mani per terra, abbassando la faccia fino a toccare quasi terra, nel punto scuro davanti a lui. "Non vali niente. Sei solo un buco da scopare, un mezzo per un fine, come ogni altra donna. Morirai qui, una morte lenta e dolorosa, vorrai non aver mai sentito il nome degli Inca Boyz."

Blake capì all'improvviso che quel mucchietto scuro per terra era in realtà la testa di Alexis. I quattro della banda erano riusciti a seppellirla nel terreno fino al collo. Damian l'aveva costretta a bere vodka direttamente dalla bottiglia, stringendole il naso con le dita fino a farle aprire la bocca per respirare, così non aveva avuto altra scelta, se non mandar giù l'alcol che le stava versando in gola. La vista di Blake si offuscò, tutto gli sembrò rallentare intorno. Non aveva idea di cosa avessero fatto ad Alexis, prima di seppellirla, ma si sarebbero pentiti di averla anche solo sfiorata con un dito.

Qualunque cosa avessero fatto, non era stata facile. A Damian usciva il sangue dal naso, Dominic zoppicava, Chuck aveva il labbro rotto. La sua Alexis aveva fatto passare loro l'inferno. Evidentemente aveva combattuto, era orgogliosissimo di lei. Non aveva aspettato i soccorsi, aveva lottato con le unghie contro niente meno che tre uomini. Non l'avrebbe abbandonata proprio a quel punto.

Logan e i poliziotti stavano arrivando, ma erano ancora troppo lontani per poter aiutare lui o Alexis, quindi Blake fece ciò che doveva. Mirò attentamente alla gamba destra di Dominic e tirò il grilletto. La pallottola colpì il bersaglio, Dominic cadde a terra strillando, tenendosi la coscia.

"Porca*troia*!" urlò Chuck, voltandosi nella direzione da cui proveniva lo sparo, sparando a caso tra gli alberi.

Grazie alle tecniche apprese nell'esercito, Blake riuscì a spostarsi rapidamente di dieci metri sulla sinistra e fece partire un altro proiettile, stavolta colpendo Chuck alla spalla, riuscendo a togliere di mezzo i suoi colpi casuali.

Damian, che non era un fesso, prese suo fratello da terra e lo aiutò ad alzarsi, poi si avviò immediatamente verso la Cadillac.

Chuck correva dietro loro due, tenendosi il braccio, imprecando a piena voce.

Kelly, evidentemente non sveglia quanto gli altri, si accovacciò vicino ad Alexis, invece di cercare di scappare. Estrasse un coltello e lo puntò alla gola di Alexis, guardandosi intorno disorientata, cercando chi aveva sparato.

"Chi c'è?" urlò Kelly. "Cazzo, la uccido se non te ne vai subito."

"Andiamo, porta il culo in auto, stronza," urlò Chuck a Kelly.

Lei lo ignorò, Blake sentì Dominic dire: "Cazzi suoi. Se vuole starsene qui, lasciacela. Via."

Il motore della Cadillac si avviò e in pochi secondi la macchina spariva nel vialetto, lasciandosi dietro una scia polverosa. Blake non fece una piega, sfruttò la polvere sospesa nell'aria per cambiare posizione tra gli alberi, avvicinandosi ad Alexis e a Kelly, senza rivelare la propria posizione.

Non gli importava che i tre uomini scappassero. Nathan avrebbe rintracciato la macchina, perché il telefono di Alexis probabilmente era ancora dove lo aveva nascosto, e suo fratello avrebbe detto a Logan e alla polizia esattamente dov'erano i tre della banda. Non sarebbero andati lontano... anche perché due sanguinavano abbondantemente, feriti dai suoi proiettili, poi aveva bloccato l'uscita del vialetto con la sua macchina. Almeno avrebbero dovuto rallentare.

Così tutta la sua attenzione fu rivolta in quel momento a Kelly e ad Alexis.

Kelly afferrò una manciata di capelli di Alexis e le tirò indietro la testa, tenendo il coltello premuto contro la sua gola, completamente esposta. Alexis era inerme come un neonato. Blake si avvicinò di qualche centimetro, mentre Kelly sbraitava.

"Lo faccio. Le taglio la gola da parte a parte. Non credere che non sia in grado di farlo. Fatti vedere, chiunque tu sia.

Pensi di poterla tirar fuori di qui? Non credo proprio, col cazzo. Non vale nulla. Non è *nessuno*. Solo un'altra ricca stronza che pensa di poter comprare tutto. Non stavolta. Stavolta... no! Dominic e Damian faranno uscire di prigione loro fratello, poi troverà quella vacca di Bailey. Nessuno lo lascia. Nemmeno lei. Se pensa di poter uscire dalla banda così facilmente, si illude di grosso."

Blake non aveva idea di cosa stesse blaterando Kelly, ma non gli interessava nemmeno. A lui importava solo di Alexis. In quel momento, era l'unica cosa che contava. Prese la mira attentamente, respirò profondamente, concentrandosi.

Kelly spinse il coltello nella pelle di Alexis fino a farle uscire un rivolo di sangue dal taglio alla gola. Blake poteva vedere a malapena il sangue, con tutto il fango che le avevano messo addosso. "Gli Inca Boyz comandano a Denver. Ricche stronze ed ex ragazze non faranno differenza. Mai e poi mai. Non lo permetteremo. Noi..."

Qualunque fosse la frase che aveva cominciato, fu interrotta per sempre dal proiettile calibro 45 della pistola di Blake, che la colpì alla fronte per uscire dietro la testa. La sua materia cerebrale schizzò sul terreno dietro di lei. Kelly cadde all'indietro, spinta anche dal proiettile, il braccio che teneva il coltello rimase immobile al suo fianco, con la lama al sicuro, lontana dalla gola di Alexis.

Blake si mosse prima ancora che l'eco dello sparo svanisse nell'aria, nei dintorni. Si mise in ginocchio dietro la testa di Alexis e cominciò a scavare con agitazione, a mani nude. Era un'esperienza surreale, vederle solo la testa... era piantata per terra, come se non fosse attaccata al resto del corpo.

Lei strizzò gli occhi verso di lui, come non sapendo chi fosse.

"Ti faccio uscire in un minuto, dolcezza. Resisti."

"Blake?"

"Sì, Lex. Sono io."

"Finalmente sei arrivato?" Era più una domanda che un'affermazione.

Blake interruppe per un attimo il suo scavo frenetico per passare la sua mano sporca di terriccio sulla testa di Alexis, baciandola sulla fronte. Alexis aveva entrambi gli occhi gonfi, quasi chiusi, con dei lividi su tutta la faccia. Una grossa ciocca dei suoi capelli era per terra vicino al punto in cui era stata seppellita, aveva un rivolo di sangue sul collo, nel punto in cui Kelly le aveva spinto il coltello contro la gola. Blake non era mai stato tanto felice in vita sua di vedere qualcuno. "Sì, amore, finalmente sono arrivato, sei al sicuro."

Lei chiuse gli occhi (almeno così sembrò a lui) e poi li riaprì di nuovo, a malapena. "Era ora," scherzò, con voce roca.

"Santo cielo, Lex," sospirò Blake. "Ti amo tantissimo. Solo tu potresti fare una battuta in un momento come questo."

"Penso di essere di nuovo sbronza," commentò lei, rassegnata. "Anche se stavolta non mi sono ubriacata da sola."

"Ti fa male?" le domandò Blake, che poi si corresse: "Merda, lascia perdere, ovvio che ti fa male. Guarda qua."

"Invece no, per nulla. Damian mi ha fatto un favore. La vodka mi ha aiutato, perché non mi faceva tanto male quando mi colpivano." Parlava in modo molto confuso, Blake temeva che l'alcol nascondesse dolori molto gravi e non evidenti. "Ma mi sono fatta valere anch'io. Ho fatto come mi avete insegnato tu e Logan. Ho colpito occhi e articolazioni. Ho cercato di fuggire, ma quello stronzo di Chuck mi ha presa prima che potessi arrivare lontano."

Alexis cercò di voltarsi da entrambi i lati come cercando qualcuno. "Dov'è Kelly? L'hai presa, vero? Morta? Non farà finta?" domandò, senza lasciargli il tempo di rispondere ogni volta.

"Kelly? Ma certo, è morta."

"Ottimo. Stronza. Mi ha presa per il culo alla grande. Mi

ha fatto sentire in colpa per lei. Io ci sono cascata come una stupida."

Blake ricominciò a scavare senza ulteriori commenti. In quel momento gli importava di più liberarla che ottenere altre informazioni su cosa le fosse successo. "Sei in piedi? Sei seduta o sdraiata? A che profondità devo scavare? Riesci a muoverti? Puoi aiutarti a uscire?"

Deglutì sonoramente, poi lo informò: "Sono seduta. Mi hanno ammanettato i polsi alle caviglie così non potevo scavare per uscire, quando se ne andavano. Siccome ho cercato di lottare, non volevano rischiare che scappassi."

"Stronzi," mormorò Blake a mezza voce, con un tono misto di odio. "Avrei dovuto sparare a tutti nella testa quando potevo."

"Dove hai sparato, dove li hai presi?" chiese Alexis, con il tono di voce di una normale conversazione, come se gli stesse chiedendo cosa volesse a colazione o che ore fossero.

"Alla gamba e alla spalla. Però non ho avuto tempo di beccare Damian." Blake brontolò con forza, mentre cercava di spostare quanta più terra voleva ogni volta. Si gettava zolle di terreno alle spalle mentre parlava: "Quell'imbecille correva da codardo qual è."

"Riusciranno a scappare?" chiese Alexis curiosa, girando la testa per guardare dove prima si trovava la Cadillac, ora scomparsa.

"No."

"A me sembra di sì invece. Tu sei qua da solo, loro erano in quattro."

Blake smise di scavare per un momento e guardò Alexis negli occhi. "Prima di tutto, tu eri, sei e sarai *sempre* il mio primo pensiero. Non me ne frega un fico secco di altro o altri. Secondo, farò tutto ciò che posso per assicurarmi che quei figli di buona donna vengano presi, per non farti mai più del male. Non sto parlando di qualche anno di prigione per maltrattamenti e rapimento. Terzo, te l'ho detto che stavamo seguendo il segnale del tuo cellulare, per questo sono arrivato direttamente qui. Nathan sa dove sono, perché hai lasciato il cellulare nella loro macchina. Non solo, ma Logan era dietro di me, insieme a una squadra speciale della polizia di Denver. Cattureranno quegli imbecilli prima che possano allontanarsi di dieci chilometri."

"Allora va bene," si calmò Alexis.

"Hai altre domande, o posso continuare?" le chiese Blake, lasciando trapelare un minimo di umorismo nella voce, per la prima volta. Non che ci fosse qualcosa di cui stare allegri, ma se ad Alexis serviva un po' di leggerezza, allora avrebbe anche scherzato. L'avrebbe seguita in tutto, procurandole tutto ciò che le serviva. Ma prima doveva tirarla fuori da quel cavolo di buco in cui l'avevano ficcata, anche per assicurarsi che fosse tutta intera.

"Ma certamente, continua pure, prego," gli rispose Alexis, come fosse stata la regina d'Inghilterra che gli concedeva un'altissima onorificenza.

Così fece. Blake riprese a scavare a piene mani, ignorando il terriccio che gli si accumulava sotto le unghie e gli ricopriva i vestiti, non sentendo nemmeno i crampi alle braccia. Quando arrivò a togliere abbastanza terriccio da raggiungere la vita di Alexis, si sentì una macchina che arrivava estremamente veloce dalla stradina dietro di loro.

Blake si alzò e si voltò così veloce, che avrebbe potuto facilmente vincere una sparatoria del far west, estraendo la pistola e puntandola verso la stradina nel giro di un secondo. Non avrebbe consentito a nessuno di avvicinarsi ad Alexis. Col cavolo.

Appena riconobbe la macchina, Blake si rilassò, rimettendo la pistola nella fondina, che aveva alla cinta dei suoi jeans. Logan saltò fuori dalla macchina e corse verso Blake, senza nemmeno curarsi di spegnere il motore. "Ma che cazzo di schifo?" sbottò, avvicinandosi abbastanza da vedere con chiarezza cosa stesse facendo Blake.

"Ciao, Logan," canticchiò Alexis. "Che bello che ci sei anche tu alla festa."

Senza aggiungere una parola, Logan si mise subito in ginocchio e si unì a Blake per scavare. Poi alzò un sopracciglio verso il fratello, come chiedendogli qualcosa.

Blake strinse i denti e annuì.

La comunicazione silenziosa tra i due fratelli non avrebbe significato nulla per chiunque altro, ma i due erano cresciuti insieme per molti anni, si erano affiatati ancor più negli ultimi mesi, quindi non avevano problemi a capirsi al volo, al minimo suggerimento.

"La polizia ha beccato quei tre all'imbocco della Route Six. La tua macchina è andata, però. Ci hanno sbattuto contro appena voltato l'angolo."

"Oh, la tua povera Mustang," piagnucolò Alexis. "Non abbiamo nemmeno fatto l'amore sui sedili posteriori."

Logan sembrò sorpreso, sia per quanto aveva detto, sia per il fatto che aveva ancora la voce molto confusa... si voltò verso Blake per una spiegazione.

"Quegli stronzi l'hanno costretta a bere," disse Blake, indicando la bottiglia di vodka che giaceva a terra lì vicino, ora vuota.

Logan annuì. Poi proseguì la sua spiegazione di cosa era avvenuto tra i poliziotti e i banditi. "Chuck è messo male. Tra il colpo alla spalla e l'urto che l'ha fatto volare fuori dal parabrezza..." Logan scrollò le spalle.

"E gli altri due?" domandò Blake.

"Damian ha cercato di trovare una via di fuga sparando."

"E?" insistette Blake, sempre scavando.

"Non gli è andata bene," commentò Logan con voce ferma. "Non sarà più un problema per nessuno. Adesso ha una ventina di buchi nel corpo, suo fratello non è messo molto meglio, dato che gli era seduto vicino quando i proiettili hanno cominciato a volare. Immagino che Kelly stesse minacciando Alexis?" chiese Logan, voltandosi verso la donna a terra, evidentemente morta.

"Già," rispose Blake, senza ulteriori spiegazioni.

"Bene, sono quattro della banda di cui non dovremo più preoccuparci," commentò Logan, dicendo al fratello qualcosa che lui aveva già capito da solo.

"Hai con te delle chiavi per le manette?" chiese Blake al fratello, concentrandosi mentre toglieva gli ultimi mucchietti di terra dal punto in cui Alexis era stata quasi sepolta.

Sapeva che Logan lo stava fissando, ma Blake non distolse lo sguardo da ciò che stava facendo.

"No, ma la polizia sarà qui tra non molto," gli disse Logan.

Blake annuì e scavò altra terra, scoprendo le caviglie di Alexis... e le mani, ammanettate alle caviglie.

"Non sento più le mani o i piedi. Dominic ha stretto le manette più che poteva," disse Alexis, che sembrava assonnata. "Ci sono ancora?"

Blake le prese immediatamente la testa con le mani e la guardò negli occhi. "Tieni duro, non addormentarti, Lex. Rimani sveglia."

Lei annuì, muovendo la testa solo di mezzo centimetro.

"Presto arriveranno ad aiutarti. Puoi dirmi cosa ti hanno fatto?"

Lei scosse la testa, implorandolo con gli occhi. "Lo farò. Ma non qui. Non adesso. Ti prego, portami solo a casa."

"Ti riporto al tuo appartamento il prima possibile, dolcezza, ma prima dobbiamo andare all'ospedale così ti potranno visitare," la rassicurò Blake.

Ma lei fece un cenno di diniego ancor più evidente. "No. Voglio andare a *casa*. A casa *tua*. Non voglio star male nei bagni dell'ospedale. Fa già abbastanza schifo vomitare per conto mio!"

Il cuore di Blake si riempì d'amore per la donna meravigliosa che aveva davanti. Era ricoperta di fango e terriccio... letteralmente coperta dalla testa ai piedi. Ovviamente era stata picchiata e torturata psicologicamente, oltre a essere ubriaca fradicia. Blake non sapeva minimamente cos'altro avesse dovuto subire, ma non si era arresa. Aveva chiaramente combattuto contro i suoi rapitori, costringendoli a immobilizzarla per ficcarla in quel dannato buco. Ora era seduta lì, scherzava sul suo salvataggio, con le mani e i piedi formicolanti, chiedeva solo di andare a *casa*. Con lui.

"Ti porto a casa *nostra* appena possibile, tesoro," la rassicurò Blake.

"Bene. Logan?"

"Sì, Alexis?" rispose Logan quasi distrattamente, cercando il modo migliore per tirarla fuori da quel buco. L'avevano scoperta, ma con i polsi ammanettati alle caviglie sarebbe stato estremamente scomodo spostarla. Non poteva sdraiarsi sulla schiena una volta uscita, non c'era uno spazio comodo per farla sedere. Per quanto fosse irritante, probabilmente avrebbe dovuto rimanere dov'era, almeno finché non le avessero tolto le manette.

"Pensi che Grace andrà presto a fare shopping con me?"

"Cosa?" Logan strabuzzò gli occhi verso Alexis, sorpreso da quella domanda totalmente inaspettata.

"Ha un ottimo gusto in fatto di vestiti, pensavo che sarebbe divertente."

"Sono sicuro che le farebbe piacere," rispose Logan, onestamente. "Magari quando ti riprendi e non sei ubriaca come una spugna."

"Certo. Oh, mi fai un favore?"

"Naturalmente," disse subito Logan, impressionato ogni secondo di più che la donna amata dal fratello fosse così calma.

"Di' a Nathan che si chiama Bailey."

"Chi si chiama Bailey?" domandò Logan, confuso, cercando chiarimenti da Blake.

Blake rispose prima di Alexis. "L'ex ragazza di Donovan. Nathan e Alexis stavano cercando di scoprire più informazioni su di lei. Kelly ha perso la testa e si è messa a raccontare di una tipa di nome Bailey e di come Donovan la rivoleva indietro."

Logan si rivolse di nuovo ad Alexis e disse: "Va bene, glielo dirò. Però, Alexis, potrai dirgli tu con precisione tutto quello che ti ha detto Kelly, quando verrà a trovarti in ospedale."

Alexis arricciò il naso, poi emise un gemito sommesso, perché le faceva male. "Non mi piacciono gli ospedali."

"Non piacciono a nessuno, tesoro," la rassicurò Blake, accarezzandole teneramente i capelli con la mano. Probabilmente avrebbe fatto meglio a trattenersi, perché stava spargendo altro sporco su quei poveri capelli, ma aveva bisogno di toccarla. Doveva rassicurarla.

"Mi sveglierò di nuovo a vomitare? Non mi è piaciuto l'altra volta. Penso che mi piacerà ancor meno, adesso che mi fa male dappertutto."

Blake passò con molta delicatezza i pollici sulle sue guance graffiate, cercando di tranquillizzarla. "Faranno il possibile per farti superare il peggio di questa sbronza, tesoro. Cerca di non preoccuparti."

"Blake?"

"Sì, Lex?"

"Puoi far sapere ai miei genitori che sto bene?"

"Ma certo che lo farò."

"Blake?"

Lui trattenne una risata. "Sono sempre qui, tesoro."

"Lo sapevo che saresti arrivato. Ho fatto quello che mi avete insegnato tu e Logan. Avrebbe anche funzionato, ma erano in tre."

Santo cielo, lo stava facendo morire. Non sapeva

nemmeno cosa le fosse successo, ma sapeva che senza dubbio aveva fatto tutto ciò che poteva per sbloccare la situazione, dandogli il tempo necessario per raggiungerla. "Lo so. Scommetto che li hai spaventati a morte, quando hai cercato di ficcargli le dita negli occhi."

Alexis sorrise, come nel ricordo, poi rispose, con voce bassa e sicura di sé: "Eh già. Non si aspettavano che mi mettessi a lottare."

Blake aprì la bocca per rispondere, ma il suono dei veicoli che provenivano dalla strada lo interruppe.

"Arriva la cavalleria," mormorò Alexis. "Sono qui per me. Mi mangerei volentieri un *cheeseburger*."

I due uomini risero, tenendo controllata con la coda dell'occhio la stradina, nel caso non fossero le squadre della polizia ad arrivare.

Invece era la polizia. Nel giro di dieci minuti furono tolte le manette ad Alexis, che fu tirata fuori dal buco, per poi partire per Denver. Finì per perdere la sua lotta con i sensi appena sdraiata su una lettiga.

Logan rimase in montagna con tutti i poliziotti, si sarebbe assicurato che la macchina di Blake, o almeno quel che ne era rimasto, fosse riportata in città.

Blake sedette di fianco ad Alexis, tenendole la mano sulla fronte, non voleva perdere il contatto con lei. Erano entrambi sporchi, ma a lui non importava. Fu quasi contento che Alexis perdesse i sensi, perché il ritorno in città sul retro di una Jeep militare non fu esattamente una passeggiata.

Nella squadra speciale degli SWAT c'erano anche due soccorritori, che ora erano impegnati a pulire al meglio Alexis dal terriccio; l'avevano anche collegata a una flebo per idratarla. Blake aveva spiegato loro perché Alexis puzzava come una distilleria, così non avevano voluto darle degli antidolorifici, perché avrebbero potuto implicare delle controindicazioni con l'alcol presente nel suo organismo.

Avevano detto anche che i medici potevano farle una lavanda gastrica per eliminare l'alcol prima che entrasse in circolo. Blake fece una smorfia, sapendo che le poche ore successive non sarebbero state affatto facili per la sua donna.

A metà strada, scesi dalla montagna, il cellulare di Blake vibrò per la notifica di un messaggio in arrivo... sorprendentemente era di Alexis. Era l'ultimo messaggio che gli aveva inviato, prima di perdere campo. Ora che erano tornati in una zona coperta dai ripetitori, il messaggio era finalmente stato consegnato.

Alexis: a prescindere resisto finché arrivi ti amo

Blake non si accorse nemmeno che stava piangendo, finché uno dei poliziotti presenti non gli passò un fazzoletto, senza dire una parola. La fiducia che Alexis aveva riposto in lui quasi lo spaventava, fece voto in silenzio di non farla mai dubitare del suo amore e della sua devozione per lei. Mai. Avrebbe vissuto per tutta la vita assicurandosi che sapesse quanto era importante per lui.

CAPITOLO DICIASSETTE

VENTIQUATTR'ORE DOPO, Blake era seduto vicino ad Alexis, che era sdraiata nel letto dell'ospedale, la teneva per mano, mentre lei parlava tranquillamente ai suoi genitori. Nathan aveva telefonato a Brian e Betty Grant per dire loro cosa era successo alla loro figlia. Sapevano che lavorava con la Ace Security, ma non che si era infiltrata sotto copertura per sbaragliare la banda coinvolta nell'episodio di rapimento e di ricatto nei confronti del loro figlio. All'inizio avevano reagito male, ma poi, evidentemente perché conoscevano bene la figlia, erano stati sollevati di sapere che stava bene, forse anche un po' orgogliosi del suo ruolo nell'aver contrastato almeno una parte della banda.

Blake si era staccato dalla loro conversazione, concentrandosi invece sulla sensazione di calore che gli trasmetteva la mano di Lex, sul modo in cui gli stringeva la mano, mentre lei insisteva con i suoi genitori perché dicessero a Bradford che non doveva tornare per forza in Colorado, perché lei stava bene.

Le avevano fatto una lavanda gastrica, per evitare le

conseguenze peggiori dell'eccesso di alcol. Aveva ancora un forte mal di testa, ma quello era l'ultimo dei suoi problemi.

Era piena di lividi e di escoriazioni, lamentava dolore praticamente in ogni muscolo del corpo. Le spalle le facevano male perché le avevano fissato le braccia dietro la schiena, la testa le dolorava perché l'avevano sbattuta contro un muro, quando l'avevano rapita, il torace le faceva male perché l'avevano presa a calci, i muscoli delle braccia e delle gambe erano indolenziti perché aveva lottato contro tre uomini, poi ovviamente i polsi e le caviglie soffrivano per le manette, che erano state chiuse molto strette, affondando nella sua pelle.

Aveva la faccia gonfia per le botte, aveva un aspetto piuttosto orripilante, ma almeno era viva. Per Blake era quasi un miracolo, benché volesse dare la caccia a Dominic, Damian, Chuck e Kelly e ucciderli tutti per quanto le avevano fatto, era contento almeno di riaverla, in fin dei conti non troppo malconcia. Sapeva che sarebbe potuto andare tutto molto peggio.

La polizia, con Ross, stava arrivando per una deposizione ufficiale. Lui e Logan avevano già parlato con i poliziotti, spiegando tutti i fatti dal loro punto di vista. All'inizio, qualcuno voleva portare Blake alla centrale di polizia per interrogarlo sulla morte di Kelly, ma per fortuna quelli della squadra speciale gli avevano evitato quella trafila, spiegando che i tagli che aveva Alexis sul collo erano stati causati dal coltello, ancora nella mano fredda e rigida di Kelly. Probabilmente avrebbero comunque dovuto interrogarlo, ma per il momento Blake era soddisfatto, perché il suo passato nell'esercito e gli interventi della Ace Security avevano pesato in suo favore.

Il dolore di Alexis era controllato con dosi potenti di narcotici, Blake la teneva sempre d'occhio. Voleva essere sicuro di richiedere un'altra dose, nell'attimo stesso in cui l'effetto delle pillole fosse svanito. Aveva già sofferto abbastanza, nelle mani degli Inca Boyz; ora lui avrebbe fatto tutto il possibile per evitarle ogni sofferenza inutile. Per quanto lei provasse a fare la dura. In superficie, sembrava stesse bene, ma lui aveva capito che si stava aggrappando a un filo. Non voleva farle rivivere quanto le era successo, ma doveva sapere, per poterla aiutare a superare il trauma.

"Mamma, papà, sto *bene*. Davvero. Qua con me c'è Blake e ci sono anche i suoi fratelli. Appena mi congedano, torno a Castle Rock per stare con Blake per un po'. Si prenderà lui cura di me."

Il signor Grant guardò a lungo Blake, prima di commentare in modo asciutto: "Allora immagino voi due siate una coppia, adesso?"

Alexis strabuzzò gli occhi, esasperata. "Sì, papà. Stiamo insieme."

L'uomo anziano continuò a fissare intensamente Blake per lungo tempo, prima di dirgli: "Non vorrei essere svegliato di nuovo nel bel mezzo della notte da una telefonata, per sentirmi dire che devo venire in ospedale a trovare mia figlia."

Blake poté leggere benissimo tra le righe delle parole di quell'uomo. In qualche modo, il papà di Lex gli ricordava il suo. Ace Anderson era un uomo un po' scontroso, non molto affettuoso, anche se aveva sempre fatto capire ai figli che li amava, a modo suo.

"Non si preoccupi. Per quanto mi riguarda, non succederà mai più. Il lavoro di Lex con le bande di Denver è finito. Le giuro che d'ora in poi la terrò sempre al sicuro."

"Ehi," protestò Alexis. "Cosa siamo? Nel Medio Evo? Papà, sto bene, dico davvero."

Brian Grant continuò a fissare negli occhi Blake per un altro momento, ignorando la figlia, poi finalmente gli porse la mano. "Benvenuto nella famiglia, figliolo."

Blake strinse la mano del padre di Alexis facendogli un cenno di assenso, sempre senza lasciar andare con l'altra mano quella di Lex. Gli occhi di Brian Grant si spostarono giù, alla mano di sua figlia che Blake stringeva, poi tornarono su di lui. Annuì, infine sorrise.

"Andiamo, Betty, siamo rimasti abbastanza a lungo," disse alla moglie.

"Ma Brian, siamo appena arrivati."

Lui rise. "Tesoro, siamo arrivati da più di un'ora. Dobbiamo telefonare a Bradford per dirgli che sua sorella sta bene e che non deve tornare per forza, poi devo tornare al lavoro."

"Va bene, d'accordo," brontolò Betty, alzandosi e avvicinandosi ad Alexis. La baciò sulla guancia e le raccomandò: "Telefonami quando arrivi a Castle Rock appena ti sistemi."

"Lo farò, mamma. Grazie."

Blake sentì il grosso sospiro di Lex, sollevata dalla partenza dei suoi genitori. Si era rilassata sui cuscini e lo stava guardando. "Ti ringrazio per non essertene andato quando sono arrivati. A volte esagerano un po', ma solo perché mi amano tantissimo."

Blake si abbassò per baciarle la fronte e rispose: "Lo so, tesoro. È evidente che sono molto preoccupati per te. Sei stata molto brava. Hai raccontato loro quanto bastava, ma non troppo, per non farli preoccupare senza motivo."

Lei annuì, poi distolse lo sguardo da lui per rivolgerlo alla porta, mordendosi nervosamente le labbra.

"Sei pronta per affrontare questo momento?" le chiese Blake, strofinandole col pollice il dorso della mano.

"Sinceramente? No. Ma so che devo farlo. Prima lo supero, prima me ne posso andare, così possiamo tornare a casa."

A Blake piaceva sentire parlare con tanto affetto della loro *casa*. "Non ti dispiace se Logan e Nathan saranno presenti, mentre fai la tua deposizione alla polizia?"

Alexis fece cenno di no col capo, tornando a guardare Blake, per poi rispondere senza esitazione: "No. quegli stronzi non hanno fatto niente di cui mi vergogni a parlare... di per sé. Non che mi entusiasmi rivivere tutto, ma se tutto quel che mi è capitato può aiutare a sconfiggere il resto degli Inca Boyz, ci sto dentro alla grande. Preferisco raccontare tutto una volta sola, piuttosto che prima alla polizia e poi ai tuoi fratelli. Capisci?"

"Sì, lo so," la rassicurò Blake con un sorriso tenero. "Ti ho già detto oggi quanto sono fiero di te?"

Alexis gli sorrise di rimando. "Sì, circa già tre volte."

"E ti ho detto quanto sei bella e quanto sei meravigliosa? Penso di essere l'uomo più fortunato al mondo."

Lei rise sonoramente. "No, beh, questo oggi non me l'avevi ancora detto."

"Beh, penso che tu sia bella e meravigliosa, sono l'uomo più fortunato al mondo."

"Se lo dici tu," gli rispose, accennando un'altra risata, mentre alzava gli occhi al cielo.

Blake fu felice di vedere che le sue provocazioni le allontanavano il dolore dagli occhi. Sembrava un miracolo, Damian e gli altri non avevano fatto crollare il suo spirito. Lex era ancora la donna innocente e appassionata che aveva conosciuto e cominciato ad amare.

"Ti fa male da qualche parte? Ti serve un antidolorifico prima che arrivino gli altri?"

Alexis scosse la testa. "No, per ora sono a posto. Sono molto contenta di non essermi svegliata per vomitare l'anima, stavolta."

Blake non sorrise nemmeno. Lex sapeva che i medici le avevano fatto una lavanda gastrica, ma non era stata lucida per tutto il tempo, quindi non si ricordava molto. Blake invece non poteva dimenticare. Era riuscito a stare al suo fianco per quasi tutto il tempo, al pronto soccorso, in ogni esame, tranne in quello intimo che serviva per stabilire se era stata molestata sessualmente. L'avevano fatta bere pesantemente, ma per fortuna i medici avevano estratto abbastanza liquore dal suo stomaco, prima che entrasse in circolazione, col rischio di far cedere qualche organo interno. Le avevano dato dei farmaci contro la nausea, per evitare che ne soffrisse al risveglio.

Era stato difficile assistere al dolore atroce che aveva provato, quando finalmente si era svegliata, ma anche il dolore si era affievolito, quando il livello di alcol nel sangue si era abbassato abbastanza per poterle somministrare degli antidolorifici.

"Anch'io son contento, tesoro. Per quanto non mi sia dispiaciuto tenerti i capelli mentre stavi male, quella volta, penso sarebbe meglio non farne un'abitudine." Blake le sorrise, provocandola, ma fu sorpreso di incontrare i suoi occhi, che lo guardavano seriamente.

"Grazie per essermi rimasto vicino, Blake. So che probabilmente avrai quintali di lavoro da fare in ufficio, per tutto questo, per non parlare dei poliziotti che ti aspettano. Mi dispiace che tu abbia dovuto sparare a Kelly. Non che mi dispiaccia per lei, ma per *te*. Non dev'essere facile."

Blake si spostò e si mise seduto sul letto, vicino a lei. Poi mise le mani ai lati delle spalle di Alexis, abbassandosi fino a sfiorarle la bocca con la propria, fissandole gli occhi ancora lividi. "Vorrei tanto dire che provo rimorso per aver tolto la vita a una persona, ma non è così. E lo sai il perché?" Non le lasciò il tempo di rispondere, prima di proseguire. "Perché stava per ucciderti. Non mi fregava niente di niente, se non di salvarti la vita. Non avere ripensamenti, Lex, perché io non ne ho. Va bene?"

"Grazie, Blake."

"Non dovrai mai ringraziarmi per averti salvato la vita, tesoro. Ucciderei centinaia di persone più e più volte, se servisse a guardare i tuoi begli occhi nocciola e a baciare le tue labbra rosa."

Alexis sorrise, Blake senti che lo accarezzava su e giù sull'avambraccio, ma non smise di guardarla negli occhi, mentre lei proseguiva nel discorso. "Spero che non dovrai mai più fare del male a qualcuno per me, ma se lo fai, grazie in anticipo per aver ucciso centinaia di persone per me. Un po' mi piaci, Blake Anderson, e mi stai viziando. Magari non sarò ancora in piena forma, ma ti mostrerò quanto ti sono grata, appena arriveremo nel tuo letto.

Blake si abbassò e la baciò teneramente sulle labbra. Alexis aveva il labbro inferiore rotto, baciare doveva farle male, ma lei sembrò quasi non notarlo. Aprì la bocca per accogliere quella di lui, tirò fuori la lingua, che sfregò contro il suo labbro inferiore. Blake si fece indietro, prima di causarle altro dolore.

Si alzò leggermente su di lei, senza spostare le mani, tenendola come ingabbiata. "Se hai bisogno di una pausa, stringimi la mano, io farò in modo che gli ispettori ti facciano respirare un po'. Va bene?"

Lei annuì rapidamente. "Va bene. Però cercherò di sbrigarmela velocemente, nel modo più esauriente possibile. In modo da chiudere tutto."

"Comunque, se hai bisogno di una pausa, tu fammelo sapere che ci penso io."

"Pensi che potrei mettermi seduta sulla sedia?" gli chiese Alexis. "Sarei più a mio agio a parlarne da lì."

"Non vedo perché no. Basta che non ti faccia male, penso che si possa fare."

Blake si alzò e si apprestò a spostare Lex dal letto per aiutarla a sedersi nella poltroncina all'angolo della stanza, quella in cui lui aveva dormito quella notte, mentre vegliava sulla donna che amava.

Dopo trenta minuti, Alexis stava raccontando a quattro uomini in piedi e seduti intorno a lei esattamente quel che aveva passato, nelle mani dei membri degli Inca Boyz. Logan era appoggiato alla parete più lontana di quella stanza d'ospedale, con le braccia incrociate, si imbronciava ascoltandola parlare, evidentemente irritato da tutto ciò che spiegava.

Nathan era seduto sul letto, prendeva appunti al volo su quanto Alexis raccontava, anche se davanti a lei c'era un registratore in azione. Probabilmente avrebbe riletto più volte le sue parole, per assicurarsi di non essersi perso nulla. L'ispettore Ross era seduto su una sedia d'ospedale scomoda, si appuntava dei commenti in un blocchetto, mentre Alexis sedeva sulle ginocchia di Blake, sulla poltrona.

Blake voleva starle il più vicino possibile, sperava che forse il suo calore e le sue carezze l'aiutassero a superare quel momento più facilmente.

"Non avrei fatto l'errore di andare in macchina con Kelly," raccontava Alexis. "Ma lei mi ha detto che voleva solo allontanarsi un po' dal mio appartamento per parlare. Sembrava davvero molto sincera, mi è dispiaciuto per lei. Si è presa gioco di me alla grande. Chiaramente sono stata una stolta. Adesso lo capisco, ma voi non eravate presenti. Non avete sentito cosa diceva."

Nathan intervenne per rassicurarla: "Chissà come, ha trovato il modo di far leva sul tuo grande cuore. Non devi affatto scusarti per questo."

Alexis gli sorrise, prima di proseguire nel racconto della sua storia. "Ma appena abbiamo girato l'angolo, c'erano gli altri, mi hanno sbattuta nel bagagliaio prima ancora che potessi dire o fare qualcosa. Per fortuna, avevo tenuto il telefono in tasca invece di metterlo nella borsetta."

Tremò, mentre Blake fece di tutto per trattenersi dall'imprecare ad alta voce. Era *davvero* stata molto fortunata. Sapevano tutti che la situazione poteva finire in modo molto diverso, se non fosse riuscita a contattare Blake.

"Faremo le trascrizioni dei vostri messaggi più tardi, ma ha comunicato a Blake la sua posizione, ogni volta che vi fermavate?" domandò l'ispettore. "Quanti soldi ha prelevato dal suo conto?"

"Beh, ci siamo fermati mi sembra sei volte, potevo prelevare solo cinquecento dollari alla volta. Ma l'ultimo prelievo chissà come non ha funzionato, non so il perché. Volevano più soldi, penso che intendessero tenermi viva su in montagna, fino ad avere tutti i soldi che potevano."

L'ispettore annuì. "Cos'è successo quando siete arrivati nel punto in cui l'hanno seppellita?"

Blake sentì Alexis che deglutiva a fatica, per la scelta di parole infelice dell'ispettore. *Poteva* davvero diventare il luogo di sepoltura di Lex, se le cose fossero andate diversamente. Non avrebbero mai potuto trovare la sua tomba, se quelli della banda l'avessero uccisa e abbandonata in quel punto. Blake accarezzava le braccia fredde di Alexis con movimenti avanti e indietro, ma non la interruppe, così lei ricominciò a parlare.

"Ho capito che eravamo su una stradina quando abbiamo svoltato dalla strada principale. Continuavo a sobbalzare nel bagagliaio, temevo mi avrebbero sparato nel momento stesso in cui ci fermavamo. Chuck ha aperto il baule e mi ha tirata fuori. Voleva violentarmi sul posto, ma Damian lo ha fermato."

"Come lo ha fermato?" la interruppe l'ispettore. "Cosa si sono detti di preciso?"

Alexis respirò lentamente, poi proseguì il suo racconto. "Chuck ha chiuso il baule e mi ci ha piegata sopra. Ha spinto la mia testa forte contro il metallo, facendomi molto male, tanto che per qualche secondo ho perso conoscenza. Mi ha messo la mano sotto la maglia, cercava di slacciarmi i pantaloni, quando Damian lo ha spinto via da me. Sono caduta di fianco alla macchina, mi sono ritrovata a terra con le ginocchia e con le mani, cercavo di riprendermi.

"Li ho sentiti urlare del piano, Damian ha detto qualcosa

del tipo che Chuck avrebbe dovuto aspettare il suo turno, perché prima dovevano farla finita con me. Non volevo certo stare lì ad aspettare quel destino, quindi sono scattata. Chuck mi ha afferrata e mi ha trascinata indietro. Sono riuscita a colpirlo in faccia col gomito, gli ho spezzato un labbro, ma lui non mi ha lasciata andare e mi ha colpita di rimando. Era incazzatissimo perché l'avevo fatto sanguinare, quando mi ha colpito pensava di avermi messa fuori gioco. Mi ha trascinata davanti a Dominic, prima che potessero legarmi le caviglie o altro, ho usato uno dei trucchetti che mi avete insegnato.

"Ho dato un calcio a Dominic al ginocchio... avevate ragione, è andato subito a terra. Purtroppo, così suo fratello si è incazzato. Mi ha strappata via da Chuck e ha cominciato a scuotermi come una bambola di pezza, così l'ho colpito in faccia con la testa. Di certo non gli è piaciuto, ma io ero contenta almeno di aver sparso un po' del loro sangue. Così lui mi ha spinta a terra, hanno cominciato a prendermi a calci, mentre Kelly li incitava.

"Poi Dominic mi ha tirata in piedi dai capelli, facendo attenzione a tenersi abbastanza lontano dai miei piedi e dalla mia testa, poi Damian mi ha chiesto perché avevo voluto trovarmi con gli Inca Boyz. Non ero decisa se dire la verità o meno, così ho cercato di confermare la storia che avevo raccontato all'inizio... che mi piaceva uscire con dei ragazzacci."

Fece una pausa di un momento nel suo racconto, Blake le mise una mano sulla coscia, stringendola teneramente. Lei si voltò per sorridergli, cercando di rassicurarlo. Poi proseguì nel racconto di quella storia mozzafiato.

"Damian non mi ha creduto per un secondo, così ha tirato fuori la bottiglia di vodka. Mi ha detto di bere, ma io mi sono rifiutata. Mi ha colpita ancora, mi sono rifiutata di nuovo. Ha detto a Chuck di darmi dei calci alle ginocchia da dietro, sono caduta mani a terra, in ginocchio. Poi mi ha messo la bottiglia in bocca, mentre Chuck mi tirava per i capelli, stringendomi il naso con una mano. Mi hanno costretta a bere fin quasi a soffocarmi... Poi Damian mi ha chiesto di nuovo perché fossi così interessata alla loro banda.

"Hanno continuato a costringermi a bere la vodka, fin quasi a farmi vomitare. Sapevo che non si sarebbero fermati prima di farmi dire *qualcosa*, così ho raccontato a malincuore che ero arrabbiata con loro per quanto avevano fatto a mio fratello. Sembravano divertiti, hanno smesso di costringermi a bere vodka, hanno cambiato tattica."

Quando Alexis smise di parlare, l'ispettore le chiese: "Poi cos'hanno fatto? Come è finita in quel buco?"

"A quel punto ero già mezza brilla. L'alcol mi ha dato alla testa subito. Non so, sarà stata la paura, il cuore mi batteva all'impazzata, l'alcol mi è andato in circolo rapidamente, mi hanno gettato un badile e mi hanno detto di cominciare a scavare. Mai e poi mai avrei scavato la mia stessa fossa. Ho visto fin troppi thriller polizieschi per caderci, così ho fatto finta di essere molto più ubriaca di quanto non fossi in realtà, sono caduta a terra e ho fatto finta di non riuscire più ad alzarmi. Si sono incazzati, specialmente Kelly. Mi si è avvicinata e ha cominciato a prendermi a calci e a pugni. Allora ho cercato di usare il badile come arma, ma ormai le braccia non mi funzionavano più, quindi si sono messi a ridere, l'hanno lasciata fare mentre hanno cominciato a scavare *loro* la fossa.

"Immagino che si siano stancati più del previsto, per questo non hanno scavato molto in profondità. Penso sia stata di Dominic l'idea di ammanettarmi mani e piedi, per farmi sedere in quel buco. Da quanto avevo combattuto, immagino abbia pensato che, se non mi legavano, mi sarei tirata fuori da quel buco scavando... l'ha pensata giusta, perché l'avrei fatto davvero. Stavo quasi per preoccuparmi che non arrivasse nessuno ad aiutarmi, l'ultima cosa che volevo era farmi seppellire viva, quindi ho provato di nuovo a scappare, ma sono inciampata e Chuck mi ha ripreso facilmente... di nuovo. Mi ha trascinata fino al buco prendendomi per i capelli e mi ha tenuta ferma, mentre Kelly mi colpiva ancora qualche volta. Poi si sono aggiunti anche Dominic e Damian. Mi hanno preso a calci e a pugni. Sullo stomaco, sulla faccia, sulla schiena. Chuck mi ha anche afferrato i seni e me li ha stretti più forte che poteva. Volevano sapere esattamente per chi lavoravo, che informazioni avevo raccolto."

Alexis si girò verso Blake, che quasi piangeva per quel suo sguardo intimorito. "Ho raccontato tutto, Blake. Che lavoravo per la Ace Security, che stavamo raccogliendo informazioni sulla banda per riferire tutto alla polizia, che sarebbe intervenuta e avrebbe sbaragliato la loro attività di banditi mercenari. Ho detto anche i miei codici PIN per consentire loro di tornare a fare dei prelievi l'indomani, il giorno dopo, per prelevare dal mio conto fino a svuotarlo. Mi dispiace. Ho cercato di essere dura, di resistere, ma mi faceva troppo male. Non volevo che mi seppellissero viva, avevo troppa paura."

"Shh, Lex. Va tutto bene. Non hai svelato chissà quale segreto."

Grandi lacrime le riempirono gli occhi e le attraversarono le guance gonfie. "Faceva male, Blake. Faceva molto male, volevo solo farli smettere."

Logan allora si mosse per avvicinarsi al punto in cui era seduta Alexis, sulle ginocchia del fratello. Le mise una mano vicino al volto per farla girare, guardandola negli occhi pieni di lacrime. "Non hai fatto niente di sbagliato, Alexis. Quando ero nell'esercito, una volta sono stato catturato da un gruppo di soldati talebani. Erano sorpresi tanto quanto la mia squadra di averci colto alla sprovvista. Non sapevano esattamente ciò che facevano, ma si sono divertiti molto a picchiarci. Posso dirti senza alcun dubbio che tu hai resistito con quegli stronzi più a lungo di alcuni dei soldati ben addestrati che stavano con me. Alcuni di loro sono crollati dopo pochi minuti nelle mani dei terroristi. *Non* devi sentirti in colpa, nemmeno per un secondo. Hai capito?"

"Sei stato catturato?" rispose Alexis sorpresa, portando una mano sulla guancia di Logan. "Ti hanno ferito?"

Lo sguardo fiero di Logan si ammorbidì. "Mi fai venire in mente Grace," le disse teneramente. "Ti preoccupi di più per gli altri che per te stessa. Sì, Alexis, mi hanno ferito, ma non è passato molto tempo prima che arrivasse un gruppo delle squadre speciali Delta Force approfittando dell'oscurità, per sbaragliare quei talebani. Sono riusciti a uccidere tutti i terroristi senza neanche far rumore. Quel che importa è che tu hai resistito sotto tortura più di alcuni dei soldati professionisti in servizio con me. E non avevi dei segreti di stato da tenere nascosti, come loro. Di sicuro sapevano già tutto sulla Ace Security per via del legame tra me e Grace... Datti pace, va bene?"

Blake guardò il fratello a occhi stretti. Non sapeva che Logan fosse stato catturato e torturato dai terroristi. Era qualcosa di cui non avevano mai parlato, ma chiaramente avrebbero dovuto confidarsi meglio e molto tempo prima su come avevano passato dieci anni divisi, dopo le scuole superiori. I tre fratelli non erano mai stati troppo attaccati, ma Blake odiava non aver saputo quell'episodio da suo fratello.

Gli occhi di Blake si rivolsero a Nathan, per trovare la stessa confusione, la stessa preoccupazione negli occhi del fratello. Sì, dovevano davvero trovarsi per raccontarsi di cuore delle loro vite.

Alexis annuì a Logan, lui si abbassò per baciarle teneramente la fronte, prima di rimettersi in piedi e tornare dov'era prima, contro la parete più lontana.

Alexis si rivolse in lacrime a Blake e lo guardò negli occhi.

"Vuoi fare una pausa, tesoro?" le chiese Blake.

Lei fece cenno di no col capo, poi disse: "Però avrei bisogno di un fazzoletto."

Blake le sorrise, poi si allungò per prendere il fazzoletto che l'ispettore le stava porgendo. Le asciugò con amore le lacrime dalle guance gonfie e sotto gli occhi, prima di darle il fazzoletto, perché si soffiasse il naso. Lei stropicciò quel fazzoletto bianco tra le mani, respirò profondamente, prima di proseguire nel racconto della sua storia coraggiosa.

"Comunque, quando mi sono messa a urlare così forte che quasi non riuscivo più a parlare, finalmente hanno creduto che stavo dicendo la verità. Damian e Chuck mi hanno costretta a sedermi, tenendomi ferma, mentre Kelly e Dominic mi hanno messo le manette. Le hanno strette così tanto che non sarei mai riuscita a sfilarmele. Poi mi hanno tirata su e mi hanno fatto cadere nella fossa. Mi faceva così male che credevo davvero di essermi rotta l'osso sacro. Però mi sono rifiutata di urlare, non volevo far vedere quanto fossi spaventata. Hanno rimesso col badile tutta la terra nel buco. Nel frattempo mi dicevano che mi avrebbero lasciata là. Dicevano che gli animali sarebbero venuti a beccarmi, a sbranarmi.

"Chuck voleva scoparmi in bocca, ma Dominic non l'ha lasciato fare, grazie al cielo. Ovviamente non gli interessava nulla di me. Sapevano tutti che Chuck sarebbe tornato indietro e l'avrebbe fatto comunque, dopo essere tornati tutti in città. Mi hanno calciato della terra in faccia, hanno cercato di farmi mandare giù dell'altra vodka. Volevano lasciarmi lì per tornare dopo qualche giorno, quando sarei stata disperata per bere acqua, ma a quel punto sei arrivato tu a sparargli, Blake. Non sono mai stata così contenta nella vita come quando ho sentito quegli spari."

"Cos'hanno detto di Bailey?" le chiese Nathan con voce calma, sempre seduto sul letto

Alexis si morse il labbro dove non era ferito e cercò di ricordare.

"Kelly era davvero arrabbiata perché Donovan pensava

ancora a questa Bailey. Così ha gridato che, quando Donovan sarebbe uscito di prigione, secondo lei sarebbe andato a cercarla. Ho avuto l'impressione che quella tipa sia scappata via dalla banda e che lui si sia arrabbiato perché l'aveva lasciato."

"Ha detto come si chiama Bailey di cognome?" domandò Nathan, guardandola intensamente negli occhi.

Alexis fece cenno di no col capo. "Non ricordo nessuno che abbia detto il suo cognome, mi dispiace."

Blake allora intervenne. "Non hanno detto il suo cognome, fratello, mi dispiace, ma anche solo con il nome dovrebbe diventare più facile rintracciarla, vero?"

Il naso di Nathan tornò giù tra i suoi appunti, si mise a scrivere qualcosa. "Forse sì, forse no. Se quella donna è intelligente e vuole sfuggire davvero a Donovan, sarà andata il più lontano possibile da Denver. Probabilmente se ne sarà già andata da un pezzo, ormai."

"C'è altro che vuole aggiungere su quanto successo, o su quanto è stato detto?" chiese l'ispettore ad Alexis.

Lei scosse la testa lentamente, guardando l'ispettore negli occhi, poi socchiuse gli occhi e strinse la bocca. "Solo che so senza dubbio che Blake e Logan, e anche gli uomini della squadra di SWAT, mi hanno salvato la vita. Se Blake non avesse sparato a Kelly, lei mi avrebbe tagliato la gola senza esitare. Mi odiava. Ero molto intossicata dall'alcol che mi avevano costretto a bere, ma se state pensando di accusare Blake o Logan di omicidio, coinvolgerò la mia famiglia e assumerò i migliori avvocati di Denver per difenderli da queste accuse. Lui mi ha *salvata*."

Blake le strinse la mano per sostenerla, commosso dal fatto che lo stesse difendendo così decisamente. Non era necessario, ma così si innamorò di lei ancora di più.

Dal momento che l'ispettore non protestò né discusse con lei in alcun modo, Alexis proseguì con un tono meno aggressivo. "A Damian e Dominic interessava solo prendermi tutti i soldi necessari per la cauzione di Donovan e farmi del male."

"Abbiamo recuperato tutti i soldi prelevati dai conti bancari," le disse un poliziotto. "Li aveva Damian in tasca. Glieli restituiremo, anche se potrebbe passare un po' di tempo, perché costituiscono delle prove."

Blake intervenne e chiese: "Donovan potrà comunque uscire su cauzione?"

L'ispettore si voltò altrove cercando di evitare lo sguardo di Blake o degli altri uomini nella stanza. "È possibile. Non ha partecipato personalmente al rapimento o ai pestaggi. Non ci sono prove che abbia dato ordine di rapire Alexis. Il suo avvocato sosterrà che sono stati i suoi fratelli, che hanno agito di propria iniziativa, per amore fraterno. Quindi purtroppo è possibile, se i suoi amici riescono a mettere insieme abbastanza soldi, può darsi che riesca a uscire su cauzione."

"Cazzo," Logan imprecò dalla parete a cui era appoggiato. "Quindi adesso non solo Alexis dovrà guardarsi alle spalle, ma anche Grace. Proprio una bella notizia."

"Non credo che sarà necessario," disse subito l'ispettore. "I fratelli di Donovan sono morti, nei ranghi della banda adesso c'è dissenso. Sarà troppo impegnato a tenere insieme le fila. Sa che lo controlliamo da vicino, è improbabile che cercherà di fare qualcosa contro Miss Grant o contro sua moglie. Penso sia molto più probabile che si metta alla ricerca di questa Bailey, chiunque essa sia."

"Io non voglio correre il rischio," ribatté Logan. "D'ora in poi voglio ricevere tutte le informazioni legate all'attività degli Inca Boyz. Voglio proteggere la mia famiglia e le famiglie dei miei fratelli da qualunque minaccia. Sia essa piccola o grande."

"Capisco," rispose l'ispettore, facendo una smorfia. "Non posso certo biasimarla. Parlerò col capitano, faremo in modo di informarlo sulla gravità della situazione. Se e quando

Donovan dovesse uscire dal carcere, farò in modo di avvisarvi. Noi terremo d'occhio ciò che è rimasto degli Inca Boyz e vi faremo sapere se per caso cercano di radunarsi per ritorcersi contro le vostre donne."

"Anche noi terremo le antenne ben sintonizzate," rispose Logan.

"Basta operazioni sotto copertura," ordinò l'ispettore.

"No, con quelle abbiamo chiuso," lo rassicurò Logan. "Sfrutteremo la tecnologia per ottenere le informazioni che ci servono, d'ora in poi." Così, Logan si spinse via dalla parete e porse la mano all'ispettore. "Grazie per essere venuto in ospedale a interrogare Alexis. Se ha bisogno di contattarla, la troverà da mio fratello. Può sempre contattare chiunque di noi alla Ace Security."

Si strinsero la mano e l'ispettore si rivolse ad Alexis per dire: "Grazie per il suo tempo, Miss Grant. Spero che si riprenda presto."

Lei annuì, senza dir nulla.

Blake fu contento che suo fratello avesse congedato l'ispettore. Sentì sul petto Alexis che si scioglieva, lasciando partire un forte singhiozzo. "Hai bisogno di una pillola per il dolore?" le chiese, sommessamente.

"Sì, penso di sì," fu la sua risposta tranquilla.

Blake si alzò con cautela, cercando di non scuotere troppo Alexis con le braccia, poi la riportò a letto. Nathan si spostò, Blake l'aiutò a sedersi.

"Ti fermi?" gli chiese, prendendolo per il braccio con una stretta sorprendentemente sicura.

"Ma certo. Non vado da nessuna parte," la rassicurò Blake. "Rilassati, tesoro."

"Scusa... pensavo solo... niente, non importa cosa pensavo."

Blake la baciò teneramente sulle labbra, sentendo i muscoli che si rilassavano, che la tensione stava svanendo.

"Nathan rimarrà qui con te per un attimo, intanto che trovo un dottore per vedere se pensano di congedarti oggi."

"Va bene. Grazie, Blake. Grazie per essere qui con me, per avermi aiutato, per non aver pensato male di me per quanto ho fatto."

"Non potrei mai pensar male di te, sei sopravvissuta, tesoro. Toglitelo dalla testa. Torno subito."

Gli occhi di Alexis si chiusero prima ancora che Blake uscisse dalla stanza. Lui la voleva riportare a casa, dove poteva riprendersi con intorno le persone che l'amavano. La storia degli Inca Boyz poteva anche non essersi chiusa, ma il *suo* ruolo in quell'intrigo era certamente terminato.

CAPITOLO DICIOTTO

ALEXIS ERA SDRAIATA a letto con Blake a casa sua e sospirava. "Sei ridicolo."

"Lex, una settimana e mezza fa eri ancora in ospedale. Abbiamo tutta la vita. Non c'è bisogno di correre."

"Ma mi stai facendo impazzire, Blake. Non lo sopporto più."

"Non sei l'unica a non sopportarlo. Ma non ti farò mai del male. Per nessuna ragione. Possiamo aspettare un'altra settimana, quando tutti i dolori saranno passati."

"Se pensi che aspetterò un'altra settimana per un orgasmo, sei un citrullo," affermò Alexis con decisione. "Mi sento bene. Sì, ho ancora l'aspetto di una testimonial per una campagna contro gli abusi sulle donne, ma ormai i lividi non mi fanno quasi più male. Penso solo a te. Ho bisogno di te, Blake. Devo sapere che mi vuoi ancora. Che quanto ho fatto e quanto ho detto a quegli stronzi non ti ha fatto cambiare in alcun modo idea sul nostro rapporto."

Blake si rotolò subito nel letto fino a trovarsi su di lei. La circondò col proprio corpo, tenendole la testa con le mani. Il suo sguardo intenso diceva molto più di mille parole. "Ti amo,

Alexis. Niente di tutto ciò che è successo nell'ultima settimana circa ha cambiato questo sentimento. Anzi no, aspetta, penso adesso di amarti ancora di *più*. Solo che non voglio farti male."

"Non succederà," disse Alexis convinta. "Non sto dicendo che dobbiamo fare follie, posizioni da kamasutra, ma ho bisogno di fare l'amore con te. Ti prego. Ho passato dei momenti in cui credevo di non rivederti mai più. Ne ho *bisogno*, Blake. Ho bisogno di sentirmi avvolta dalle tue braccia, di sentirti profondamente dentro di me, fino a non capire più la differenza tra i nostri corpi. Ti sto implorando."

"Se c'è qualcosa che ti fa male, me lo dici immediatamente?" domandò Blake teneramente, arrendendosi.

Alexis si rilassò sotto di lui, sapendo che finalmente avrebbe ottenuto quello che voleva. Quello di cui entrambi avevano bisogno. "Ma certo."

Senza aggiungere altro, Blake si spostò sul letto per togliersi i boxer e la maglietta. Poi tornò su di lei e l'aiutò a togliersi i pantaloncini in cui aveva dormito, sfilandoli dalle gambe, per poi sbottonare teneramente ciascuno dei sei bottoni anteriori della camicetta da notte che le aveva comprato, quando era stata dimessa dall'ospedale. Le faceva male alzare le braccia sulla testa, quindi doveva per forza utilizzare delle magliette con i bottoni davanti.

L'aiutò a sfilarsi la maglietta dalle spalle e si abbassò per baciare ogni livido del suo corpo malconcio. Ormai i lividi stavano cambiando colore, erano più giallastri, ma lui non ne saltò nessuno. Quelli ai lati dei seni, dove Chuck aveva stretto con le mani crudelmente, l'impronta della scarpa di Damian sul fianco, il segno sul collo lasciato dal coltello che Kelly aveva usato per minacciarla

Quando finalmente arrivò alla bocca, Alexis tremava sotto di lui dal desiderio. Il taglio sul labbro era quasi guarito, Blake cerco di essere molto delicato, ma Alexis ignorò i suoi sforzi e gli spinse la lingua in bocca con forza.

Le piaceva sentire che, con le sue azioni, gli faceva perdere il controllo, solitamente molto solido, così si mise a rovistare per massaggiargli l'uccello già duro, sfregandolo contro la pancia mentre spingeva in avanti coi fianchi. Poteva sentire sulla pelle la sua eccitazione, aprì le gambe e alzò ginocchia, avvicinandosi a lui col corpo. Poi tirò indietro la testa abbastanza per sussurrargli contro le labbra: "Adesso, Blake, sono pronta per te." Alexis orientò il bacino per accoglierlo.

Lui portò una mano giù, lungo il fianco di lei, sotto di lui, cercando il centro del corpo di Alexis. Passò il dito sul suo clitoride bagnato una, due volte, sentendo quanto era pronta, prima di riportare su la mano e di appoggiarsi di fianco a lei.

"Sei fradicia, tesoro," commentò inutilmente, prima di spostare i fianchi. Ce l'aveva così duro che non dovette nemmeno aiutarsi per penetrarla. La cappella del suo membro trovò da sola la strada per andare proprio dove doveva, con molta lentezza la penetrò fino in fondo, i loro corpi erano vicini e uniti, quanto due persone possono esserlo.

Poi fecero l'amore. Lentamente, costantemente, senza mai smettere di guardarsi negli occhi.

Alexis sapeva che Blake era sul chi va là per un qualunque segno di disagio, ma lei non gli dava motivo. In alcuni punti era ancora gonfia e dolorante, ma fare l'amore con lui non le avrebbe certamente creato del disagio. Fecero l'amore in modo dolce, lento, Blake si prese tutto il tempo per fare arrivare entrambi al limite del piacere.

"Ti prego, Blake. Ho bisogno..." la voce di Alexis scemò, mentre lui la massaggiava con la mano, tra i loro corpi. Lui tirò indietro i fianchi appena per avere abbastanza spazio, poi le massaggiò il clitoride. Con forza.

Lei spinse i fianchi contro di lui e gemette, esplodendo quasi subito, al suo tocco, ben noto.

Appena il suo uccello fu stretto dai muscoli interni di Alexis, Blake rispose al gemito, spingendosi più dentro che poteva per lasciarsi andare.

Alexis si era appena ripresa, quando Blake fece rotolare entrambi, mettendola sopra di sé, in modo da non pesare minimamente sul corpo di lei, ancora convalescente. Lei rimase sdraiata su di lui, completamente abbandonata, sentendosi completa per la prima volta da quasi due settimane.

"Che ne pensi di diventare socia della Ace Security?" le chiese Blake a bassa voce, con tono tenero, dopo essersi ripreso. "Ne ho parlato con Logan e con Nathan, anche loro pensano che ci serva più aiuto in ufficio. Io lavoro sempre più spesso fuori dall'ufficio, mentre Nathan si occupa della parte contabile, sai che non è molto bravo nel rispondere al telefono e all'e-mail. Nessuno di noi è bravo quanto te nell'assicurarsi che non ci manchi mai ciò di cui abbiamo bisogno. Ormai sei diventata anche molto brava a fare ricerche sui social media, raccogliendo informazioni sui molestatori e scoprendo tutto ciò che cercano di nascondere, senza riuscirci."

Alexis strabuzzò gli occhi e sollevò la testa per guardare Blake. Era ancora dentro di lei, mezzo duro, e aveva appena superato il migliore orgasmo, dopo tutte quelle traversie, e lui parlava già di lavoro?

"Vuoi che compri una quota della Ace Security?"

"Beh, non che compri. Sarebbe più che altro un regalo. Vedi, per come la vedo io, mia moglie avrebbe accesso a tutto ciò che ho, comunque. Ma abbiamo visto tutti quanto ti piace il lavoro di ricerca collegato all'attività. Se vuoi, potremmo anche finanziarti dei corsi professionali, c'è un tipo molto bravo, esperto di informatica, fa anche da consulente per la marina e per l'esercito, credo che sarebbe disposto a farti da preparatore... se ti interessa."

"Eh," Alexis quasi balbettava, non era sicura di averlo sentito bene.

Lui capì l'incertezza di Alexis e si sbrigò a spiegare meglio. "Non credo tu voglia tornare in campo in prima persona, e so per certo di non volerti mettere in una posizione scomoda, come quella che avevi con gli Inca Boyz, quindi questo mi sembrava un ottimo compromesso. A me piace lavorare con te, così potremmo vederci sempre, ma allo stesso tempo saresti al sicuro."

"Tua moglie avrebbe accesso a tutto ciò che hai?" gli domandò Alexis, con voce morbida.

Blake sorrise e il suo viso si rilassò. "Sì, tesoro. Lo so che non è molto. Gran parte dei miei risparmi è andata in questa casa e nell'attività, ma mi darò da fare al massimo per soddisfare ogni tuo desiderio."

"I soldi non mi mancano, Blake."

"Ma io non voglio un solo centesimo dei tuoi soldi. Voglio pensare io a te, non voglio vivere di rendita per i guadagni dei tuoi genitori. Puoi darli in beneficenza, puoi risparmiarli per i nostri figli, per i nostri nipoti (o se vuoi dalli anche tutti in beneficenza) ma non li voglio, non mi servono. Anzi, insisterò per firmare un accordo prematrimoniale in cui sia scritto chiaramente che non avrò mai nulla, anche se deciderai di lasciarmi."

"Di lasciarti?" gli chiese Alexis confusa. Le girava la testa.

"Sì, Lex. Perché non potrà mai accadere che *io* possa lasciare *te*. Spero solo che un giorno non cambierai idea e non penserai di avere sposato un inetto. So che tu sei molto di più di quanto io meriti, ma sono abbastanza egoista da prenderti comunque."

Lei sorrise, aveva il cuore inondato di gioia per l'uomo che stava sotto di lei. "Tu adesso sei incastrato con me, Blake Anderson. Non dovrai mai temere che io ti possa lasciare, o che possa decidere di volere un altro uomo. Tutto quello che hai detto mi sembra eccezionale, tranne per una cosa," lo provocò.

"Cosa? Dilla e sarà tua," le rispose Blake con tono serio.

Alexis si abbassò e gli mise le labbra vicino all'orecchio, sussurrando: "Non mi hai ancora chiesto di sposarti."

Fu spostata in un baleno, notò che Blake prestava ancora molta attenzione a non farle male in alcun modo. Era scivolato sotto di lei quando ancora gli stava parlando, ma mentre Alexis si sistemava sotto di lui, sentì sul corpo il suo uccello che si induriva ancora. Lui si spostò e la penetrò dolcemente. Poi si sostenne di nuovo sulle braccia, mentre lei con le dita gli accarezzava l'avambraccio, con sguardo pieno di amore e desiderio, guardandolo negli occhi.

"Alexis Grant, vuoi sposarmi? Vuoi passare il resto della tua vita nel mio letto, nel mio cuore, portando i miei figli se riceveremo questa benedizione, lavorando fianco a fianco con me per rendere il mondo un posto migliore?"

"Ma certo," gli rispose subito, senza ombra di dubbio nella voce.

"Ho già l'anello," le disse serio Blake. "È nell'altra stanza, era di mia nonna. La mamma di mio *padre*," chiarì. "A lei non è mai piaciuta mia madre e si è rifiutata di dare il consenso ad Ace perché le regalasse questo anello, quando le ha chiesto di sposarlo. I miei fratelli mi hanno detto che a loro non importava se un giorno avrei regalato quell'anello alla donna che intendevo sposare. È un anello vecchio, magari non sarà di tuo gusto, ma pensavo di fidanzarci con quello, per poi lasciarti scegliere quello che volevi, se dicevi di sì."

"*Se* dicevo di sì?" gli domandò Alexis incredula, alzando un sopracciglio verso di lui. "Blake, ti ho amato nel momento stesso in cui ti ho visto. Amerò anche l'anello di tua nonna. Te lo prometto, ma adesso abbiamo un altro problema."

"Davvero?" le chiese Blake, sia euforico che stressato nel contempo. "Quale?"

"Non possiamo dire ai nostri figli, ai tuoi fratelli e ai miei genitori che mi hai chiesto di sposarti mentre eravamo nudi a letto. Sei dentro di me, ti è venuto ancora duro, santo cielo. Dovremmo inventarci qualcosa."

Lui rise, Alexis poteva sentire i suoi scatti dentro di lei. Si agitò, strofinando il clitoride contro di lui. Fecero ancora l'amore, godendo al massimo.

"Che ne dici di questa idea? Domattina mi metto in ginocchio in ufficio, quando ci sono anche Nathan e Logan e magari anche Grace. Faremo finta che è la prima volta che te lo chiedo. Secondo te funzionerà?"

Alexis dette un colpetto sulla spalla di Blake e disse: "Voglio stare io sopra."

Con una mossa da atleta olimpico, Blake rotolò, tenendosi sempre in contatto con Alexis, finché lei non gli fu di nuovo sopra.

"Sì, è perfetto. Mamma mia, che bello," disse Alexis, sedendosi su di lui, notando che Blake la teneva stretta sui fianchi per sostenerla.

"E la Ace Security? Vuoi lavorarci? Vuoi gestire l'ufficio e occuparti di tutti i social media come esperta?" le domandò Blake, sempre tenendola ben salda sul suo corpo.

"Sì. Ma certo. Ti prego, Blake, lascia che mi muova," lo pregò.

"Lentamente, tesoro. Non farti male," le ordinò.

"Non sento alcun dolore, davvero," gli disse Alexis, guardando giù il suo petto muscoloso, poi i suoi avambracci. Le si spalancarono gli occhi quando vide i muscoli di Blake flettersi, mentre lei li afferrava.

"Alexis Anderson. Mi piace il suono del tuo nuovo nome," le disse Blake, leccandosi le labbra.

"Anche a me," concordò lei.

"Facciamo l'amore, mia bella fidanzata."

"Con piacere," gli rispose Alexis, perdendosi nell'amore che vedeva nei suoi occhi.

———

Nathan fissava frustrato lo schermo del suo computer. Sapeva analizzare i numeri nel migliore dei modi, ma non era così bravo a trovare informazioni in rete. Per qualche motivo, doveva trovare la misteriosa Bailey. Non sapeva perché... aveva solo un forte presentimento, era convinto che fosse nei guai.

Poteva anche essere una stronza tosta uscita da una banda, poteva anche essere entrata in un'altra banda della stessa città, ma Nathan non lo credeva. Però non riusciva a trovare informazioni su di lei. Non sapeva il suo cognome, non ne conosceva l'aspetto, non sapeva dove fosse o perché avesse lasciato gli Inca Boyz.

Era tutto dannatamente frustrante. Dopo circa trenta minuti, decise di spegnere il computer e di andarsene dagli uffici della Ace Security nella sua Ford Focus scassata. Era un catorcio molto vecchio, ma a lui piaceva... l'aveva perfino chiamata Marilyn, come la grande star del cinema. Negli ultimi tempi faceva sempre più fatica, quella notte dovette tentare di avviarla due volte, prima che il motore partisse, poi tornò al suo appartamentino vicino alla statale.

La Ace Security aveva altri incarichi su cui concentrarsi, ora che l'indagine sugli Inca Boyz era terminata, ma Bailey rimaneva sempre nella mente di Nathan. Lui sperava che presto Alexis, dopo aver seguito dei corsi per impegnarsi di più nell'attività, sarebbe stata in grado di trovare più informazioni, per rintracciarla. Se Donovan stava davvero cercando la sua ex ragazza, sarebbe stato molto meglio che prima di lui la trovasse la Ace Security.

A cinque miglia di distanza, all'estremità di Castle Rock, in una catapecchia nascosta ai piedi di una montagna, Bailey Hampton sedeva a un tavolino traballante, cercando di mettere in pari i fogli di calcolo che aveva davanti. Dopo un'altra ora, chiuse gli occhi sollevata. Ci era riuscita. Da sola. Senza usare i soldi che il suo ragazzo capobanda le aveva dato, che provenivano da chissà dove. Non era certamente ancora in pari, ma il suo lavoro in officina le consentiva di avere un tetto sulla testa e cibo da mangiare. Per ora le bastava.

Spingendosi via dal tavolo, camminò in silenzio verso l'altra camera, rimanendo in piedi sull'uscio, mentre guardava giù, il fagottino sul letto contro il muro. Joel dormiva, aveva il viso rilassato e aperto, nessun segno di stress a causa sua, per le scelte che lei aveva fatto nel passato. Finalmente cominciava a comportarsi e ad avere l'aspetto di un qualunque bambino di nove anni, non era più lo schiavo personale di Donovan. Strofinando una mano sui tatuaggi che le coprivano le braccia, Bailey giurò che avrebbe fatto tutto quanto in suo potere per tenere lontano il fratellino da energumeni come Donovan e gli Inca Boyz. Non gli avrebbe permesso di farsi risucchiare da quel mondo, mai più. Le era servito molto tempo, ma aveva vissuto in prima persona tutto quel male... la sua anima si era quasi persa, rischiando così anche il fratello.

La notte in cui era rientrata a casa e aveva trovato Donovan che faceva guardare a Joel un disgustoso film porno al computer, mettendo uno spinello tra le labbra del suo fratellino, le si erano aperti gli occhi. Aveva capito che, se non avesse reagito subito, avrebbe perso Joel, che sarebbe finito preda degli Inca Boyz e di Donovan, diventando un criminale perdente, come gli uomini che aveva frequentato lei per tutta la vita, se non peggio.

Non voleva che facesse quella fine. Era responsabile per

lui, quindi aveva deciso di fare tutto il possibile per farlo crescere felice, al sicuro, non circondato da droga, armi o prostitute.

Aveva programmato la loro fuga per diverse settimane, ma poi aveva dovuto decidere in fretta. Bailey non si sentiva ancora al sicuro (probabilmente non lo sarebbe stata mai più), ma ogni giorno che passava lontana da Denver e dal mondo delle bande per lei era una bella giornata. Non si sarebbe mai appoggiata o affidata a un uomo che si prendesse cura di lei e del suo fratellino, mai più.

Gli uomini creavano solo problemi, in tutta la sua vita non aveva mai conosciuto un uomo a cui importasse qualcosa di diverso, se non i soldi, il sesso o se stesso. Lei si era convinta che un uomo del genere non esistesse affatto. Fine. Lei e Joel sarebbero stati bene da soli.

———

Libro 3, *Il riscatto di Bailey*, ora disponibile!

RINGRAZIAMENTI

Grazie a voi, lettrici e lettori. Senza di voi, senza la vostra fiducia, non ci sarebbe alcuna storia. Apprezzo la vostra voglia di seguirmi in ogni nuovo libro, con personaggi vecchi e nuovi.

Amy, sei la personificazione della parola *forte*. Ti ammiro per il tuo carattere generoso, intelligente, compassionevole e ostinato. Da grande, voglio diventare come te.

Beth, grazie per aver letto *ogni* bozza anche minima, per dirmi che era ottima, anche se sapevo che serviva ancora molto lavoro.

Melody, grazie per aver raccolto le mie parole e aver migliorato le mie storie. Nessuno scrittore ha mai successo senza un editor meraviglioso alle spalle.

Grazie anche a Maria e Anh, grazie per avermi dato questa opportunità. Ci sono migliaia di scrittori al mondo che amerebbero poter scrivere per Montlake, il fatto che abbiate scelto me mi onora.

NOTE

CAPITOLO DUE

1. Catena di ristoranti *all you can eat* che offre insalate e zuppe preparate sul posto con ingredienti freschi.

CAPITOLO SEDICI

1. SWAT è l'acronimo che indica le squadre speciali della polizia USA.

Salvare Bryn
Salvare Casey
Salvare Sadie
Salvare Wendy
Salvare Mary
Salvare Macie
Salvare Annie (Feb 2022)

Armi e Amori

Proteggere Caroline
Proteggere Alabama
Proteggere Fiona
Il Matrimonio di Caroline
Proteggere Summer
Proteggere Cheyenne
Proteggere Jessyka
Proteggere Julie
Proteggere Melody
Proteggere il Futuro
Proteggere Kiera
Proteggere i figli di Alabama
Proteggere Dakota

In inglese:
Delta Force Heroes Series

Rescuing Rayne
Rescuing Aimee (novella)
Rescuing Emily
Rescuing Harley
Marrying Emily (novella)
Rescuing Kassie
Rescuing Bryn
Rescuing Casey
Rescuing Sadie (novella)

Rescuing Wendy
Rescuing Mary
Rescuing Macie (novella)
Rescuing Annie (Feb 2022)

Delta Team Two Series

Shielding Gillian
Shielding Kinley
Shielding Aspen
Shielding Jayme (novella)
Shielding Riley
Shielding Devyn
Shielding Ember (Sep 2021)
Shielding Sierra (Jan 2022)

Eagle Point Search & Rescue

Searching for Lilly (Mar 2022)
Searching for Bristol (Jun 2022)
Searching for Elsie (Nov 2022)
Searching for Caryn (TBA)
Searching for Finley (TBA)
Searching for Heather (TBA)
Searching for Khloe (TBA)

Badge of Honor: Texas Heroes Series

Justice for Mackenzie
Justice for Mickie
Justice for Corrie
Justice for Laine (novella)
Shelter for Elizabeth
Justice for Boone
Shelter for Adeline
Shelter for Sophie
Justice for Erin

Justice for Milena
Shelter for Blythe
Justice for Hope
Shelter for Quinn
Shelter for Koren
Shelter for Penelope

SEAL of Protection: Legacy Series

Securing Caite
Securing Brenae (novella)
Securing Sidney
Securing Piper
Securing Zoey
Securing Avery
Securing Kalee
Securing Jane

SEAL Team Hawaii Series

Finding Elodie
Finding Lexie (Aug 2021)
Finding Kenna (Oct 2021)
Finding Monica (May 2022)
Finding Carly (TBA)
Finding Ashlyn (TBA)
Finding Jodelle (TBA)

Ace Security Series

Claiming Grace
Claiming Alexis
Claiming Bailey
Claiming Felicity
Claiming Sarah

Mountain Mercenaries Series

Defending Allye
Defending Chloe
Defending Morgan
Defending Harlow
Defending Everly
Defending Zara
Defending Raven

Silverstone Series

Trusting Skylar
Trusting Taylor
Trusting Molly
Trusting Cassidy (Nov 2021)

SEAL of Protection Series

Protecting Caroline
Protecting Alabama
Protecting Fiona
Marrying Caroline (novella)
Protecting Summer
Protecting Cheyenne
Protecting Jessyka
Protecting Julie (novella)
Protecting Melody
Protecting the Future
Protecting Kiera (novella)
Protecting Alabama's Kids (novella)
Protecting Dakota

BIOGRAFIA

L'autrice

Susan Stoker è annoverata da *New York Times*, *USA Today* e *Wall Street Journal* quale scrittrice di successo, le cui collane di libri includono Badge of Honor: Texas Heroes, SEAL of Protection e Delta Force Heroes. Sposata con un sottufficiale dell'esercito in pensione, Stoker ha vissuto in ogni dove negli Stati Uniti - dal Missouri alla California e al Colorado - e attualmente vive sotto i grandi cieli del Texas. Quale vera sostenitrice del "vissero felici e contenti", Stoker ama scrivere romanzi in cui una relazione romantica si trasforma in amore.

Per ulteriori informazioni sull'autrice e il suo lavoro, visita il sito web www.stokeraces.com

www.ingramcontent.com/pod-product-compliance
Lightning Source LLC
Chambersburg PA
CBHW060241100726
47907CB00003B/718